Schlüsselerlebnis

Vier Erzählungen

Joachim Kuhrig

TWENTYSIX – Der Self-Publishing-Verlag
Eine Kooperation zwischen der Verlagsgruppe
Random House und BoD – Books on Demand

Schlüsselerlebnis – Vier erzählungen
Joachim Kuhrig

1. Auflage
November 2015

ISBN: 9783740708047

Foto (Manuela 1984 in Seeshaupt): Privatarchiv
Herstellung und Verlag: BoD-Books on Demand, Norderstedt

Bibliografische Information der Deutschen Nationalbibliothek:
Die Deutsche Nationalbibliothek verzeichnet diese Publikation in der Deutschen Nationalbibliografie; detaillierte bibliografische Daten sind im Internet über http://dnb.d-nb.de abrufbar.

Alle Rechte liegen beim Autor.
© Joachim Kuhrig

Das Werk ist einschließlich aller seiner Teile urheberrechtlich geschützt. Jede Verwertung und Vervielfältigung des Werkes ist ohne Zustimmung des Verlages unzulässig und strafbar. Alle Rechte, auch die des auszugsweisen Nachdrucks und der Übersetzung, sind vorbehalten! Ohne ausdrückliche schriftliche Erlaubnis des Verlages darf das Werk, auch nicht Teile daraus, weder reproduziert, übertragen noch kopiert werden, wie zum Beispiel manuell oder mithilfe elektronischer und mechanischer Systeme inklusive Fotokopieren, Bandaufzeichnung und Datenspeicherung.
Zuwiderhandlung verpflichtet zu Schadenersatz.

Inhalt

1 Das werden Sie noch bereuen   4
2 Sykkelfantom   123
3 Hasenbachs Scheitern   131
4 Schlüsselerlebnis   168

Das werden Sie noch bereuen

Mir war heiß. Ich hatte das Gefühl, dass mein Schädel jeden Moment platzen müsste. Wo war ich? Ich versuchte nachzudenken, konnte mich jedoch nicht konzentrieren. Langsam dämmerte es mir. Hatte ich nicht eben noch gefroren?
Wieder mal hatte es mich erwischt. Erst Schüttelfrost, dann hohes Fieber. Venenentzündung? Ob mein linkes Bein schon knallrot war? Ich wollte, konnte aber nicht nachsehen. Zu schlapp. Ich lag mit offenen Augen im Bett. Es musste Abend oder Nacht sein, denn so sehr ich mich auch anstrengte, es war nichts zu sehen. Ich döste vor mich hin, versuchte Geräusche wahrzunehmen. Das Rauschen einer Straßenkehrmaschine meinte ich durch das Fenster meines Zimmers zu hören, sonst nichts. Dann kann es noch nicht Nacht sein, ging es mir durch den Kopf.
Auf einmal meinte ich einen schwachen Lichtstrahl zu erkennen, auch Stimmen. Ein Mann und eine Frau. Sie flüsterten. Oder bildete ich mir das im Fieberwahn nur ein?
„Sebastian ist tot. Wir müssen es ihm sagen", hörte ich die männliche Stimme wie aus weiter Ferne.
„Bloß nicht! Der ist doch krank. Siehst du das nicht? Guck ihn dir an!"
Wie hatte sie sehen können, dass ich krank war? Waren die beiden schon an meinem Bett? Ich schloss die Augen und überlegte angestrengt. Was hatte ich gehört? Wer war gestorben?
„Wach auf! Wir sind's, Kathrin und Reiner."
Eine Weile war es still.
„Sebastian ist tot."
„Welcher Sebastian?"

„Heute Morgen haben wir im Lehrerzimmer eine Todesanzeige am schwarzen Brett gefunden. – Sebastian Neufeld ist gestorben."

Auf einmal war ich hellwach.

„Das glaube ich nicht!"

„Wir haben für dich eine Kopie gemacht. – Was ist eigentlich los mit dir? Warst nicht zur Arbeit. Liegst im Bett. Bist du krank?"

„Venenentzündung glaube ich. – Schon wieder."

Kathrin schluckte und sah Reiner an. „Oh! – Hätten wir doch besser nichts gesagt. War der Arzt schon da?"

„Ja."

Stille.

Es kam mir wie eine Ewigkeit vor, als Reiner schließlich das Schweigen brach: „Das Original hat nicht mal eine Stunde an der Wand gehangen, dann war es verschwunden. Irgendein Idiot hat es abgerissen."

Wieder Stille.

Ich versuchte zu verstehen. Meine Freunde aus dem Lehrerkollegium, Kathrin und Reiner, waren gekommen, um mich zu besuchen. Sie erzählten mir, dass unser Kollege Sebastian gestorben war. In einer Todesanzeige hätten sie es gelesen und mir eine Kopie dieser Anzeige mitgebracht. Das Original wäre verschwunden.

Das konnte nur Gattermann gewesen sein. War Sebastian wirklich tot? – Mir schwanden die Sinne.

Als ich aufwachte, schien die Sonne ins Zimmer. Ich hörte Vogelzwitschern und vernahm den Duft frisch zubereiteten Kaffees, der von der Küche aus durch den Flur in meine Nase gedrungen war. Diesen Geruch mochte ich. Ich habe mich schon immer gefragt, wie es möglich war, dass Kaffeeduft sich so schnell über weite Entfernung selbst durch verschlossene Türen verbreiten konnte. Es musste Morgen sein. Ich wusste nicht, wie spät es war, und konnte die Zeit ohne Brille nicht von der Nachttischuhr ablesen. Ich fasste an meinen Kopf und stellte fest, dass ich immer noch Fieber haben musste. Wo war bloß das verflixte Thermometer? Beim Versuch, die Brille zu angeln, wurde mir schwindelig.

Dann hatte ich auf einmal etwas in der Hand, ein Stück Papier. Es war bedruckt. Der Text war schwarz umrahmt. – Eine Todesanzeige. – Da war doch eben noch etwas. Nur was? Ich konnte mich an nichts erinnern.

„Sebastian Neufeld" stand da in großen Buchstaben. Plötzlich fiel es mir ein. Reiner und Kathrin waren hier gewesen und hatten mir etwas erzählt.

Ich las weiter: „Wir trauern um meinen Bruder, Schwager und Onkel, der uns unerwartet verlassen hat ..." Dann folgte noch ein Zitat von Carl Zuckmayer, an das ich mich heute nicht mehr erinnere. Es konnte keinen Zweifel geben. Unser Freund war tot.

Oder doch nicht? Hatte er nicht vor kurzem noch gesagt, er wollte sich unsichtbar machen? Was mochte er damit gemeint haben? Ich grübelte und grübelte, kam aber zu keinem Ergebnis.

Beim Gedanken, dass er tot sein könnte, fühlte ich, wie mir Tränen in die Augen stiegen. Ich verspürte eine ohnmächtige Beklemmung. – Tot oder nicht tot? – Dieser verfluchte Gattermann, dachte ich. Ich legte das Blatt beiseite, wischte mir mit den Händen das feuchte Gesicht ab und dachte nach. Wie konnte das nur passiert sein? „unerwartet verlassen" Merkwürdige Formulierung. Was bedeutete das?

War er krank gewesen? Hatte er einen Unfall gehabt? Hatte er sich das Leben genommen? War er ermordet worden? – Oder lebte er noch und hatte seinen Tod nur inszeniert? Hatte er das etwa mit unsichtbar machen gemeint?

„Das werden Sie noch bereuen, Herr Neufeld."

Hatte ihm sein Chef Gattermann nicht vor Jahren so oder ähnlich gedroht? Wieso fiel mir dieser Satz jetzt ein?

Ich fasste mir wieder an die schweißnasse Stirn. Wegen des Fiebers konnte ich meine Gedanken nicht ordnen, so sehr ich mich auch bemühte. Ich war handlungsunfähig.

Könnte ich zur Beerdigung fahren? Nein, so schnell wäre ich nicht wieder gesund. So eine Venenentzündung dauerte mindestens vierzehn Tage. Ich war mutlos und unendlich traurig. Nach einer Weile schlief ich wieder ein.

Als ich erwachte, stand das Mittagessen neben dem Bett. Ich hatte es nicht angerührt. Ich hatte die ganze Zeit über tief geschlafen und erinnere mich noch heute, dass ich von einem Mord geträumt hatte. Sebastian stand mit einem Heft in der Hand in einem Klassenzimmer. Ein Mann redete unentwegt auf ihn ein. Sebastian schüttelte immer nur den Kopf und zeigte auf das Heft. Er sagte keinen Ton. Der andere Mann rief unentwegt: „Das werden sie noch bereuen!" Dann stieß er mit einem Messer zu. Sebastian fiel zu Boden. Ich wachte auf.

Trotz des Albtraums ging es mir besser. Das Fieber und die Kopfschmerzen hatten ein wenig nachgelassen und ich konnte klarer denken als zuvor. Die Todesanzeige fiel mir wieder ein. Es ließ mir keine Ruhe. War Sebastian wirklich gestorben? Er war gerade mal über fünfzig. Ich musste wieder an meinen furchtbaren Traum denken. Angestrengt überlegte ich und ließ alles, was ich über ihn wusste, im Geiste Revue passieren.

Ein paar Tage später ging es mir schon bedeutend besser. Wegen der Entzündung war aber immer noch Bettruhe angesagt.

Ich hatte mir überlegt, alles aufzuschreiben, was ich über Sebastian wusste. Vielleicht würde ich dann eine Erklärung für seinen Tod finden. So begann ich, mir Notizen zu machen.

Sebastian war seit dreißig Jahren Lehrer an einem Gymnasium. Dort lernte ich ihn als Kollegen kennen. Während der ersten Jahre verband uns wenig miteinander, weil die Schule mit zweitausend Schülerinnen und Schülern groß und dementsprechend das Kollegium zunächst unüberschaubar war. Außerdem trennten uns die Fachbereiche. Er unterrichtete Deutsch und Geschichte, ich Mathematik und Physik.

Anfangs hatte er hauptsächlich Kontakt zu seinen Fachkollegen, so zum Beispiel zu Gattermann, damals noch Studienrat und ohne Doktortitel. Er unterrichtete die gleichen Fächer wie Sebastian, zusätzlich aber noch evangelische Religionslehre. Gattermann traf er außerhalb der Unterrichtszeit gelegentlich in der Bibliothek der nahegelegenen Universität. Beide arbeiteten dort an ihren Doktorarbeiten.

„Ich werde in ein paar Jahren dein Schulleiter", hatte Gattermann ihm mal bei einem solchen Treffen zu verstehen gegeben und ihm dabei freundschaftlich auf die Schulter geklopft. Na, dann kann es ja nicht schaden, sich mit ihm gut zu verstehen, dachte sich Sebastian und erzählte mir schmunzelnd diese Geschichte während eines Abendessens im Restaurant Sechseck.

Das gute kollegiale Verhältnis zwischen diesen beiden ging jedoch eines Tages jäh zu Ende. Sebastian war von unserem damaligen Schulleiter, Dr. Geiselhart, als Zweitkorrektor im Abitur eingesetzt worden. Er musste die schriftlichen Arbeiten eines Deutsch-Leistungskurses von Gattermann begutachten. Da es damals noch kein Zentralabitur gab, stammten die Aufgaben von Gattermann.

Die Ergebnisse nach Sebastians Zweitkorrektur stimmten weitgehend mit denen von Gattermann überein, bis auf eine gravierende Ausnahme. In dem Kurs befand sich nämlich eine Schülerin, deren Vater, ein Pfarrer, mit Gattermann befreundet war. Die Arbeit dieser Schülerin war von Gattermann mit gut bewertet worden. Dieses Urteil hätte nicht weiter für Aufregung gesorgt, wenn Sebastian nicht anderer Meinung gewesen wäre und ausreichend unter diese Arbeit geschrieben hätte. Sebastian erklärte mir auch warum. Ich verstand es so, dass die Schülerin mit ihren Ausführungen das Thema verfehlt hatte und froh sein konnte, dass sie nicht die Note mangelhaft erhielt.

Nachdem Gattermann Sebastians Ergebnis erfahren hatte, war er fuchsteufelswild geworden und hatte ihn zur Rede gestellt. Das könnte er nicht machen, meinte er vor Wut schäumend, die Arbeit sei gut. Das werden Sie noch bereuen, Herr Neufeld, hatte er ihm mit drohendem Zeigefinger zugerufen, als Sebastian sich nicht bekehren ließ. Dann hatte er mit hochrotem Kopf das Lehrerzimmer verlassen.

Aus dem ‚Du' war ein ‚Sie' geworden. Ein historischer Augenblick, der Beginn einer mit Bitterkeit ausgetragenen einseitigen Feindschaft, kann ich aus heutiger Sicht sagen.

Bei einer solchen Notendiskrepanz musste nach den Abiturregeln ein dritter Deutschlehrer entscheiden. Dieser Kollege wird von mir heute noch ironisch ‚Herr Drittkorrektor' genannt, denn er hatte sich damals Erstaunliches geleistet. Er bewertete die strittige Abiturarbeit mit befriedigend. Von Sebastian daraufhin angesprochen, gab er unter vorgehaltener Hand zu verstehen, Sebastian hätte ja Recht gehabt mit seinem Urteil. Er könnte es sich als Drittkorrektor jedoch nicht leisten eine schlechtere Note unter die Arbeit zu schreiben, auch wenn sie gerechter wäre, weil er noch befördert werden wollte. Man müsste ja damit rechnen, dass Gattermann mal Schulleiter werden und ihm dann schaden könnte.

Diese feige Verhaltensweise von Lehrern war damals noch eine Seltenheit, muss ich aus heutiger Sicht sagen. In der letzten Zeit jedoch habe ich mehrfach erlebt, dass Kolleginnen und Kollegen absichtlich bessere Noten unter schlechte Klassenarbeiten und Klausuren schreiben, um nicht ihre Beförderungschancen zu schmälern. Diese hängen nämlich maßgeblich vom Wohlwollen der Schulleitung ab. Und der Schulleiter verlangt heute wegen des Konkurrenzkampfes gegen die Nachbarschulen auf Teufel komm raus gute Ergebnisse.

Kathrin und Reiner waren schon zwei oder drei Jahre mit Sebastian befreundet, ehe ich zu diesem Kreis gehörte. Es waren gemeinsame Interessen, wie Fahrradtouren, Kabarett, Hallensport und Schwimmen, die uns zusammenbrachten. Nach solchen Aktivitäten gab es immer noch in einem Restaurant ein gemütliches Zusammensein mit Abendessen und Gesprächen über alles Mögliche. Oftmals trafen wir uns zweimal die Woche, abwechselnd in verschiedenen Lokalen, meistens im Sechseck.

Reiner war der Sportlichste in unserem Quartett, ein Meister im Bergsteigen und Radfahren. Kathrin war mit ihm verheiratet und machte alles mit.

Auf sportlichem Gebiet hatte ich bei weitem nicht so viel zu bieten wie Reiner, wenn man von extrem langen Fahrradtouren absieht, die ich noch heute liebe und mit viel Ausdauer durchhalte. Es ist allerdings schon lange her, dass ich morgens mit schwer beladenem Rad abgefahren und nach dreihundert Kilometern noch am gleichen Tag spät abends in der Nähe von Saarbrücken mein Zelt aufschlug.

Sebastian zeigte sich auf sportlichem Gebiet zwar ebenfalls ausdauernd, andererseits oft auch sehr ungeschickt. Keine Absperrung oder Unebenheit, wie zum Beispiel eine Baumwurzel neben dem Radweg, war vor ihm sicher. Er streifte sie mit seinem Rad und man hatte ständig Angst, dass ihm ein Unglück zustoßen könnte. Wie durch ein Wunder blieb er immer unverletzt, nur das geliehene Fahrrad war anschließend nicht mehr zu gebrauchen. Einmal war er sonntags auf einer Tagestour mit dem linken Pedal an einem Hindernis hängengeblieben. Ich glaube, es war eine auf den Radweg gewachsene Baumwurzel. Wir mussten uns bei wildfremden Leuten Werkzeug ausleihen, um das Rad in stundenlanger Arbeit wieder einigermaßen fahrtüchtig zu machen.

Von der Figur her erinnerte er an Heinz Erhard in dem Film ‚Immer die Radfahrer'. Er besaß auch zuweilen dessen schelmischen Gesichtsausdruck. Meist war er altmodisch gekleidet. Er trug einen leicht abgewetzten erdfarbenen Anzug mit hellblauem Hemd und dazu eine dunkle Baskenmütze, selbst beim Radfahren. Sportkleidung, wie wir sie hatten, besaß er nicht.

Seine große Leidenschaft galt der Dissertation über Carl Zuckmayer, an der er jahrelang Tag und Nacht geschrieben hatte. Mit seinen Gedanken war er stets bei dieser unvollendeten Arbeit. Das erklärt auch die Unkonzentriertheit beim Radfahren. Er philosophierte unentwegt und nahm seine Umwelt kaum wahr.

Weil Reiner, Kathrin und ich naturwissenschaftliche Fächer und Mathematik unterrichteten, konnten wir Sebastian bei seiner Doktorarbeit kaum unterstützen. Deshalb sprachen wir auch selten über inhaltliche Einzelheiten seines Projektes.

Doch eines war uns seit Langem aufgefallen. Dass er schon mehr als ein duzend Jahre an seinem Thema gearbeitet hatte, ohne einen entscheidenden Schritt vorwärtsgekommen zu sein. War das normal? Sprach man ihn darauf an, meinte er immer nur, wir hätten eben keine Ahnung.

Von den geisteswissenschaftlichen Kolleginnen und Kollegen hielt sich Sebastian nach dem Vorfall mit Gattermanns Abiturarbeit, so gut es ging, fern. Während der Pausen und den unterrichtsfreien Stunden arbeitete er meist in irgendeinem leeren Klassenraum und war nicht zu finden.

Eine Ausnahme war unser Kollege Adrian, ein Tausendsassa im Bereich Unterrichten. Er gab Englisch, Pädagogik, Musik und Sport und war seinerzeit auch als Dozent für Pädagogik an der Uni tätig. Adrian war über zehn Jahre älter als wir. Da wir seine Erfahrung schätzten, war er eine Respektperson für uns. Ihm vertraute Sebastian gern seine Papiere an und bat ihn öfter um Rat, wenn es um seine Doktorarbeit ging.

Es beeindruckte uns auch, dass Adrian den Ruf hatte, ein von Aufmüpfigkeit gegenüber Vorgesetzten nicht freier Kollege zu sein. Unseren ersten Schulleiter, Erwin Ditschke, hatte er mal im Beisein von Schülern regelrecht vorgeführt. Ditschke, dem es im höchsten Maße daran gelegen war, Vorschriften genau einzuhalten, eilte der Ruf voraus, die Pingeligkeit in Person zu sein.

Als er mal Adrian dringend sprechen wollte, weil dieser auf einem Formblatt vergessen hatte, das Wort ‚entfällt' in eine Leerzeile einzutragen, suchte er ihn deswegen während der Unterrichtszeit auf. Das allein war schon ein Unding. Aber es kam schlimmer für Ditschke. Adrian unterrichtete gerade Oberstufenschüler in der Sporthalle, als Ditschke, wie immer, wenn es nicht gerade Hochsommer war, mit dickem Wintermantel, Schal und Russenmütze bekleidet, mit Wanderschuhen den Hallenboden betrat. Er wollte Adrian zur Rede stellen. Dieser kam ihm jedoch zuvor und zeigte Zivilcourage, machte seinen Vorgesetzten vor den grinsenden Schülern darauf aufmerksam, dass das Betreten der Halle nur mit Sportschuhen erlaubt sei. Eine Anordnung der Schulleitung, wie er mit erhobenem Zeigefinger und ernster Miene hinzufügte.

„Ja, aber Sie müssen hier noch mit Ihrer Schrift ‚entfällt' eintragen. Es muss Ihre Schrift sein", fuhr Ditschke dazwischen und hielt Adrian das Blatt mit einem Schreibstift vor die Nase.

Er habe jetzt keine Zeit, mit ihm zu diskutieren, erwiderte Adrian, da er im Dienst sei und seinen Aufsichtspflichten nachkommen müsse. Vor feixender Meute machte sich Ditschke, ohne ein Wort zu erwidern, wie ein Dieb in gebückter Haltung davon.

Auf meine Frage, was er und Sebastian denn damals bei ihren Treffen besprochen hätten, antwortete mir Adrian vor ein paar Tagen, als ich wieder gesund war und aufstehen konnte, zwischen zwei Lesungen beim Vereinstreffen im Westdeutschen Autorenverband: „Ich hatte seinerzeit gerade meine Promotion abgeschlossen. Sebastian wollte hauptsächlich wissen, wie man eine Doktorarbeit strukturiert. Dazu gab ich ihm Tipps."

„Wurden denn deine Ratschläge angenommen?"

„Er hat zwar immer aufmerksam zugehört, wenn ich ihm etwas erklärte. Ein höflicher Mensch war er ja. Aber Ratschläge angenommen? Kaum. Sebastian ließ sich zum Beispiel nicht von mir überzeugen, dass es dringend notwendig war, vor Beginn der Arbeit einen Doktorvater zu suchen, der das Thema akzeptierte und ihn bei der Durchführung betreute. Stell dir vor, er arbeitete einfach ins Blaue hinein."

Wie gesagt trafen sich die beiden ab und an zum Studium der Entwürfe zu Sebastians Arbeit, und zwar meistens in Sebastians Auto. Es war kein gewöhnliches Fahrzeug. Er wohnte gelegentlich in diesem Wagen, einem alten, angerosteten, grünen VW-Bully. Hier bewahrte er auch eine Kopie seiner bisherigen Arbeit auf. Das Innere des Wagens glich einer unaufgeräumten Minibibliothek. Dutzende von Büchern stapelten sich in Regalen und Kisten. Eine Campingliege mit Decken zum Übernachten, ein Tisch mit Klappstuhl zum Arbeiten und Essen befanden sich ebenfalls im hinteren Teil des Busses. Auch Kleidung zum Wechseln lag in einer Ecke.

Sebastian liebte die Unabhängigkeit von seiner Hochhauswohnung. Das Appartement war klein. Zu allem Überfluss hatte er es mit unzähligen Regalen zugestellt. Dort verwahrte er Tausende von Büchern. Er hatte längst die Übersicht verloren. Daher kaufte er zuweilen Bücher, ohne zu wissen, dass er sie bereits besaß. Diese Exemplare nannte er Dubletten und verschenkte sie, wenn Freunde Geburtstag hatten. In meinem Bücherregal stehen inzwischen ein Duzend solcher Dubletten. Wegen des Platzmangels konnte man sich in der Wohnung, abgesehen von einem Bett, nur im Stehen aufhalten. Er mochte sein Zuhause nicht. Außer Reiner und mir hatte es keiner seiner Bekannten je von innen gesehen, wie er uns mehrfach versicherte. Bei einem meiner wenigen

Besuche hatte ich ein Chaos angerichtet, denn ein frei stehendes Bücherregal mit ein paar Hundert Büchern, gegen das ich mich gelehnt hatte, war umgefallen.

Sebastian hatte alle seine Texte mit der Hand geschrieben und anschließend zweimal fotokopiert. Ein Manuskript trug er bei jeder Gelegenheit in zwei dicken Taschen bei sich. Er sah dabei aus wie der Referendar Hasenbach, der auch stets zwei solche Taschen mit sich führte. Aber das ist eine andere Geschichte.

Als ich ihm bei Gelegenheit erzählte, dass er und seine Taschen mich an die komische Figur Sondermann aus der satirischen Zeitschrift Titanic erinnerten, schmunzelte er nur. Sondermann stand mal in gebückter Haltung mit der Aktentasche in einem Schwimmbad sprungbereit auf einem Zehnmeterbrett und sah mit gequältem Blick in Richtung Bademeister. Dieser wollte ihm den Sprung mit der Tasche nicht erlauben.

Die übrigen Kopien seiner Arbeit hatte er im Bully und der Wohnung versteckt. Zu jeder Zeit rechnete er damit, dass diese beiden Exemplare gestohlen werden könnten. Er fürchtete sich, solange ich ihn kannte, vor Diebstahl.

„Du glaubst nicht, wie oft schon bei mir eingebrochen worden ist", gab er mir als Grund für seine Vorsichtigkeit im Umgang mit seiner Arbeit an. „Ich habe zig Anzeigen bei der Polizei laufen. Mein Briefkasten wird fast täglich aufgebrochen."

Einmal allerdings hatte er ein Exemplar seiner Arbeit aufs Autodach gelegt, vergessen es herunterzunehmen und war davongefahren. Noch am gleichen Tag hatte er die Blätter gesucht und nicht wiedergefunden. Er war sich nicht sicher gewesen, ob die Papiere gestohlen oder durch den Fahrtwind davongeflattert waren. Diesmal war er nicht zur Polizei, sondern mit einem Sack voll Kleingeld ins nächste Kopiergeschäft gegangen, wo er eigenhändig eine neue Sicherheitskopie am Automaten angefertigt hatte.

Da Sebastian immer mit Bleistift und dazu noch in sehr großen, fast unleserlichen Buchstaben schrieb, hatte die Arbeit inzwischen ein beträchtliches Volumen angenommen. Er entschied sich schließlich, die Texte fachmännisch mit Schreibmaschine tippen zu lassen.

Er selbst besaß keine solche Maschine, auch keinen Computer. Nicht einmal einen Fernsehapparat wollte er haben, was ich höchst merkwürdig fand. Filme interessierten ihn nicht. Er ging auch nie ins Kino. Hörspiele liebte er. Er hatte sogar eine kleine Hörspielsammlung, lauter Schallplatten und Musikkassetten, keine CD. Es war eines seiner Hobbys, Hörspiele aus dem Radio auf Kassetten zu überspielen. Gern lauschte er diesen Hörspielen während langer Autofahrten. Nachrichten hörte er in seinem alten Kofferradio oder las sie in Zeitungen, die im Lesesaal der Universität aus lagen. Die Welt und Frankfurter Allgemeine hauptsächlich. Um lokale Nachrichten lesen zu können, hatte er mal die Rheinische Post bestellt. Da sie aber zu oft aus seinem Briefkasten gestohlen wurde, hatte er das Abonnement gekündigt.

„Die Mädchen in den Schreibbüros können meine Schrift nicht richtig lesen", hörte ich ihn wiederholt klagen. „Ich muss die Texte diktieren."

Frauen unter dreißig nannte Sebastian grundsätzlich Mädchen, eine Eigenart von ihm. Das weibliche Geschlecht interessierte ihn nicht besonders. Er war nicht verheiratet, hatte auch noch nie eine Freundin gehabt.

In den abgeschriebenen Texten fand er dann immer wieder Fehler und falsche Absätze.

„Die können kein richtiges Deutsch. Die Mädchen verstehen meine Arbeit nicht. Was soll ich nur machen?"

„Korrigiere die Maschinentexte und gib sie zum Abschreiben in ein anderes Schreibbüro!"

„Das kostet ein Vermögen. Aber ich kann es nicht selbst tippen. Das ist vertane Zeit. Dir möchte ich das auch nicht zumuten."

So wurden die Texte im Laufe der Zeit immer mal wieder abgeschrieben. Dann gingen sie verloren, und alles begann von vorne.

Einmal wurde Sebastian vom Schulleiter Ditschke schriftlich aufgefordert, ihn aufzusuchen. Er wollte ihn dringend sprechen. Nicht ahnend, was ihn erwarten würde, betrat er das Amtszimmer des Schulleiters. Ditschke hielt ihm sofort, ohne etwas zu sagen, ein Päckchen vor die Nase. Sebastian wusste auf der Stelle, was es war. Eine Kopie seiner Arbeit. Dann machte ihn Ditschke freundlich darauf aufmerksam, dass er mit seinen Dokumenten sorgfältiger umgehen müsste, damit sie nicht in die falschen Hände kämen. Sebastian war dieser Vorfall äußerst peinlich.

Wegen seiner bereits erwähnten Pingeligkeit hatte Ditschke kaum Freunde im Lehrerkollegium. Von einigen wurde er regelrecht gehasst. Nicht aber von Sebastian, Reiner, Kathrin, Adrian und mir. Wir nahmen ihn wegen seiner Marotten einfach nicht für voll.

Es war an einem Novembermorgen, als ich im Lehrerzimmer im Unterschied zu heute meinen Platz noch am ‚Trinkertisch' hatte. Der Tisch verdankte seinen Namen der Tatsache, dass dort mehrere Kollegen saßen, die gern Jägermeister tranken. Immer wenn jemand Geburtstag hatte oder es einen anderen Grund zum Feiern gab, spendierte der jeweilige Lehrer eine Flasche Jägermeister. An diesem Morgen war ich an der Reihe. Meine Flasche war schnell leer getrunken, denn es war nur eine mittelgroße gewesen. Als die Pause zu Ende war und sich alle aufmachten, in ihre Klassenräume zu gehen, sah ich noch einmal routinemäßig in mein Postfach und fand einen Zettel mit der Unterschrift des Schulleiters. Ich wollte ihn schon beiseitelegen, um ihn später zu lesen, als mir ein Wort ins Auge sprang: Alkoholgenuss. Ich blieb wie angewurzelt stehen und las weiter: „Sie werden wegen Alkoholgenusses während der Dienstzeit gebeten, mich in meinem Amtszimmer aufzusuchen. Hochachtungsvoll: Ditschke."

Ein Kollege vom Trinkertisch hatte mich die ganze Zeit über, ohne dass ich es bemerkt hatte, beobachtet und lief nun hinter mir her. Als er sah, dass ich mich mit wütendem Blick im Eilschritt in Richtung Amtszimmer bewegte, fing er mich noch rechtzeitig ab.

„Das ist doch nur ein Scherz. Der Zettel stammt von uns."
„Ich finde das gar nicht witzig. Was soll das?"
„Das ist doch nur deshalb, weil wir fanden, dass die Flasche zu klein war. Es gibt doch auch eine große Flasche Jägermeister zu kaufen."

Ich war auf den Schabernack hereingefallen, hatte Ditschke zugetraut, den Zettel geschrieben zu haben. Weil ich mich immer von ihm beobachtet fühlte, hatte ich geglaubt, dass er zu jeder Schandtat bereit wäre.

Sebastian war trotz der Rückgabe seiner verlorenen Kopien in der Folgezeit öfter nicht gut auf Ditschke zu sprechen. Er beklagte sich immer mal wieder bei uns über ihn.

Einmal, es war an einem Freitagabend im Hallenbad, wir hatten ein paar Bahnen geschwommen, erzählte er mir während einer Verschnaufpause am Beckenrand sein jüngstes Erlebnis mit unserem Chef. Ein Schüler aus dem zehnten Schuljahr, der wegen einer Sechs in Latein bereits zweimal sitzengeblieben wäre, hätte seinen Geschichtsunterricht trotz mehrfacher Ermahnungen auf unverschämte Weise gestört. Statt ihn in den Flur zu schicken, was er nicht gedurft hätte, wäre er mit ihm zum Schulleiter gegangen, wo sich Folgendes abgespielt hätte.

„Herr Ditschke, ich habe den Timo mitgebracht. Ich weiß mir keinen Rat mehr. Er stört häufig meinen Unterricht durch laute Zwischenrufe."

„Ist das wahr, Timo? Warum tust du das?"

„Ich habe doch gar nichts gemacht. Der Herr Neufeld hat was gegen mich."

Erwin Ditschke hätte erst Timo, dann Sebastian angesehen und schließlich gesagt: „Dann steht ja Aussage gegen Aussage. Da kann ich auch nichts machen. Tut mir leid." Er hätte sich umgedreht, wäre an seinen Schreibtisch gegangen, hätte sich auf seinen Stuhl gesetzt und einen Bericht geschrieben.

„Darüber habe ich mich sehr geärgert. Seitdem grüße ich den Herrn nicht mehr."

Ich war erschüttert. Wie konnte sich ein Schulleiter einem Lehrer gegenüber in Anwesenheit eines Schülers nur so verhalten? Unverschämtheit!

Reiner war nach fünfzig sportlich geschwommenen Runden prustend zu uns gestoßen.

„Was höre ich da? Verflixte Hacke! So eine Sauerei!" Er wischte sich das Wasser aus den Augen, streckte eine Faust nach oben und sah mit finsterem Blick zu Sebastian hinüber, der wie ein Schluck Wasser am Beckenrand hing. Dann aber von einem Moment zum anderen strahlte Reiner uns an. „So ein Hund. Aber ihr werdet es nicht glauben. Den habe ich letzte Woche zum Narren gehalten."

Ich sah ihn erwartungsvoll an. „Nun red schon! Ich kann's kaum erwarten." Nichts hätte ich jetzt lieber gehört als eine peinliche Geschichte über Ditschke.

„Das werd' ich euch nachher erzählen. Macht euch auf was gefasst! Ihr kommt aus dem Staunen nicht heraus."

Reiner hatte uns neugierig gemacht. Sebastians Miene hellte sich auf. Er schien die unangenehme Sache für einen Augenblick vergessen zu haben. „Na, dann lasst uns noch eine Tour schwimmen." Er war als Erster auf und davon.

Noch am gleichen Abend trafen wir vier uns in der Tenne. Reiner erzählte süffisant von seinem kürzlichen Abenteuer mit Ditschke während seiner Lehrprobe anlässlich seiner Bewerbung um eine Oberstudienratstelle.

„Weil ich wusste, dass unser Chef es hasste, wenn Schüler Mäntel und Regenkleidung mit in den Unterrichtsraum nehmen, vereinbarte ich am Vortag mit den Schülern, dass sie ebendas tun sollten, wenn der Schulleiter mich im Unterricht besuchen käme. Ich erklärte ihnen, dass ich sie in Anwesenheit des Chefs auffordern würde, die Kleidung in den Flur zu bringen. Dann bekäme ich Pluspunkte bei der Bewertung meiner Lehrprobe."

„Und ist er auf das Theater hereingefallen?"

„Ja, dieser Depp hat nichts gemerkt. Bei der Besprechung der Unterrichtsstunde hat Ditschke den Vorgang lobend erwähnt."

Reiner benutzte manchmal gern Kraftausdrücke, die in seiner Heimat üblich waren. Er stammte aus dem Allgäu.

Kathrin, Sebastian und ich konnten uns vor Lachen kaum auf den Stühlen halten. Das Bier schmeckte danach umso besser. Auf jeden Fall war es Reiner gelungen, Sebastian über sein missliches Erlebnis hinwegzutrösten.

Kathrin setzte noch einen drauf: „Wisst ihr eigentlich, was ich bei einer Abituraufsicht erlebt habe? Das glaubt ihr mir nie."

Sebastian, sonst ganz die Ruhe selbst, war ganz aus dem Häuschen. „Erzähl doch mal!"

Wir waren alle verdutzt, weil wir es bisher nicht von Sebastian gewohnt waren, dass er jemanden bat, aus der Schule zu plaudern.

„Ich hatte Aufsicht bei einer Mathematik-Abiturarbeit, als plötzlich ein Abiturient mit seinem Aufgabenzettel an mein Pult kam und mich um Rat fragte."

„Können Sie mir sagen, ob der Text an dieser Stelle unvollständig ist? Die Aufgabe lässt sich so nämlich nicht lösen."

Kathrin schilderte uns nun in aller Ausführlichkeit, was dann folgte. Sie hatte sich den Aufgabentext angesehen und es war ihr dabei aufgefallen, dass der kopierte Text schräg verlief. Es war also möglich, dass ein Teil des Originals beim Kopieren nicht auf dem Aufgabenblatt gelandet war. Ditschke hatte in seiner Sparsamkeit die Aufgaben nicht mit einem Fotokopiergerät vervielfältigt, sondern mit einem altmodischen Umdrucker. Die dabei benötigte Wachsmatrize war schief eingespannt worden, wie sich später herausgestellt hatte. Auf dem Aufgabenblatt hatte $x^2 - 3$ gefehlt, sodass die Funktion nicht richtig bearbeitet werden konnte.

Kathrin triumphierte.

„Eine Blamage für Ditschke! Er musste gerufen werden, um die Aufgabenstellung zu korrigieren. Die Arbeitszeit der Schüler hat er dann um eine halbe Stunde verlängert."

Sebastian war ganz außer sich.

„Mein Gott, wie peinlich! Er ist also nicht unfehlbar, wie er sich immer gibt."

Während der ersten Jahre unserer Bekanntschaft war uns außer den bisher geschilderten Eigenarten nichts Besonderes an Sebastian aufgefallen. Jeder hatte so seine Macken. Gelegentliche Schwierigkeiten im Beruf wären nichts Ungewöhnliches, dachten wir.

Ditschke war inzwischen aus Altersgründen von Dr. Geiselhart als Schulleiter abgelöst worden. Beide waren Mathematiker, ansonsten aber sehr verschieden. Sie waren auch Anhänger verschiedener politischer Parteien. Noch während seiner Probezeit als Oberstudiendirektor gab Geiselhart zu verstehen, dass er eigentlich Bürgermeister werden wollte. Die Aussichten dafür waren zu jener Zeit nicht schlecht, da seine Partei immer über vierzig Prozent der Stimmen bei den Kommunalwahlen erhalten hatte.

Ditschke war leidenschaftlicher Segelflieger, was man ihm nicht zugetraut hätte, wenn man ihn vor sich hatte. Er wirkte mit seinen sechzig Jahren, dem unmodernen dunkelbraunen Anzug mit beiger Krawatte und seinem zerknirschten Gesicht wie ein alter Opa.

Ganz anders Geiselhart, der fünfzehn Jahre jünger war und noch mitten im Berufsleben stand. Die meisten Kollegen fanden es jedoch peinlich, dass er ein leidenschaftlicher Karl-May-Fan war. Er sammelte alles, was er über diesen

Autor finden konnte. Ich erinnere mich deshalb noch ganz genau daran, weil ich ihm öfter Artikel über seinen Lieblingsschriftsteller aus meinem Spiegel-Archiv kopiert hatte. Er wusste, dass ich der einzige Lehrer an der Schule war, der alle bis dahin erschienenen Spiegel-Hefte besaß. Internet gab es noch nicht.

Ditschkes Zeit war an Sebastian bis auf den erwähnten Vorfall fast spurlos vorübergegangen, nicht so die seines Vorgesetzten Geiselhart.

Es passierte an einem stürmischen Herbstabend. Wir liefen durch die Dunkelheit und hatten das Sechseck fast erreicht, als Sebastian plötzlich stehen blieb, seine Mütze trotz der Kälte auszog und sie schräg vor die linke Seite seines Gesichtes hielt. Das hatte ich zuvor noch nicht beobachtet. Mit der rechten Hand zeigte er zitternd auf die Leuchtreklame über der Eingangstür des Restaurants. Seine Haare flatterten ohne Kopfbedeckung. Er murmelte etwas. Wegen des Windes konnte ich jedoch nichts verstehen.

„Was ist los, Sebastian? Warum gehst du nicht weiter? Wir sind doch gleich da. – Sauwetter!"

„Da können wir nicht mehr hingehen. Da nicht." Er zeigte immer noch auf die Leuchttafel.

„Wieso?"

„Da steht ‚Bierschwemme'. Das ist kein Lokal für uns. Das ist nicht unser Niveau." Immer noch zeigte er auf das beleuchtete Schild.

„Das steht da schon seit Jahren. Du kennst doch das Lokal. Es ist das Sechseck. Da verkehren nur ordentliche Leute."

Sebastian schüttelte unaufhörlich den Kopf. „Nein, nein, nein! Die haben das umfunktioniert. Da können wir nicht mehr hineingehen." Anschließend verdeckte er mit seiner Baskenmütze sein Gesicht so, als wollte er es vor ungebetenen Gaffern schützen.

Kathrin und Reiner sahen sich verwundert an und waren sprachlos. Nach längerem Überlegen entschied Reiner: „Gehen wir woanders hin! Zum Griechen ins Neptun, hinter dem Bahnhof. Da steht bestimmt nicht Bierschwemme." Dabei hatte er Sebastian unbemerkt einen Vogel gezeigt.

Ins Neptun gingen wir ab und zu auch mal zum Abendessen. Jedoch nicht so gern, weil dort damals noch viel geraucht wurde, mehr als in anderen Lokalen. Um des lieben Friedens willen kehrten wir heute beim Griechen ein.

Vom Wirt wurden wir wie immer freundlich begrüßt und bekamen sofort die Speisekarten überreicht. Zuerst bestellten wir drei große Alt, Kathrin einen süßen Weißwein. Bevor ich mich mit der Karte beschäftigte, wollte ich eine Frage an Sebastian loswerden.

„Warum hältst du in der letzten Zeit deine Mütze manchmal so komisch?"

Während Sebastian sonst immer mit einer humorvollen Antwort auf eine solche Frage reagiert hätte, gefiel mir seine heutige Reaktion überhaupt nicht.

„Es muss nicht jederzeit jeder wissen, wo ich mich aufhalte."

Warum wollte er nicht erkannt werden?

Irgendetwas stimmte nicht mit ihm, dachte ich und grübelte, was der Grund sein könnte, kam aber nicht dahinter. An den Mienen der beiden anderen konnte ich ablesen, dass sie das Gleiche dachten.

„Wirst du verfolgt?", fragte Reiner und hob den Kopf.

Sebastian antwortete nicht.

Da wir bisher immer mit Sebastian über alle Probleme sprechen konnten, versuchte ich auf der Stelle herauszufinden, was mit ihm los war.

„Hattest du heute einen schlechten Tag? War was Besonderes in der Schule?"

„Ja, der Dr. Geiselhart hat mich im Visier."

„Ich verstehe nicht", mischte sich Kathrin ein. „Erzähl doch mal!"

„Er will mich am Montag in meiner Deutschstunde besuchen."

Reiner lachte. „Eine Lehrprobe? Du bist doch Studienrat. Was soll das? Du brauchst doch nicht mehr beobachtet zu werden. Oder willst du dich als Oberstudienrat bewerben?"

„Er hat mir ausrichten lassen, es hätten sich Eltern der 10a über mich beschwert, allen voran unsere Kollegin Wallnuss und die Sekretärin Sültemeier. Die haben Söhne in der Klasse. Beide haben nur eine Vier bei mir. Das sei aber zu wenig. An unserer Schule soll in Deutsch möglichst keine Zeugnisnote schlechter als drei sein, lautet die neueste Devise der Schulleitung."

Kathrin schüttelte den Kopf.

„Das ist doch wohl ein Scherz!"

„Und was soll dabei ein Unterrichtsbesuch ändern?"

„Das ist nur Schikane!"

„Lass dir das nicht gefallen!"

Alle redeten durcheinander.

Ich versprach Sebastian, ihn unangemeldet zu begleiten und der Lehrprobe beizuwohnen.

Montagmorgen um 8.40 Uhr war es soweit. Ich saß schon an einem Tisch in der letzten Reihe im Klassenraum, als Geiselhart mit dem Klingelton den Raum betrat und sich auf den einzigen freien Platz neben mich setzte. Das Klassenzimmer war viel zu klein für über dreißig Schüler, und die Lichtverhältnisse waren miserabel. Künstliche Beleuchtung den ganzen Tag. Die Schüler taten mir leid. Aber sie kannten es nicht anders und hatten sich daran gewöhnt.

Geiselhart war überrascht, als er mich sah. Seinem Gesicht meinte ich zu entnehmen, dass es ihm gar nicht recht war, dass auch ich der Stunde beiwohnen wollte. Er sagte aber zunächst nichts. Sebastian hatte inzwischen die Schüler begrüßt und auf seine Gäste hingewiesen. Er bat sie, sich so zu verhalten, als wenn wir gar nicht da wären.

Die Stunde verlief, wie ich mir eine Deutschstunde vorgestellt hatte. Den Namen des Themas weiß ich heute nicht mehr. Es ging um einen Auszug aus dem Schinderhannes von Carl Zuckmayer. Ich war als Mathematiklehrer beileibe kein Fachmann in Deutsch. Das war Geiselhart aber auch nicht. Er unterrichtete neben Mathematik das Fach Erdkunde. Dafür hatte ich aber als Referendarbetreuer in wesentlich mehr Deutschstunden hospitiert als er. Wir machten uns Notizen über den Stundenverlauf. Geiselhart hatte einen knallroten Kopf. Er schien vor Wut zu platzen. Ich hätte gern gewusst warum. Ärgerte er sich, weil die Schüler so friedlich waren und allen Anweisungen ihres Lehrers folgten? Ärgerte er sich, weil sie offensichtlich etwas in der Stunde lernten? Auch wenn sie sich nicht sehr oft meldeten, war die Beteiligung am Unterricht meiner Meinung nach zufriedenstellend. Eine gewisse Zurückhaltung war aufgrund der Anwesenheit der Gäste normal.

Nach dem Unterrichtsbesuch fuhr mich Geiselhart im Flur an: „Warum haben Sie mich nicht vorher gefragt, ob Sie die Stunde anhören dürfen?"

„Das habe ich nicht für nötig gehalten. Es ist Herrn Neufelds Recht, einen Kollegen seines Vertrauens einzuladen."

„Die Stunde war übrigens bodenlos schlecht. So kann man nicht unterrichten. Keiner hat etwas verstanden. – Übrigens dürfen Sie bei der Besprechung in meinem Amtszimmer nicht anwesend sein. Haben Sie das verstanden?"

„Ich wusste gar nicht, dass Sie auch Fachmann für Carl Zuckmayer sind. Ich dachte Sie lesen nur Karl May."

Auf diese unverschämte Bemerkung bin ich heute noch stolz. Ich fand sie damals schon listig und rieb mir die Hände. Klammheimliche Freude kam in mir auf. Sebastian würde zufrieden sein, denn ich hatte seinem ersten großen Widersacher eins auswischen können.

Geiselhart antwortete nicht, drehte sich vielmehr auf dem Absatz um und ging wie ein dummer Junge davon.

Armer Sebastian. Ob ich die Sache für ihn damit nicht noch schlimmer gemacht hatte? Geiselhart saß in jedem Fall am längeren Hebel.

In der nächsten großen Pause wartete ich vergeblich auf Sebastian im Lehrerzimmer und hörte tagsüber nichts mehr von ihm. Erst abends meldete er sich am Telefon. Die Nachbesprechung seiner Lehrprobe im Amtszimmer des Schulleiters war für ihn wie ein Albtraum verlaufen. Geiselhart hatte ihm einen schlechten Unterrichtsstil attestiert, ohne sein Urteil zu begründen. Als Konsequenz hatte er ihm angedroht, ihn nicht mehr als Deutschlehrer einzusetzen, sondern nur noch in den Fächern Geschichte und Politik in der Sekundarstufe eins. Dann hätte Sebastian, weil Geschichte als Fach ohne Klassenarbeiten nur zweistündig und Politik häufig einstündig unterrichtet würde, mindestens dreizehn Lerngruppen mit insgesamt etwa 400 Schülern zu unterrichten gehabt. Eine Zumutung! Die verbleibenden Deutscharbeiten im laufenden Schuljahr wollte Geiselhart von einem zweiten Fachlehrer überprüfen lassen. Aus diesem Grund hätte Sebastian zukünftig alle korrigierten Arbeiten vor der Rückgabe bei ihm persönlich einzureichen.

Warum hatte Geiselhart das veranlasst? Wollte er einen Lehrer, der auch schlechte Noten unter schlechte Deutscharbeiten schrieb, aussperren? Sollte damit der Notendurchschnitt gegenüber den Nachbarschulen gehoben werden?

Oder sollte das die Rache für Sebastians Ausreichend in Gattermanns Abiturarbeit vor ein paar Jahren sein? Die Parteikollegen Geiselhart und Gattermann steckten bestimmt unter einer Decke. Warum hatte Geiselhart eigentlich die Eltern, die sich über Sebastian beschwert hatten, nicht einfach zunächst in Sebastians Sprechstunde geschickt, wie es üblich ist? Die Aufgabe des Schulleiters wäre es gewesen, erst in letzter Instanz tätig zu werden.

Wir verabredeten noch am gleichen Abend ein Treffen im Sechseck, wohin auch Kathrin und Reiner kamen. Die Stimmung war gedämpft. Nachdem Sebastian sein Erlebnis noch einmal ausführlich geschildert hatte, waren wir uns einig. So ginge das nicht.

„Wie ein kranker Säugling hat Geiselhart auf seiner Meinung bestanden und mehrmals mit dem Fuß auf den Boden gestampft, wie ein westfälischer Bauer."

Dieses Mal konnten wir über Sebastians originellen Redewendungen, die wir schon so oft gehört hatten, nicht lachen. Die Lage war zu ernst. Aber schmunzeln mussten wir doch.

Nach einer Weile brach ich das Schweigen: „Geiselhart macht, was er will. Als Konferenzleiter in der Lehrer-, Zeugnis- oder Schulkonferenz macht er eklatante Fehler. Bei Abstimmungen zum Beispiel fragt er nicht, wer dafür oder dagegen ist oder wer sich der Stimme enthält. Er fragt nur: ‚Ist jemand gegen den Antrag?' Wenn sich dann niemand meldet, heißt sein Ergebnis: ‚Damit ist der Antrag einstimmig angenommen.'"

„Das ist natürlich Unfug", schaltete sich Sebastian ein. "Es müsste in jedem Fall geprüft werden, ob überhaupt jemand dem Antrag zustimmt. Es könnten sich ja alle enthalten."

„Ihm geht es nur darum, dass in möglichst vielen Konferenzprotokollen steht, dass die Abstimmungen einstimmig waren. Als ich ihm das einmal vor versammelter Mannschaft vorgeworfen hatte, war als Reaktion von ihm nur eine unwirsche Handbewegung zu sehen gewesen."

Jetzt riefen alle durcheinander.

„Und so einer will Bürgermeister werden."

„Unverschämtheit!"

„Das müsste verboten werden."

„Ich habe noch ein weiteres Beispiel: Beim letzten Zeugnistermin, als es um die Versetzung einer Wiederholerin im elften Schuljahr ging, hat er sich ebenfalls Unglaubliches geleistet. Da ich seinen Plan im Vorfeld durchschaut hatte, war für mich klar, dass ich ihn in eine Falle laufen lassen würde."

Kathrin bestellte einen zweiten Wein. „Das ist ja interessant, erzähl mal!"

„Er und sein Oberstufenkoordinator Gattermann waren einen Tag vor der Versetzungskonferenz zu allen Lehrern gelaufen, bei denen die Schülerin eine Vier bekommen sollte, und hatten versucht sie zu überreden, dass sie eine Fünf bekäme. Dann wäre das Mädchen wieder sitzen geblieben und hätte die Schule verlassen müssen. Das hatten beide offensichtlich so gewollt."

Reiner schüttelte erstaunt den Kopf. „Das hätte ich nicht gedacht. Die sind doch sonst bemüht, jeden, der einen Kopf hat, zum Abitur zuzulassen. Als wenn es Geld dafür gäbe."

„Nicht in diesem Fall. Sie hatten etwas gegen das Mädchen. Sie war ihnen wahrscheinlich zu alt, nämlich zwanzig. Nachdem ich die aktualisierte Zeugnisliste eingesehen und festgestellt hatte, dass sie nur noch eine Fünf in Mathematik bräuchten, um sie sitzenbleiben zu lassen, war ich an der Reihe, die Sache zu entscheiden. Ich änderte meine Vier in eine Fünf in der festen Absicht, das während der Konferenz am nächsten Nachmittag wieder rückgängig zu machen."

Sebastian war gespannt.

„Und wie ist die Geschichte ausgegangen? Hast du die Note wieder geändert? Vor allen Kollegen?"

„Aber natürlich! Ihr hättet jetzt den Geiselhart wettern hören müssen: ‚Wenn ich die Note geben dürfte, wäre es eine Fünf, keine Vier. Aber leider entscheidet ja der Fachlehrer. Das ist ärgerlich, jetzt müssen wir die Schülerin in den Jahrgang zwölf versetzen.' Er war stocksauer. Die anderen Konferenzmitglieder hatten gegrinst. Danach war mir Geiselhart längere Zeit aus dem Weg gegangen."

Mit dieser Geschichte hoffte ich, Sebastian zu ermuntern, sich nicht alles gefallen zu lassen und vor allem den Anfängen der Ungerechtigkeit zu wehren.

Sebastian unterrichtete zu dieser Zeit Geschichte und Politik in der Klasse 10b, in der ich Klassenlehrer war. Aus der Distanz muss ich heute sagen, dass es die sympathischste und leistungsstärkste Klasse war, die ich je kennengelernt hatte.

Etwa zwei Wochen nach Sebastians Lehrprobe sprachen mich die Klassensprecherin und ihr Vertreter an. Sie drucksten herum und trauten sich nicht recht, mir die Frage zu stellen, die ihnen offensichtlich am Herzen lag. Sie erzählten mir, dass sie vom Schulleiter die Anweisung bekommen hätten, den Unterricht von Sebastian zu protokollieren und ihm darüber zu berichten. Sie fragten mich, ob sie das müssten, denn sie wollten das nicht. Ich verneinte natürlich, und ihnen fiel ein Stein vom Herzen. Beide atmeten tief durch und ihre Gesichter strahlten wieder.

„Gab es irgendwelche Differenzen zwischen Herrn Neufeld und der Klasse?"

„Nein, keine. Im Gegenteil, wir haben gern bei ihm Unterricht, und so soll es auch bleiben." Das kam wie aus der Pistole geschossen.

Der Vorfall gab mir zu denken. Meine Klasse galt bei den Kollegen als brav und pflegeleicht. Es konnte wohl nicht sein, dass sie als Einzige einen solchen nicht ganz korrekten Auftrag von Geiselhart bekommen hatte. Da gab es doch andere Klassen oder Oberstufenkurse, die auf eine Gelegenheit gewartet hatten, einem Lehrer zu schaden.

Und so war es auch. Ich fragte in meinem Leistungskurs der Stufe 12. Prompt meldete sich eine Schülerin, die Sebastian in Geschichte unterrichtete. Sie erzählte mir, sie käme mit Herrn Neufeld nicht zurecht und hätte auch nur eine Vier bei ihm. Sie würde gern aufschreiben, was ihr am Geschichtsunterricht nicht gefiel und es an die Schulleitung weitergeben. Das machte sie jetzt seit zwei Wochen so im Auftrag von Herrn Geiselhart.

Noch am gleichen Tag erfuhren Kathrin, Reiner und Sebastian meine Neuigkeiten. Wir beratschlagten bei einem Abendessen in der Tenne, was man gegen ein solch schändliches Verhalten vonseiten der Schulleitung unternehmen könnte. Sebastian lehnte jeden Vorschlag ab. Es würde dann alles nur noch schlimmer, meinte er. Ich war anderer Ansicht. Kathrin, Reiner und ich berichteten den Skandal am nächsten Morgen dem Lehrerrat. Der war dafür zuständig, zwischen Schulleitung und Lehrern zu vermitteln.

Zu unserem größten Erstaunen lehnten es die Mitglieder des Lehrerrates ab, Sebastian zu helfen. Sie glaubten die Geschichte nicht. Sebastian müsste sie selbst um Hilfe bitten, was dieser aber nicht wollte.

Sebastians Verhalten nährte im Lehrerrat die Vermutung, dass die Kritik an seinem Unterricht berechtigt wäre. Es wurde also nichts unternommen. Damit war eine Chance vertan, frühzeitig gegen die Methoden des Schulleiters anzusteuern. Denn es sollte alles viel, viel schlimmer kommen.

Noch im gleichen Schuljahr wurden mehrere Oberstudienratsstellen an unserer Schule zur Bewerbung ausgeschrieben. Sebastian glaubte, dass für ihn die Zeit gekommen war, eine Gehaltsstufe aufzusteigen. Wir rieten ihm ab, er sollte warten, bis wir im nächsten Jahr einen neuen Schulleiter hätten. Das war nämlich abzusehen, weil Geiselhart in Kürze Bürgermeister werden wollte.

Sebastian bewarb sich trotzdem. Die Prüfungskommission bestand aus zwei Personen, der für unsere Schule zuständigen Dezernentin und dem Schulleiter. Die Dezernentin war auch Mathematikerin. Sie war etwa fünfzig Jahre alt, trug Kleidung und eine Frisur, die vielleicht in den sechziger Jahren modern gewesen waren. Am meisten fielen ihre dunkelblauen Nylonstrümpfe auf, die nicht zum beigebraunen Faltenrock passten. Selbst Schüler bemerkten das während der Pause, als sie auf dem Schulhof auf und ab lief. Ich beobachtete, wie einige mit den Fingern auf sie zeigten und lachten.

Sie wussten ja nicht, wen sie vor sich hatten. Dass sie mit ihrem Auftreten nicht von allen Schülern ernst genommen wurde, konnte man auch daran sehen, dass ein Mädchen sich weigerte, ein Stück Papier aufzuheben, das es gerade fallengelassen hatte, obwohl die Dezernentin allem Anschein nach eindringlich auf die Schülerin eingewirkt hatte.

Sebastian musste eine Deutsch- und eine Geschichtsstunde präsentieren, anschließend ein sechzigminütiges Kolloquium überstehen, ähnlich wie beim zweiten Staatsexamen der Referendare. Bei solchen Prüfungen waren keine Gäste zugelassen. Also warteten wir gespannt auf seinen Bericht nach der Prüfung.

Während des Kolloquiums hatten Kathrin, Reiner und ich Unterricht. In der Pause danach wollten wir unbedingt mit Sebastian reden, konnten ihn aber nicht finden. Im Sekretariat erfuhren wir schließlich, dass er sich krankgemeldet hatte und nicht mehr im Hause war.

Den ganzen Nachmittag über versuchten wir, ihn anzurufen. Klingeln an der Haustür brachte auch nichts. Was war geschehen? War er wirklich krank? Oder war er durch die Prüfung gefallen und nun deprimiert? Da sich das Ganze an einem Freitag abspielte, hofften wir, ihn abends um acht beim Schwimmen zu treffen.

Mit dreißigminütiger Verspätung erschien Sebastian im Hallenbad. Wir waren bereits auf dem Weg ins Wasser, als er aus der Umkleidekabine zum Duschen kam.

„Wo warst du bloß den ganzen Tag?", überfiel ihn Kathrin, als er endlich auch ins Schwimmbecken glitt.

„Das erzähle ich euch nachher beim Essen", war das Einzige, was wir ihm entlocken konnten.

Wir ließen es dabei. Dieses Mal waren wir besonders gespannt auf unser Treffen im Sechseck, um halb elf nach dem Schwimmen. Als es dann soweit war, überließen wir ihm die Eröffnung der Plauderrunde. Die Spannung war groß.

„Ich habe keine Lust, euch zu berichten, wie die beiden Lehrproben und das Kolloquium verlaufen sind. Machen wir es kurz. Es wird nichts mit der Stelle als Oberstudienrat."

Sebastian blickte dabei zur Seite und versuchte nervös, mit der Hand einen nicht vorhandenen Fleck aus seiner Jacke zu reiben. Stumm sahen wir uns gegenseitig an. Die Enttäuschung stand uns auf der Stirn geschrieben. Nach einer Schweigeminute meldete ich mich als Erster zu Wort: „Was haben Geiselhart und die Blaustrümpfige denn bemängelt?"

„Wer ist denn die Blaustrümpfige?", wollte Kathrin wissen.

Reiner sah seine Frau kopfschüttelnd an. „Die Dezernentin. – Du bekommst aber auch gar nichts mit."

„Eine Unzahl von Nichtigkeiten. Ich kann sie gar nicht alle aufzählen." Sebastians Gesicht war blass. Er machte eine abwehrende Handbewegung und sah zu Boden. Dann war er still. Ich hatte das Gefühl, dass er uns nichts weiter erzählen wollte.

Reiner rutschte unruhig auf seinem Stuhl hin und her. Dabei zerknüllte er seine Serviette. „Das interessiert mich jetzt aber. Nenn doch bitte mal ein Beispiel!"

Sebastian räusperte sich. „Ihr werdet es nicht glauben. Die haben bemängelt, dass ich bei der Korrektur von Klassenarbeiten um die Ecke schreibe. Sie haben wörtlich gesagt: ‚Sie schreiben um die Ecke, Herr Neufeld. Das geht nicht.'"

Wir verstanden gar nichts und baten ihn, diese Geschichte ausführlicher zu erzählen. Es stellte sich heraus, dass er bei der Korrektur zweier Deutscharbeiten sein Gutachten nicht vollständig auf eine Seite hatte schreiben können, weil nicht genügend Platz vorhanden war. Die letzten ein oder zwei Wörter passten nicht mehr in die unterste Schreibzeile. Anstatt umzublättern und auf der nächsten Seite oben zu Ende zu schreiben, hatte er diese Wörter um die Ecke herum auf den Korrekturrand geschrieben. Das hätte er nicht gedurft, meinte die Prüfungskommission. So ein Quatsch, dachte ich.

„Die haben nur nach Gründen gesucht, mich durchfallen zu lassen." Sebastian war wütend und schlug mit der Hand auf den Tisch. Ein leeres Glas fiel um. Er hob es mit zitternder Hand auf. Dabei wäre es ihm beinahe wieder umgefallen. Er entschuldigte sich. Dann rieb er wieder an seiner Jacke.

Eine Weile war es still. Wir waren wie vor den Kopf gestoßen. War es denn die Möglichkeit. So eine Lappalie. Wenn das alles war, was sie an Sebastians Korrekturen zu bemängeln hatten, gehörte er zu den fünf Prozent besten Korrektoren der Schule. Die Prüfer hätten sich nämlich mal die Arbeiten anderer Kollegen ansehen sollen. Da waren Unmengen von Fehlern überhaupt nicht angestrichen oder zwar erkannt, aber nicht gewertet worden. ‚Sei doch nicht so pingelig! Die Schüler haben doch das Richtige gemeint', musste ich mir oft anhören, wenn ich Kollegen daraufhin ansprach. In diesem Moment fiel mir ein Erlebnis ein, das ich meinen Freunden unbedingt jetzt erzählen wollte.

Als ich vor kurzem Koordinator bei der Durchführung der Parallelarbeiten im Fach Mathematik gewesen war, hatte ich die Korrektur eines Klassensatzes eines Kollegen überprüft, der als ein sehr milder Beurteiler von Schülerarbeiten galt. Ich fand, dass alle Arbeiten um ein bis zwei Noten zu gut bewertet waren, vor allem deshalb, weil viele Fehler nicht angestrichen worden waren. War er nur zu faul gewesen, die Arbeiten richtig zu korrigieren, oder hatte er es nicht gekonnt? Oder hatte er keine schlechten Noten geben wollen, um als guter Lehrer dazustehen? Ich teilte meine Entdeckung dem Kollegen mit. Den interessierte das aber nicht. Er ging sogar hin und änderte nachträglich die einzige Fünf in eine Vier mit der Begründung, die Schülerin hätte sich an einer Stelle wahrscheinlich nur vertan, sie wäre keine schlechte Schülerin und hätte diesen Fehler im Unterricht bestimmt nicht gemacht. Sie hätte sich nur vertan. Lächerlich! Ich erwähnte diesen Vorfall ohne Namensnennung im Gutachten an die Schulbehörde – keine Reaktion. Das war auch nicht verwunderlich. Denn je besser die Notenstatistik, umso besser für das Land. Man wollte schließlich in der Rangfolge nicht noch hinter Bremen zurückfallen.

An dieser Stelle unterbrach mich Sebastian. „Als ich die Prüfungskommission höflich gefragt hatte, ob sie nichts Schwerwiegenderes vorzutragen hätten, vielleicht etwas Negatives im Zusammenhang mit meiner Unterrichtsqualität, hatte ich mir Folgendes anhören müssen: ‚Herr Neufeld, Sie haben den Schülern eine Überschrift diktiert und am Ende ‚Punkt' gesagt. Das ist aber falsch. Am Ende einer Überschrift steht kein Punkt. Das sollten Sie als Deutschlehrer wissen. Was sagen Sie dazu?' – Jetzt frage ich euch, was ihr dazu sagt. Ist das nicht unglaublich?"

Kathrin hielt vor Schreck die Hand vor den Mund. „Um Gottes willen! Das hättest du nicht im Kolloquium sagen dürfen. Damit hast du sie verärgert."

Ein Außenstehender, der nie eine Unterrichtsstunde von Sebastian erlebt hatte, hätte nun vermuten können, dass ihm tatsächlich ein fachlicher Fehler unterlaufen wäre. Dass dies aber nicht der Fall gewesen war, erläuterte er uns in aller Ausführlichkeit. Er erklärte uns, und ich konnte das bestätigen, weil ich schon ein paar seiner Unterrichtsstunden erlebt hatte, dass er mit allen Schülern vereinbart hatte, beim Diktieren als Signal immer das Wort Punkt zu sagen, bevor ein neuer Absatz begann, auch nach einer Überschrift. Kein Schüler wäre je auf die Idee gekommen, dieses Wort so zu interpretieren, dass ein Satzzeichen geschrieben werden müsste.

„Nachdem ich der Kommission das ausführlich erläutert hatte, war ich davon ausgegangen, dass sie ihr Monitum zurücknähmen. Aber weit gefehlt. Das wäre ein fachlicher Fehler gewesen. Sie bestanden auf ihrer Interpretation."

Wir waren uns alle einig. Sie hatten von vornherein nicht gewollt, dass Sebastian die Oberrat-Stelle bekam. Es sollten nur die besten Drei sein. Zehn hatten sich beworben. Und

Sebastian zählte offensichtlich nicht zu den Auserwählten, vielleicht aufgrund der Vorkommnisse in der Vergangenheit. Bestimmt hatte Geiselhart der Dezernentin davon erzählt. Da keine Mängel im Unterricht festgestellt werden konnten, mussten fadenscheinige Begründungen für die Ablehnung herhalten.

Nicht einmal Sebastians außerunterrichtliche Aktivitäten waren von Geiselhart und der Blaustrümpfigen gewürdigt worden. Er hatte seit Jahren Auftritte von dramaturgischen Veranstaltungen koordiniert. Alle Gastschauspiele in der Schulaula waren von ihm erfolgreich organisiert worden. Aktivitäten wie diese waren damals zwar von Schulleitern erwünscht, hatten aber nicht so einen hohen Stellenwert wie heute.

Heute ist es so, dass ein Lehrer eingestellt wird, wenn er beim Bewerbungsgespräch zustimmt, unbezahlte außerunterrichtliche Aktivitäten zusätzlich zu seinem Fachunterricht durchzuführen. Diese Aufgaben haben oft nicht das Geringste mit Gymnasialausbildung von Schülern zu tun. Es geht dabei vor allem darum, auf Kosten der Freizeit der Lehrer Werbung für die Schule zu machen und der Gemeinde zu helfen, Geld zu sparen. Ein Beispiel ist die Renovierung des Lehrerzimmers.

„Wenn dir in Zukunft noch einmal Ähnliches widerfährt, könntest du eine Dienstaufsichtsbeschwerde schreiben", schlug ich Sebastian vor.

Doch er wollte nichts davon hören, seine Vorgesetzten säßen am längeren Hebel. Er wollte ab jetzt Material gegen sie sammeln und es zu einem geeigneten Zeitpunkt verwenden.

Die Stimmung war auf einem Tiefpunkt. Das Essen schmeckte uns an diesem Abend nicht. Wir tranken anschließend noch ein Glas und machten uns früher als sonst auf den Heimweg.

Wenige Tage später wurde Sebastian vom Schulleiter zu einem Dienstgespräch in sein Amtszimmer gebeten. Was sich in den folgenden Minuten abgespielt hatte, erfuhren Reiner und ich am nächsten Tag, als wir mit den Rädern am Rhein entlang fuhren und in einem Restaurant Pause machten, nachdem Sebastian wieder mal mit einem Pedal an einer Metallstange hängen geblieben war und sein Fahrrad erst repariert werden musste.

Ohne zu grüßen, hatte Geiselhart ihn mit der Aufforderung überfallen: „Sie müssen jetzt reduzieren! Sie müssen jetzt reduzieren!"

Auf Sebastians Frage, was er denn damit meinte, war sofort die Antwort gekommen: „Sie sind überfordert. Sie müssen ein paar Wochenstunden weniger unterrichten und auf einen Teil des Gehaltes verzichten."

„Ich bin nicht überfordert. Ich werde meine Unterrichtsstundenzahl nicht reduzieren. Punkt. Und im Übrigen erst einmal: Guten Tag, Herr Geiselhart!" Sebastian war hart geblieben.

Er hatte eigentlich damit gerechnet, freundlich begrüßt zu werden, weil er seinen Vorgesetzten aus der Zeit, als dieser noch kein Schulleiter war, als einen sehr höflichen Menschen kannte. Dass er ein Bonbon angeboten bekäme wie die Schüler, die etwas verbrochen hatten und beim Herrn Direktor erscheinen mussten. Dazu stand eine riesige Schale mit Süßigkeiten auf dem Tisch. Geiselharts Erfindung.

Es war ihm aber kein Bonbon angeboten worden. Sie müssen reduzieren, hätte Geiselhart erneut gerufen und Sebastian aus allen Träumen gerissen. Dabei hätte sein Chef sich in seinen Sessel fallen lassen und die Beine blitzartig übereinandergeschlagen, wie ein westfälischer Bauer, so Sebastian. Geiselhart, der sonst immer ganz normal sprach und die Ruhe selbst war, hätte in dieser Situation auf ihn wie ein kranker Säugling gewirkt, weil er seine Forderung in quengeligem Ton mehrmals wiederholt hätte.

Da waren sie wieder, Sebastians typische Redewendungen, westfälischer Bauer, kranker Säugling. Wir mussten schmunzeln und gratulierten ihm, weil er nicht nachgegeben hatte. Wie gern wären wir dabei gewesen, denn wir konnten uns nicht vorstellen, dass alles so gewesen war, wie Sebastian es uns süffisant geschildert hatte. Irgendetwas schien da nicht zu stimmen.

In der Folgezeit wurde er noch zweimal in der gleichen Angelegenheit ins Amtszimmer gerufen, beide Male jedoch vom stellvertretenden Schulleiter. Aber auch der hatte keinen Erfolg. Sebastian wollte seine Stundenzahl nicht reduzieren.

Die Methode, Lehrer dazu zu bewegen, auf einen Teil des Gehaltes zu verzichten, war zu jener Zeit neu. Sie basierte auf einer Anregung der Schulbehörde. Es sollte damit erreicht werden, dass Stellen und finanzielle Mittel frei würden, um mehr jüngere Lehrer einstellen zu können. Heute versucht man wegen des zu erwartenden Lehrermangels in den nächsten Jahren, diese Lehrer wieder für die ‚ganze Stelle' zurückzugewinnen.

Kurze Zeit später gab Geiselhart seine Schulleiterstelle auf und wurde Bürgermeister. Er rückte für die Vorgängerin nach, die als Abgeordnete in den Landtag gewechselt war. Das kam für das Lehrerkollegium nicht überraschend, weil ein diesbezügliches Gerücht schon lange im Raume schwebte.

Wir hofften für Sebastian, dass wir eine neue Schulleitung von auswärts bekämen. Aber da war ja noch Dr. Gattermann, der seine Chance witterte. Er bewarb sich und bekam die freie Stelle. Es war das eingetreten, was er vor Jahren schon angekündigt hatte. Wie sich bald herausstellen sollte, hätte es für Sebastian nicht schlimmer kommen können.

Sebastians Arbeitsplatz im Lehrerzimmer war nur ein Katzensprung von Reiners und meinem Platz entfernt. Wir konnten ihn zu jeder Zeit beobachten. Kathrin hielt sich meistens in ihrem Chemiefachraum auf.

Wir bemerkten, dass Gattermann häufig um Sebastian herumschwänzelte und ihm mit grimmigem Blick ein paar Sätze zurief und dann wieder verschwand. Wir konnten nicht verstehen, worum es ging, waren aber brennend daran interessiert, es zu erfahren. Schließlich fragten wir eines Abends Sebastian, was denn der Schulleiter so oft von ihm wollte.

„Er behauptete steif und fest, dass ich wiederholt die Lehrerkonferenz unentschuldigt versäumt hätte, da in der Anwesenheitsliste einmal meine Unterschrift gefehlt und ein anderes Mal gefälscht gewesen wäre. Meine Entschuldigung, ich wäre jedes Mal da gewesen und die Anwesenheitsliste wäre mir nicht immer vorgelegt worden, akzeptierte er nicht."

„Lass dir das nicht gefallen!", warnte ich Sebastian.

Reiner pflichtete mir bei. „Das kann aber doch nicht alles gewesen sein. Er hat dich doch fast täglich angesprochen. Worum ging es denn noch?"

„Er sagte, Eltern hätten sich über mich beschwert, ich wäre in meiner Sprechstunde nicht für sie erreichbar gewesen. Die Behauptung, sie hätten zuvor mit mir einen Termin vereinbart, stimmte nicht. Dass mir niemand im Lehrerzimmer Bescheid gesagt hatte, dass Eltern im Sekretariat auf mich unangemeldet warteten, ließ er nicht als Entschuldigung gelten. Ich kann doch nicht eine ganze Stunde neben dem Telefon an der Eingangstür auf vermeintliche Anrufe warten. Das macht doch keiner. Das ist nicht zumutbar."

„Ob angemeldet oder nicht, du hast in deiner Sprechstunde zur Verfügung zu stehen", unterbrach ihn Kathrin. „Notfalls musst du dich in der Nähe des Telefons aufhalten."

„Das ist aber doch kein Grund, schon wieder eine Lehrprobe anzusetzen", widersprach Sebastian und schlug mit der Hand auf den Tisch. „Entschuldige, Kathrin!"

„Wann ist dieser Unterrichtsbesuch? Ich werde wie damals bei Geiselhart dabei sein. Du müsstest mich nur vorab über deine Pläne und Ziele dieser Unterrichtsstunde informieren, damit ich zu gegebener Zeit sachkundig bin."

Gattermann war nicht damit einverstanden, dass ich unangemeldet hospitierte. Da er mir vor den Schülern keine Szene machen wollte, ließ er mich zähneknirschend gewähren.

An der Durchführung der Deutschstunde gab es aus meiner Sicht nichts zu bemängeln. Mir fiel jedoch etwas Ungewöhnliches auf. Ein Teil der Klasse arbeitete demonstrativ nicht mit, beschäftigte sich mit sachfremden Dingen, spielten Karten oder Schiffe versenken. Selbst wenn Sebastian solche Schüler freundlich aufforderte, zu antworten oder Fragen zu stellen, blieben sie stumm und sahen zu Boden. Das war nicht normal. Da stimmte etwas nicht.

Kurze Zeit nach dem Unterrichtsbesuch des Schulleiters begleitete ich Sebastian bei seiner Pausenaufsicht auf dem Schulhof. Er berichtete mir von der Besprechung der Lehrprobe. Gattermann hätte die Unterrichtsstunde kurz und bündig als schlecht bewertet, weil die mündliche Beteiligung der Schüler zu gering gewesen wäre. Die inaktiven Schüler hätten eben nichts verstanden, und das wäre die Schuld des Lehrers gewesen. So einfach wäre das für ihn.

Während wir über den Hof schlenderten und uns unterhielten, bemerkte ich, dass uns die ganze Zeit über ein Schüler in angemessenen Abstand folgte. Mir war nicht klar, ob er unserem Gespräch zuhören oder mit uns reden wollte. Er kam aus der Klasse acht, in der soeben die Lehrprobe gewesen war. Schließlich sprach er Sebastian an. Er sah sich erst ein paar Mal nach links und rechts um, ehe er loslegte.

„Entschuldigen Sie, Herr Neufeld! Ich-ich-ich muss Ihnen unbedingt was sagen. Aber ich traue mich nicht richtig."

„Nur zu, vor mir brauchst du keine Angst zu haben."

Durch die Ermutigung seines Lehrers gestärkt legte er los: „Ich weiß, warum viele meiner Klassenkameraden heute nicht mitgemacht haben."

„Woher willst du das wissen? Hattet ihr das abgesprochen?"

„Nein, Herr Neufeld, es war anders. Vor der Deutschstunde war unser D-Direx, Herr Gattermann, in unsere Klasse gekommen und hatte gesagt, dass er auch in den Unterricht kommt."

„Das Recht hat er."

„Ja, aber dann hat er allerdings so oder so ähnlich gesagt: ‚W-wenn ich heute anwesend bin ...'" Der Schüler machte eine Pause. Der Mut schien ihn zu verlassen.

„Und weiter?", ermunterte ihn Sebastian.

„‚... d-dann-dann lasst ihr euch bitte nicht so heraushängen wie sonst. Ihr versteht, was ich meine. Ich muss den Herrn Neufeld beurteilen.'"

Sebastian und ich sahen uns an und schüttelten den Kopf.

„Ich glaube und andere auch, er hat damit gemeint, dass wir, dass wir uns nicht m-melden sollten, damit S-Sie schlecht aussehen. Da-das finde ich nicht gut. Deshalb wollte ich Ihnen das sagen. Hoffentlich kriege ich je-jetzt keinen Ärger."

Sebastian gab dem Schüler mit der äußeren Handfläche seiner rechten Hand einen leisen Klaps auf den Oberarm und sagte nichts, blickte ihm in die Augen und nickte nur. Dann sah er mich an. Ich meinte, Tränen in seinen Augen zu sehen. Wir kamen nicht mehr dazu, dem Schüler zu versichern, dass er keinen Ärger bekäme. Er war verschwunden.

Ich war wütend.

„Das wäre doch ein schönes Thema für eine Dienstaufsichtsbeschwerde."

Dann drehte ich mich um die eigene Achse. Ich hatte eine solche Wut, dass ich jemanden hätte erschlagen können, und ballte die Faust. Dieser verdammte Hund, dachte ich.

Sebastian blieb ruhig. Sein Gesicht war leichenblass. Er sagte nichts.

Da ich diese Tat unseres Chefs ungeheuerlich fand, trommelte ich noch am gleichen Nachmittag Reiner, Kathrin und Sebastian zu einem Treffen zusammen. Wir fuhren mit unseren Rädern an die Wupper. Das Wetter war angenehm warm. Wir tranken in einem Freiluftlokal ein Glas Wein und beschäftigten uns ausgiebig mit den Vorfällen des Tages. Keiner wusste ein Rezept, wie man den Psychoterror des Schulleiters stoppen könnte.

Der Schüler, von dem wir den entscheidenden Hinweis bekommen hatten, taugte als Zeuge nicht, weil wir ihn nicht verraten wollten. Ohne Zeuge aber hätte uns niemand die Geschichte geglaubt.

Am nächsten Morgen versuchte es Reiner beim Lehrerrat. Dieser versagte aber wie immer. Die Kollegen hielten die Geschichte für unglaubwürdig und wollten Sebastian nicht helfen. Die Beschwerden über ihn in den letzten Jahren sprächen nicht für ihn.

Zwei Deutschlehrerinnen aus dem Lehrerrat, die Sebastian wohl gesonnen waren, erzählten mir einen Tag später, sie hätten sich bemüht zu helfen. Sie hätten sich angeboten, in Sebastians Unterricht zu hospitieren und ihm gegebenenfalls Hilfestellungen zu geben. Aber er habe dankend abgelehnt.

Da wir so nicht weiter kamen, überredete ich Sebastian, noch einmal mit dem Schüler zu reden. Wir wollten versuchen, ihn als Zeugen für eine Beschwerde zu gewinnen. Sebastian sperrte sich zunächst, war aber schließlich einverstanden. Er wollte jedoch allein mit dem Schüler sprechen, ich sollte auf keinen Fall dabei sein.

Sebastian sprach den Jungen am nächsten Morgen in der ersten großen Pause auf dem Schulhof an, wie ich aus der Entfernung beobachten konnte. Es dauerte nur eine kurze Weile, bis Sebastian zu mir kam und berichtete, dass der Schüler ihm die gleiche Geschichte noch einmal erzählt hatte, aber nicht bereit war, sie vor Zeugen zu wiederholen.

Wir sondierten die Lage. Die Situation hatte sich durch die Verweigerung des Jungen nicht verschlechtert. Er stand ja immerhin noch als möglicher Zeuge in der Zukunft zur Verfügung. Wir kamen aber jetzt nicht weiter.

Ein paar Tage später erzählte mir Sebastian, dass auch Gattermann ihm nahegelegt hatte, seine Unterrichtsstundenzahl zu reduzieren und auf einen Teil seines Gehaltes zu verzichten.

„Sie müssen reduzieren! Sonst werde ich die negativen Eintragungen in Ihrer Personalakte gegenüber der Aufsichtsbehörde gegen Sie verwenden. Haben Sie das verstanden!"

Sebastian versicherte mir, dass er den Vorschlag seines Vorgesetzten kategorisch abgelehnt und dann grußlos das Amtszimmer verlassen hätte. Die Tür soll er dabei leise hinter sich geschlossen haben, wie es sich gehörte.

Zwei Wochen später musste Sebastian erst um zehn Uhr in der Schule sein. Wie er mir erzählte, hätte er am Vortag von seiner Bank im Nachbarort einen Anruf bekommen, dass ein angesparter Festgeldbetrag von zehntausend Mark zur Auszahlung fällig wäre. Er könnte das Geld am nächsten Morgen bar mitnehmen oder neu anlegen.

„Ich habe mit den Bänkern vereinbart, die Scheine noch vor dem Unterricht abzuholen. Dann wollte ich sie vor der Fahrt zur Schule zu Hause deponieren."

„Und? Hat alles funktioniert?"

„Zunächst hat alles wie geplant geklappt. Ich war früh genug in der Bank erschienen. Nachdem ich das Geldpaket in meiner Tasche verstaut hatte, war mir beim Blick auf die Uhr siedend heiß durch den Kopf geschossen, dass nur noch zwanzig Minuten Zeit übrig waren, um pünktlich zum Unterricht zu kommen. Einen Umweg über meine Wohnung wäre zu riskant gewesen. Ich habe das Geld mit in die Schule genommen. Was hätte schon passieren sollen, wenn ich die Tasche mit dem Papierbündel immer im Auge behielte?, hatte ich gedacht. Es wüsste ja niemand, dass ich so viel Geld bei mir trug."

Er erzählte weiter, dass er seine Tasche im Klassenraum wie gewohnt auf das Lehrerpult gelegt und ständig im Auge behalten hätte. Einmal wäre er jedoch zu einer Schülerin in die letzte Reihe gegangen, als die ihm etwas in ihrem Heft hätte zeigen wollen.

Langsam wurde es spannend.

„Was ist dann passiert?"

„Nachdem ich zurückgekehrt war, habe ich meinen Augen nicht getraut. Meine Tasche war verschwunden. Auf mehrfaches Fragen hin hat niemand zugegeben, sie fortgenommen zu haben."

„Da war dir bestimmt der Angstschweiß auf die Stirn getreten, als du an das viele Geld hast denken müssen."

„Ja. Die Schüler haben nur gegrinst. Dann bin ich schnurstracks zum Schulleiter gegangen und habe ihm erzählt, die Schüler hätten während des Unterrichts meine Tasche entwendet."

„Hast du Gattermann nichts von dem Geld gesagt?"

„Selbstverständlich. Ich habe ihm die ganze Geschichte erzählt. Da ist er ausgerastet."

„Ja, nun mach schon! Wie ging es weiter?"

„Er brüllte mich an, ich hätte nicht so viel Geld mit in die Schule bringen dürfen und das würde Konsequenzen haben. Er würde den Vorfall der Schulbehörde melden."

„Und er hat dir nicht geholfen, die Tasche zurückzubekommen?"

„Nein, er ist nicht mit in die Klasse gekommen. Gott sei Dank brauchte ich auch keine Hilfe. Nachdem ich den Klassenraum betreten hatte, lag die Tasche wieder an ihrem Platz auf dem Pult."

„Da hast du bestimmt gleich nachgesehen, ob das Geld noch drin war."

„Es war noch in der Tasche."

„Wussten die Schüler, dass du so viel Geld bei dir hattest?"

„Wenn sie während meiner Abwesenheit, als ich beim Schulleiter war, nicht in die Tasche gesehen haben, konnten sie es nicht wissen. Ich hatte es ihnen nicht erzählt."

„Meinst du, das Ganze war nur ein Zufall?"

Sebastian blieb einen Augenblick stumm. „Ich glaube nicht mehr an Zufälle."

„Ich bin stocksauer auf Gattermann. Wie kommt der Kerl dazu, dich zu bestrafen, wenn man dir einen Streich spielt? Der hat sie nicht mehr alle."

„Wenn wegen dieser Sache jemand von der Schulbehörde Kontakt zu mir aufnimmt, wird es ein Donnerwetter geben." Sebastian ballte die rechte Faust. „Ich lasse mir jetzt nichts mehr gefallen."

Ließ dieser Satz darauf schließen, dass Sebastian gegenüber Gattermann in Zukunft mutiger auftreten würde? Hätte er doch nur den Anfängen gewehrt, war mein Gedanke in diesem Augenblick.

Gute zwei Wochen danach gingen Sebastian und ich durch einen Schulflur in Richtung unserer Klassenräume, die nebeneinanderlagen. Wir hatten den Vorfall mit der Geldtasche schon fast vergessen. Da wurden wir von einem älteren Herrn, den wir beide zuvor noch nie in der Schule gesehen hatten, freundlich angesprochen.

„Wer von Ihnen ist Herr Neufeld? Mein Name ist Westfalen. Ich werde Herrn Neufeld in den Unterricht begleiten."

Sebastian und ich sahen uns verwundert an.

„Ich bin Herr Neufeld. Wieso wollen Sie mich begleiten?"

„Ich bin der neue Fachdezernent für Deutsch. Ich komme von der Schulbehörde."

In diesem Augenblick läutete der Schulgong. Die neue Unterrichtsstunde hatte begonnen. Als ich sah, dass unser Schulleiter mittlerweile ebenfalls den Flur betreten hatte und sich auf uns zubewegte, ging ich in meinen Klassenraum, bat die Schüler, ganz leise zu sein, und ließ die Tür einen Spalt offen, damit ich das weitere Gespräch im Flur mithören konnte.

„Zeigen Sie mir bitte ihren Personalausweis", sagte Sebastian höflich.

Der Dezernent reagierte nicht.

„Ich möchte Sie bitten, mir ihren Personalausweis zu zeigen, sonst lass ich Sie nicht in den Klassenraum."

Sebastian, der in seiner leicht gebückten Haltung normalerweise immer klein und unterwürfig wirkte, wenn er neben Vorgesetzten stand, wuchs in diesem Moment über sich hinaus. Er stellte sich kerzengerade vor den Dezernenten, sah ihm in die Augen und streckte fordernd seine rechte Hand aus, um den Ausweis entgegen zu nehmen. Er meinte es ernst. Mir stockte der Atem.

„Wie kommen Sie mir vor?", entgegnete der Dezernent und sah Sebastian grimmig an.

Sebastian war jetzt ganz mutig. „Da könnte ja jeder kommen. – Wieso hat man mich nicht vorher informiert?"

Gattermann war inzwischen eingetroffen und mischte sich sofort ein: „Sie gehen jetzt auf der Stelle in den Unterricht, Herr Neufeld." Dabei hob er drohend seinen rechten Zeigefinger und wies auf die Tür.

Die Drei standen jetzt vor dem Klassenraum, in dem die Deutschstunde stattfinden sollte. Die Tür wurde von innen mehrmals geöffnet und wieder geschlossen. Man konnte neugierige Schüler sehen, die wissen wollten, was draußen los war. Sebastian beschied mit einer Handbewegung der Klasse, ruhig zu sein und noch einen Moment zu warten.

„Wenn Sie nicht sofort mit dem Unterricht anfangen, mache ich eine Dienstaufsichtsbeschwerde, Herr Neufeld. Ich verspreche Ihnen, das wird teuer", hörte ich Gattermann brüllen. Der hatte inzwischen seine Fassung völlig verloren. In diesem Moment gab er ein ganz anderes Bild ab als im Lehrerzimmer, wenn der den Kolleginnen und Kollegen sanft die Schultern streichelte, wenn er etwas von ihnen wollte. Dann sprachen die drei noch ein paar Minuten in gemäßigtem Ton, sodass ich nichts mehr verstehen konnte und meine Klassenraumtür schloss.

Noch am gleichen Abend trafen wir uns in der Freizeitstätte. Fast immer, wenn es Kabarettveranstaltungen gab oder Liedermacher auftraten, waren wir dabei. Hannes Wader, Franz-Josef Degenhardt, Konrad Beikircher, Richard Rogler und wie sie alle hießen.

Sebastian ging in der letzten Zeit nicht gern zu Veranstaltungen, in denen Leute sein konnten, die ihn kannten. Das war so, und das wussten wir. Wir waren froh, dass er trotzdem immer noch mitkam. Bekannten Gesichtern versuchte er jedes Mal, aus dem Weg zu gehen.

Fast alle Kabarettabende hatten ihm gefallen, wie wir stets im Anschluss bei einem Bier im Sechseck oder dem Neptun von ihm erfuhren. Einmal hatte er sich allerdings geärgert. Ich erinnere mich noch genau, dass er mit Dietrich Kittners Programm nicht einverstanden gewesen war.

Damals waren zwei Polizisten aus der einen Steinwurf entfernten Wache gerade als Raubmörder überführt worden. Bei den Ermittlungen hatte sich ergeben, dass einige Polizisten im Keller der Wache zu nächtlicher Zeit regelmäßig Saufgelage bis zum Umfallen gefeiert hatten.

„Ich finde es nicht in Ordnung, dass Kittner sich in seinem Programm über die Polizeiwache lustig gemacht und die Mannschaft als Kampfsaufsportgruppe bezeichnet hat", hatte sich Sebastian damals geäußert.

Heute Abend war Hanns Dieter Hüsch angesagt. Er gab sein letztes öffentliches Gastspiel in der Freizeitstätte.

Wir hatten vorher abgesprochen, dass wir die Geschehnisse des Tages nach der Veranstaltung bei einem Abendessen im Sechseck verhackstücken wollten. Jetzt wollten wir erst einmal Hüsch und seine neusten philosophisch-politischen Weisheiten genießen, nur richtig lachen. Aber Sebastian tanzte aus der Reihe. Erst wollte er sich nicht auf einen freien Platz mit guter Sicht zur Bühne setzen, dann wollte er seine Baskenmütze nicht ausziehen, obwohl es sehr warm im Saal war.

Was war los? Wollte er wieder einmal nicht gesehen werden?

Er schlich an den Wänden entlang und hielt seine Mütze wie schon einmal schräg ans Gesicht, um nicht erkannt zu werden. Schließlich wählte er den letzten Sitzplatz ganz hinten am Notausgang, der von außen verschlossen, von innen aber leicht geöffnet werden konnte. Er bat uns, neben ihm Platz zu nehmen. Wäre Sebastian ein Schüler gewesen, hätte ich ihn gefragt, ob er die Mütze aus religiösen Gründen in geschlossenen Räumen trage. Schüler reagieren dann erfahrungsgemäß so, dass sie ihre Mütze blitzartig ablegen.

In den neunziger Jahren war es bei den Jugendlichen Mode geworden, in geschlossenen Räumen Mützen zu tragen, bei Schirmmützen den Schirm nach hinten gedreht. Es gibt ein Abschlussfoto einer meiner Abiturkurse, wo ich im Februar bei null Grad im Freien als Einziger eine Mütze getragen hatte. Noch Sekunden zuvor im Klassenraum war es umgekehrt gewesen, alle Schüler hatten eine Mütze auf, ich nicht.

Aber Sebastian trug seine Mütze, um sie als Verkleidungsstück zu nutzen.

„Ich möchte zu jeder Zeit den Saal schnell verlassen können. Deshalb sitze ich gern an der Ausgangstür", flüsterte Sebastian mir ins Ohr. „Von hier aus kann man doch auch ganz gut sehen."

Er sah sich vorsichtig um, als wollte er sich vergewissern, dass niemand außer mir zugehört hatte. Vielleicht war es ein Fehler, dass wir dem nichts entgegneten. Hätten wir sein immer merkwürdiger werdendes Verhalten ändern können?

Nach der Kabarettveranstaltung gingen wir wie geplant ins Sechseck. Essen hatten wir vorher bestellt, denn die Veranstaltung war nach fast drei Stunden erst gegen 23 Uhr zu Ende. Danach hieß es laut Hüsch in deutschen Restaurants

‚Küche zu!' Nicht so bei den Kroaten im Sechseck. Dort wurde auf Wunsch auch länger gekocht.

Reiner und ich hatten einen Grillteller bestellt, Kathrin und Sebastian ein Fischgericht. Wir aßen mit gutem Appetit, die Männer tranken Bier, Kathrin genoss ihren Tee. Sebastians Auftritt in der Freizeitstätte war vergessen. Wir unterhielten uns über Hüschs lustiges Programm, zum Beispiel über seine Lieblingsfigur Dietz Atrops, der hochintelligent, aber immer sturzbesoffen war, und deshalb, wenn er kerzengerade dastand, aussah, als wenn er einen Besenstiel verschluckt hätte. ‚Der hätte Papst werden können, so intelligent war der', meinte Hüsch schmunzelnd.

Dann kamen wir zu dem Thema Dezernent und Personalausweis. Wir versuchten, Sebastian davon zu überzeugen, dass sein Verhalten zwar sehr mutig, aber äußerst unklug gewesen war. Das wollte er aber nicht hören. Zum ersten Mal ließ er anklingen, dass er das Gefühl hätte, dass wir nicht auf seiner Seite stünden. Der Abend endete nicht so harmonisch, wie wir uns das gewünscht hatten.

Mittwochs abends um acht trafen wir uns regelmäßig außerhalb der Schulferien zwei Stunden lang zum Lehrersport in einer Turnhalle in der Nähe unserer Schule. Neben Gymnastik und Fitnessübungen gab es Spiele wie Fußball, Handball und Basketball. Am liebsten spielten wir jedoch Fußballtennis. Dabei musste der Ball nach bestimmten Regeln über ein quer gespanntes Netz getreten werden.

Mit dabei waren außer mir unter anderem immer Reiner, Sebastian, Adrian, unser Physikkollege Ernst und als Externer mein ehemaliger Schulkamerad Rudi. Rudi und ich waren als Kinder unzertrennlich gewesen. Einmal hatten wir auf dem Bahndamm Münzen vom Zug platt fahren lassen. Aber das ist eine andere Geschichte.

In der Sportgruppe gab er als Oberstaatsanwalt den Ton an. Für ihn waren alle freien Menschen Tatverdächtige. Und so sprach er auch mit ihnen, als wären sie Angeklagte. Wenn jemand beim Spiel Fehler machte, wurde er von ihm angeschnauzt.

Sebastian mochte das gar nicht. Beim Duschen ging er als Einziger in die leere Damendusche am anderen Ende der Halle, um Rudis Witze nicht hören zu müssen.

„Kennt ihr die Geschichte vom Kragenbär?", fragte der jedes Mal.

Ein lautes Ja nützte nichts. Er erzählte sie trotzdem: „Der Kragenbär, der holt sich munter einen nach dem andern runter."

Ernst war da ganz anders. Er sprach nur, wenn es wichtig war. Und was er sagte, hatte Hand und Fuß. Beim Basketballspiel hatte er als Zweimetermann einen Vorteil. Er brauchte den Ball nur von oben in den Korb zu stecken, ohne hochzuspringen und erzielte daher häufig die meisten Körbe zum Leidwesen von Adrian, wenn er gegen ihn spielte. Adrian war als Sportlehrer mit Spezialgebiet Basketball allen technisch haushoch überlegen. Wir konnten viel von ihm lernen.

Bis auf Rudi mochte Sebastian alle Sportkameraden gut leiden. Wegen ihm ging er nach dem Sport nie mit in eine Kneipe, um noch ein Bier zu trinken.

Nein, einmal war er doch mitgegangen. An jenem Abend hatte Rudi Adrian während des gemeinsamen Essens so sehr provoziert, dass dieser ihm mit der Gabel Salatblätter ins Gesicht geschnippt hatte. Ich erinnere mich deshalb daran, weil Rudi beim Bezahlen ‚Feigling!' zu Adrian gesagt hatte, und dieser daraufhin aufs Wechselgeld verzichtet und der Kellnerin 35 D-Mark Trinkgeld gegeben hatte.

Es war zwei Wochen vor den Osterferien, als wir wegen Renovierung keine Turnhalle nutzen konnten und unser Sport deshalb ausfallen musste. Eine Ersatzveranstaltung im Freien kam nicht in Frage, weil es noch zu kalt war. Kathrin, Sebastian, Reiner und ich trafen uns dafür abends im Silbernen Krug.

Wir erzählten Sebastian, dass wir in den Osterferien wie jedes Jahr für zwei Wochen nach Balderschwang zum Skilaufen fahren wollten. Ob er denn nicht endlich mal mitkäme, wollten wir wissen. Er wollte nicht, weil auch Ernst mit seiner Familie dabei wäre.

„Dann wird die ganze Zeit über nur über mich und meine Probleme diskutiert", meinte er. Das würde ihm nicht behagen.

Wir widersprachen ihm vehement. Aber es nützte nichts. Ich versuchte es mit kuriosen Geschichten, die wir im Allgäu erlebt hatten: „Stell dir vor, dort gibt es nur eine Telefonzelle. Das nächste deutsche Telefonhäuschen befindet sich zwanzig Kilometer hinter dem Riedbergpass. Sonst gibt es nur österreichische Zellen, dreizehn Kilometer westlich in Hittisau. Es ist ein Münztelefon. Daher wollte ich in der nahe gelegenen Post Scheine gegen Hartgeld tauschen. Das ging aber nicht. Und jetzt stell dir vor, Sebastian, was die Postangestellte machte. Sie bot mir Telefonkarten an, obwohl man die weit und breit nicht benutzen konnte. Ist das nicht komisch?"

Sebastian lächelte gequält.

„Du willst mich ja nur ins Allgäu locken."

„Oder eine andere Geschichte. Ernst und seiner Familie war im vergangenen Jahr an gleicher Stelle das Geld ausgegangen. Daher wollten sie an der besagten Post eintausend Mark von ihrem Sparbuch abheben. Ernst bekam auch das Geld, aber nur in Form eines Tausend-Mark-Scheins. Die Dame an der Post hatte kein Kleingeld. Nur mit diesem Schein bewaffnet, fuhren wir gemeinsam ins weit abgelegene Rohrmoostal zum Skilanglauf. Nach einer ausgedehnten Tour speisten wir in der Gaststätte des Örtchens. Es war das einzige Haus am Ort neben der Kapelle. Als es ums Bezahlen ging, hatte Ernst nur den Tausender. Der Wirt konnte nicht wechseln. – Ist das nicht lustig, Sebastian? So etwas kann man nur mit uns im Urlaub erleben. Komm doch mit!"

Sebastian ließ sich nicht bekehren. Er wollte wieder mit seinem Bully allein in die Ferien fahren. Dabei erfuhren wir, dass er trotz des widrigen Wetters in den letzten Wochen stundenlang auf einem Straßenparkplatz unter seinem Auto gelegen hatte, um notwendige Reparaturen durchzuführen. Die Ölwanne musste abgedichtet, einige Löcher im Boden mussten zugekleistert werden.

„Nächstes Jahr kommt der Wagen nicht mehr durch den TÜV. Dann verkaufe ich ihn."

Sebastian hielt beim Sprechen die Hand vor den Mund, als wenn er uns ein streng gehütetes Geheimnis mitzuteilen hätte.

„Dann melde ich wieder mein altes Motorrad an, das schon seit Jahren ungenutzt in der Gemeinschaftsgarage steht. Hoffentlich läuft es noch."

Am nächsten Morgen erzählte er uns aufgeregt, dass sein Motorrad nicht mehr fährt, obwohl noch Benzin im Tank wäre und er auch ein paar Liter nachgefüllt hätte. Er glaubte uns nicht, dass das daran läge, weil er es so lange nicht benutzt hätte. Er sprach mit vorgehaltener Hand von einer Verschwörung gegen ihn. Wir empfahlen ihm einstimmig, das Fahrzeug in einer Werkstatt auf Vordermann bringen zu lassen.

„Aber in meiner Tiefgarage kann es nicht mehr länger stehen. Wo soll ich es nur unterstellen?"

Ich machte ihm einen Vorschlag: „Auf meinem Hof ist neben der Garage ein Unterstand. Dort kann es bleiben."

„Hast du auch eine Pferdedecke, mit der man es vor neugierigen Blicken schützen kann?"

„Pferdedecke! Ha! Ha! Ha!" Kathrin, Reiner und ich schlugen uns auf die Schenkel. „Du hast vielleicht Ideen."

Sebastian verstand nicht, warum wir lachten. Den Vorschlag mit meinem Unterstand für sein Fahrzeug nahm er aber gern an.

Einige Zeit später kam er mit dem Motorrad bei mir vorgefahren. Wir parkten es in dem offenen Schuppen und deckten es mangels Pferdedecke mit einer großen Plastikfolie zu, sodass es von draußen nicht sofort erkannt werden konnte.

Wir setzten uns noch eine Weile in den Garten und tranken ein Glas Apfelsaft. Dabei erzählte mir Sebastian, dass Gattermann ihm mehrmals Briefe geschrieben hätte mit der Aufforderung, die korrigierten Klassenarbeiten schneller an die Schüler zurückzugeben. Es hätte Beschwerden vonseiten der Eltern gegeben, dass die Schüler immer zwei Wochen warten müssten. Das wäre zu lange.

„Gerade die Germanisten jammern doch häufig, dass ihre Korrekturen die längsten sind", unterbrach ich ihn, „und Gattermann ist Deutschlehrer. Er müsste das doch wissen. Vierzehn Tage sind nicht zu lang."

„Es steht auch so in den Richtlinien für das Fach Deutsch." Sebastian war sich da ganz sicher.

In diesem Moment fiel mir ein Erlebnis aus meiner eigenen Schulzeit ein, das ich Sebastian unbedingt erzählen musste: „Ich bekomme von meinem Deutschlehrer heute nach vierzig Jahren noch eine Arbeit zurück. Das war übrigens ein komischer Kauz. Aber wir liebten ihn. Er hat mal an einem Tag drei Arbeiten zurückgegeben. Und das ging so: Nachdem er morgens zur ersten Unterrichtsstunde erschienen war, hatte er uns die erste korrigierte Arbeit zurückgegeben, die er vier Monate mit sich herumgeschleppt hatte. Dann hatte er sofort ein einstündiges Diktat schreiben lassen, das er uns in der dritten Stunde, mit Noten versehen, zurückgegeben hatte, um im gleichen Atemzug die dritte Arbeit schreiben zu lassen. Diese zweistündige Arbeit hatten wir dann, mit Note versehen, in der sechsten Stunde zurückbekommen. Weltrekord, oder?"

Sebastian sah mich mit offenem Mund an. So etwas war ihm noch nie zu Ohren gekommen. „Und das habt ihr euch gefallen lassen? – Wieso kam er in der ersten, dritten und sechsten Unterrichtsstunde?"

„Die Noten waren so gut oder so schlecht wie immer. Da er Deutsch, Geschichte und Philosophie bei uns unterrichtete, kam er mehrmals am Tag in unsere Klasse."

„Sagenhaft!"

„Aber ein Jahr später hat er sich noch etwas Tolleres geleistet. Kurz vor dem Zeugnistermin musste er noch drei Arbeiten in unserer Klasse schreiben lassen. Er kam wieder in der ersten Stunde, gab uns die alte Arbeit korrigiert zurück und stellte ein neues Thema für die zweite Arbeit. Ich glaube, es ging um den Vorschlag von Herbert Wehner bezüglich eines Redneraustauschs mit der DDR. Er sagte, er käme gleich wieder, und verließ den Klassenraum. In der zweiten Stunde kam er tatsächlich wieder, rief uns zu, wir sollten einen Strich machen und weiterschreiben. Dann war er weg. Zu Beginn der dritten Stunde wiederholte sich die Prozedur. Wir machten einen Strich und schrieben weiter. Am Ende der dritten Stunde erschien er wieder und sammelte die Hefte ein. Am nächsten Tag hatten wir unter jeder Teilarbeit eine Note stehen. Somit hatte er von jedem Schüler vier Noten für die Zeugniskonferenz."

Sebastian schüttelte ungläubig den Kopf. „Die Arbeiten kann er doch nicht wirklich in so kurzer Zeit korrigiert haben."

„Darüber hatten wir Schüler uns damals keine Gedanken gemacht. Erst viel später als Referendar hatte ich an meiner alten Schule die Arbeiten im Keller des Schulgebäudes gefunden. Da war mir aufgefallen, dass er nie etwas angestrichen und keinen Kommentar geschrieben hatte, außer der Endnote. Ich glaube er konnte das riskieren, weil wir damals kaum Rechtschreibe- und Zeichensetzungsfehler gemacht hatten."

„Unglaublich! Das könnten wir uns heute nicht leisten."

Sebastian schüttelte wieder den Kopf und trank einen Schluck. Seinem schelmischen Heinz-Erhard-Grinsen nach schien er sich köstlich zu amüsieren.

„Dieser Lehrer war nebenbei Bürgermeister und später Schulleiter an einem Gymnasium. Er hatte übrigens dasselbe Parteibuch wie Geiselhart und Gattermann und war seinerzeit auch Geiselharts Lehrer. ‚Sport ist Mord‘, war sein Motto. Diese Redewendung hatte Geiselhart übernommen."

„Deshalb hat Geiselhart diesen Satz so oft ins Kollegium gerufen, wenn in einer Lehrerkonferenz ein Sportkollege sprach."

„Was sollen die Schüler mit einer Nebelkammer?, war seine Lieblingsfrage bei Lehrerkonferenzen", ergänzte ich.

„Wir kommen ganz vom Thema ab. – Ich werde Gattermanns Briefe ebenfalls schriftlich beantworten. Wegen der zwei Wochen Korrekturzeit werde ich auf die Richtlinien verweisen. Basta!"

Für Sebastian war der Fall erledigt.

„Ausgerechnet Gattermann", fiel mir ein. „Er gibt einer Schülerin in seinem Abitur-Leistungskurs Deutsch eine Eins, obwohl sie kein richtiges Deutsch kann."

„Wie meinst du das?"

„Diese Schülerin habe ich in meinem 13er-Grundkurs. In keiner Mathematikarbeit hat sie bisher einen vollständig richtigen Satz geschrieben. Sie weiß zum Beispiel nicht, dass sich in einem deutschen Satz das Prädikat nicht auf ein Objekt, sondern auf das Subjekt bezieht. Sie würde also nicht schreiben, wie es richtig heißen müsste: ‚Das Haus hat drei Schornsteine'. Ihre Version wäre: ‚Das Haus haben drei Schornsteine'. Wie sie im Deutsch-LK zu der Note sehr gut gekommen ist, weiß ich nicht. Vielleicht zählt im Deutschunterricht heute hauptsächlich das Labern. Das kann sie nämlich."

Sebastian hob entrüstet den Kopf. „Na, na, na! So ist es nun auch wieder nicht."

Nachdem wir noch ein wenig geplaudert hatten, sah Sebastian plötzlich auf die Uhr und wollte gehen, weil es Zeit war, mit dem Zug nach Hause zu fahren. Ich begleitete ihn zum Bahnhof und verabschiedete mich.

Eines Morgens zeigte Sebastian mir im Lehrerzimmer eine Reihe von Briefen, die er in der Zwischenzeit von unserem Schulleiter bekommen hatte. Alle enthielten angebliche Beschwerden von Schülern und Eltern. Er würde die Namen von Schülern verwechseln, ihnen ungerechte Noten für die mündliche Beteiligung und auf dem Zeugnis Fünfen geben. Letzteres käme bei den Fachkollegen so gut wie nicht vor. Außerdem fand Gattermann es unverschämt, dass Sebastian seine Antworten an ihn handschriftlich und nicht in Maschinenschrift verfasste.

„Jetzt werde ich ihm gar nicht mehr schreiben. Nur noch mein Rechtsanwalt. Den habe ich wegen der zweitausend Mark gebeten, Widerspruch einzulegen."

„Welche zweitausend Mark?"

„Als der Dezernent mich unangemeldet aufgesucht und ich mit ihm im Flur vor dem Klassenraum diskutiert hatte, waren fünf Minuten der Unterrichtszeit verstrichen. Gattermann hat mit seiner Dienstaufsichtsbeschwerde erreicht, dass ich zweitausend Mark Strafe bezahlen muss. Ich lasse es jetzt auf einen Rechtsstreit ankommen."

Mir fehlten die Worte. Ich dachte, dass er diesen Ärger hätte vermeiden können, wenn er damals nicht nach dem Personalausweis gefragt hätte.

Es gab da aber noch einen viel wichtigeren Brief, den Sebastian seinen Freunden gegenüber wochenlang nicht erwähnt hatte. Niemandem von uns war aufgefallen, dass er noch gar nichts von dem Urteil des Dezernenten über seine Lehrprobe erzählt hatte. Durch die Geldstrafe wurde ich erst wieder an diese Stunde erinnert.

Als ich ihn nach dem Ergebnis fragte, rückte er nach langem Zögern mit der Sprache heraus. Der Dezernent hätte schriftlich Stellung genommen. Er hätte seinen Unterricht als äußerst schlecht eingestuft und Sebastian die Qualifikation als Deutschlehrer abgesprochen. Weitere Maßnahmen würden über den Dienstweg erfolgen.

Was hatte das wohl zu bedeuten?

„In der besagten Deutschstunde war wieder zufällig ein Drama von Carl Zuckmayer Unterrichtsgegenstand. Ich beschäftige mich nun schon seit Jahren mit dem Autor und da kommt so ein Laie daher und will mir etwas über Zuckmayer erzählen. Er ist zwar Dezernent, aber seine Ausführungen lassen erkennen, dass er sich mit Zuckmayer nicht auskennt."

„Das kann aber doch nicht der alleinige Grund für das schlechte Urteil über deine Stunde sein. Da muss es doch noch etwas anderes geben."

„Die wollen mich loswerden. Das ist alles. Ich gehe jetzt nach Hause."

Sebastian verdeckte für einen Augenblick mit beiden Händen sein Gesicht. Dann stand er langsam auf wie ein gebrochener alter Mann, nahm seine beiden dicken Ledertaschen und ging zum Ausgang. Dabei sah ich, dass er Tränen in den Augen hatte.

Was mochte er in diesem Augenblick denken?

Ich weiß heute noch, dass er mir in diesem Moment unendlich leidtat und ich nicht in seiner Haut hätte stecken wollen. Er winkte mir kurz zu und schloss die Tür hinter sich. Damals konnte ich noch nicht wissen, dass er unser Schulgebäude nie mehr wieder betreten würde.

Am nächsten Morgen fiel mir auf, dass Sebastian nicht zum Unterricht erschienen war. Wir konnten am schwarzen Brett lesen, dass ihn der Arzt für ein paar Tage krankgeschrieben hatte. Ich versuchte, ihn anzurufen. Auch Kathrin und Reiner hatten kein Glück. So ging das vierzehn Tage lang. Dann auf einmal läutete bei mir zu Hause das Telefon, und er war am Apparat. Er sprach so leise, dass ich ihn kaum verstehen konnte.

„Die Schulbehörde hat mich an eine Nachbarschule versetzt. Ich bin nicht mehr bei euch. Nächste Woche soll ich mich zu Beginn des zweiten Halbjahres dort vorstellen, aber ich gehe nicht hin. Außerdem soll ich meine Referendarausbildung im Fach Deutsch am Studienseminar wiederholen."

„Kannst du ein wenig lauter reden, Sebastian. Die Verbindung ist schlecht."

„Ich soll als Studienrat mit über zwanzigjähriger Berufserfahrung mit den Referendaren neu lernen, wie man Deutsch unterrichtet." Jetzt sprach er deutlicher. Seine Stimme klang weinerlich.

„Die spinnen doch", unterbrach ich ihn. „Hast du Widerspruch eingelegt?"

„Selbstverständlich. Mein Rechtsanwalt hat das in die Hand genommen."

„Unglaublich! Unsere Deutschreferendare werden sich amüsieren, wenn du dort erscheinst."

„Natürlich gehe ich nicht hin. Ich habe einen Arzt gefunden, der mich krankgeschrieben hat. Ich bin für die nächste Zeit diensttauglich."

Am Telefon fand ich nicht die richtigen Worte, um ihn zu trösten. Sich einfach krank zu melden, war das richtig? Darüber musste ich erst nachdenken. Wir verabredeten ein Treffen, an dem auch Reiner und Kathrin anwesend sein sollten.

Was konnten wir bloß für unseren Freund tun? Verdammte Hacke hätte Reiner jetzt gesagt.

Wir trafen uns noch am gleichen Abend im Silbernen Krug und debattierten stundenlang. Wir waren uns einig. Gattermann hatte sein Ziel erreicht. Sebastian war nicht mehr Lehrer an unserer Schule. Ein Rezept, ihm zu helfen, hatten wir nicht gefunden. Wie würden die Kollegen reagieren, wenn sie von Sebastians Versetzung erführen?

Die Meinungen im Kollegium waren geteilt. Die einen sagten, die Maßnahmen seien überzogen und ungerecht, die anderen fanden sie in Ordnung, weil sie Sebastian für einen schlechten Lehrer hielten. Eine Solidarität in der Lehrerschaft gab es meiner Beobachtung nach nicht. In der Folgezeit fiel mir auf, dass keiner der Kollegen mehr von sich aus das Gespräch auf Sebastian brachte. Wenn ich das Thema anschnitt, wurde es plötzlich still im Raum. Alle sahen sich um, ob Gattermann anwesend wäre, und sprachen nur im Flüsterton mit mir. Wenn ich fragte, was der Unsinn sollte, kam höchstens leise die Gegenfrage: „Was macht er denn? Wie geht es dem Neufeld?"

Zum Lehrersport erschien Sebastian nie mehr, aber zum Schwimmen Freitagsabends und zu Veranstaltungen in der Freizeitstätte. Sein Motorrad gammelte in meinem Garten vor sich hin. Er fragte zwar gelegentlich danach, kam aber nicht vorbei, um zu sehen, ob noch alles mit ihm in Ordnung war, ob es überhaupt noch fuhr. Wir trafen uns weiterhin regelmäßig im Sechseck, Silbernen Krug, Neptun und der Tenne. Bei diesen Gelegenheiten erfuhren wir, dass seine Krankmeldung immer wieder vom Arzt verlängert worden war. Auf unsere wiederkehrende Frage, warum der Arzt ihn dienstuntauglich geschrieben habe, bekamen wir nie eine Antwort. So ging das nun schon ein halbes Jahr. Sein Gehalt lief währenddessen ungekürzt weiter.

„Hat sich die Schulbehörde nicht mal inzwischen bei dir gemeldet?", wollte ich an einem Sommernachmittag kurz vor den Schulferien von ihm wissen.

Ich hatte ihn in der Universitätsbibliothek besucht. Wir hatten einen Treffpunkt in der Eingangshalle vereinbart. Es war aber eine Weile vergangen, bis ich ihn entdeckt hatte, weil er sich hinter einer Säule versteckt und seine Mütze vor das Gesicht gezogen hatte.

„Bis heute habe ich nichts von der Behörde gehört."

„Und was ist mit den zweitausend Mark?"

„Das Verfahren läuft noch."
„So gibt es also gar nichts Neues?"
„Doch. Ich beschäftige mich wieder mit meiner Doktorarbeit. Deshalb bin ich ja hier. Ich habe gestern wieder angefangen."

Wie ich von ihm erfuhr, hatte er das ganze vergangene halbe Jahr nichts gemacht. Herumgegammelt. Er war in ein Loch gefallen, wie man so sagt. Außerdem wollte er wegziehen. In den letzten Wochen wäre in seiner Abwesenheit mehrfach in seine Wohnung eingebrochen und in seinen Papieren herumgewühlt worden. Die Polizei wäre untätig oder unfähig. Er wollte hier weg.

Wir tranken im Restaurant der Bibliothek noch einen Kaffee und vereinbarten, dass er mich anriefe, wenn es etwas Neues gäbe. Dann hörte ich lange nichts von ihm.

Im Dezember wurde ich krank. Lungenentzündung. So kam ich über Neujahr in die Lungenklinik. Reiner hatte mich mit meinem Auto dorthin gefahren.

Nach etwa einer Woche, als es mir wieder besser ging, besuchten mich Sebastian und Reiner im Krankenhaus. Sie waren mit der S-Bahn gekommen. Wir unterhielten uns, und ich erfuhr dabei, dass Sebastian noch immer keinen Brief von der Schulbehörde bekommen hatte, obwohl nach seiner Versetzung über ein Jahr vergangen war. Ich konnte das kaum glauben. Ob er uns etwas verheimlichte?

Als Sebastian für einen Moment den Raum verließ, um zur Toilette zu gehen, fragte mich Reiner mit vorgehaltener Hand, ob mir nichts an unserem Freund aufgefallen wäre. Ich sagte nein, außer dass er mich nach Literatur über elektronische Bauteile gefragt hatte. Das wäre mir schon merkwürdig vorgekommen, weil er sich zuvor nie für technische Dinge interessiert hatte.

„Ich ruf dich an, wenn ich zu Hause bin", sagte Reiner. „Dann reden wir darüber."

Nachdem Sebastian zurückgekommen war, unterhielten wir uns noch eine Weile. Dabei trat er sehr selbstbewusst auf, anders als früher. Er machte sich darüber lustig, dass ich im Krankenhaus Klassenarbeiten korrigierte. Das bräuchte ich doch wirklich nicht.

„Der Gattermann soll dafür einen Ersatzmann abstellen."

Über die Literatur auf meinem Nachttisch moserte er. Ich las gerade die ersten fünf Wallander-Romane von Henning Mankell, die mir meine Schwester mitgebracht hatte. Kriminalromane wären keine gute Literatur, jedenfalls keine Weltliteratur, so Sebastian, der Deutschlehrer im Krankenstand. Dabei klopfte er mir wohlwollend auf die Schulter. Reiner hatte mir einen Blumenstrauß mitgebracht mit Grüßen von Kathrin, Sebastian eine seiner zahlreichen Dubletten, ein dickes Geschichtsbuch über den Bauernkrieg. Ich bedankte mich artig, ehe wir uns verabschiedeten.

Noch am gleichen Abend rief Reiner mich an.

„Stell dir vor, Sebastian hatte mir auf der Hinfahrt im Zug erzählt, dass man ihm beim letzten Krankenhausaufenthalt vor zwei Jahren unbemerkt einen Sender in den Körper eingebaut hätte."

„Warum das denn?"

„Damit die blaustrümpfige Dezernentin ihn zu jeder Zeit orten könnte."

„Ist er verrückt geworden? – Jetzt verstehe ich auch, warum er mich nach Literatur über elektronische Bauteile gefragt hatte."

Nun klingelten bei mir die Alarmglocken. „Mein Gott, er leidet unter Verfolgungswahn!"

„Auf der Rückfahrt hatte er über nichts anderes gesprochen. Er hatte gesagt, er wollte sich ärztlich untersuchen lassen, damit der Sender gefunden und herausoperiert werden könnte. Dann wollte er den Arzt verklagen, der ihm seinerzeit das Gerät eingebaut hätte."

Mir war heiß geworden. Ich war ja noch nicht ganz gesund.

„Reiner, hör auf! Lass uns ein andermal darüber sprechen. Das muss ich erst verdauen."

In der darauf folgenden Nacht konnte ich kaum schlafen. Immer wieder ging mir durch den Kopf, dass Sebastian offensichtlich psychisch krank war. Aber wie lange schon? Hatten wir seine gelegentlich merkwürdigen Verhaltensweisen in den letzten Jahren nicht richtig eingeordnet?

Als ich Mitte Januar wieder zu Hause war, besuchte mich Sebastian als Erster. Er kam unangemeldet und entschuldigte sich dafür mit einer kurzen Erklärung.

„Mein Telefon wird abgehört, auch mein Mobiltelefon."

„Wer sollte so etwas tun?"

„Das kann nur die Schulbehörde sein. Immer wenn ich telefoniere, höre ich es zweimal knacken, beim Ein- und Auswählen des Spions."

Ich versuchte ihm klar zu machen, dass seine Idee abwegig wäre. „Der Aufwand stände für die Schulbehörde in keinem vernünftigen Verhältnis zum Nutzen. Außerdem ist es verboten. Warum sollte jemand so etwas tun? Denk doch mal nach!"

„Die wollen wissen, ob ich wirklich krank bin oder simuliere. Im zweiten Fall könnten sie mein Gehalt kürzen. Das wird übrigens immer noch voll überwiesen."

Mir fehlten die Worte. Ich wusste nicht, wie ich mit ihm umgehen sollte, ohne ihn zu verärgern.

„Ich brauche ein neues Mobiltelefon, das nicht auf meinen Namen registriert ist. Kannst du mir eins besorgen? Alle Kosten trage ich."

Ich versprach, ihm ein Mobiltelefon mit meinem Namen zu kaufen. Da war er zufrieden. Aber es kam nicht dazu. Beim nächsten Treffen hatte er schon kein Interesse mehr an einem neuen Mobiltelefon. Das Festnetzgerät in seiner Wohnung hatte er inzwischen abgemeldet. Es würde abgehört. Er wollte lieber nicht mehr telefonieren, im Notfall nur von einem öffentlichen Fernsprecher aus.

Er besuchte mich jetzt wieder alle paar Wochen. Einmal kam er mit einem verschlossenen Briefumschlag, den er mir zur Aufbewahrung gab. Er erklärte mir, dass sich die Adressen und Telefonnummer seiner Mutter und seines Bruders darin befänden. Wenn ich mal längere Zeit nichts von ihm hören sollte, könnte ihm etwas zugestoßen sein. Dann sollte ich seine Verwandten anrufen. Ich schloss den Umschlag vor seinen Augen in meiner Geldkassette ein. Ich war mir sicher, dass ich ihn niemals brauchen würde.

Zum Schwimmen kam Sebastian jetzt auch nicht mehr, sodass wir ihn freitags beim anschließenden Essen in den Restaurants immer seltener sahen. An einem solchen Abend hatte es sich ergeben, dass wir nur ein Gesprächsthema hatten: Schulleiter Gattermann.

Wir waren uns in einem einig. Gegenüber Sebastian war er bodenlos unverschämt vorgegangen. Psychoterror in höchster Vollendung. Allein schon deshalb taugte er unserer Meinung nach nicht als Führungskraft. Aber wie war er sonst?

„An fast allen Schulen müssen die Lehrer Ersatzstunden halten, nachdem die Abiturienten keinen Unterricht mehr haben. Das brauchen wir dank Gattermann nicht." Das war ein Pluspunkt, wie ich bemerkte. „Außerdem hat er mir ermöglicht, eine Mathematik-AG einzurichten und die Stunden anzurechnen. Das hatten alle Schulleiter vor ihm abgelehnt. Natürlich hatte er sich davon versprochen, dass diese Aktion im Erfolgsfall eine tolle Werbung für seine Schule und die Stadt ist."

„Ich verstehe nicht, wie man sich als Lehrer für evangelische Religion so schändlich einem Untergebenen wie mir gegenüber verhalten kann", fuhr Sebastian dazwischen. „Unseren Kollegen Groß, der Kunst und evangelische Religionslehre unterrichtet und mit dem er befreundet ist, hat er dagegen maßgeblich gefördert ..."

„Dazu fällt mir ein", unterbrach ich Sebastian, weil ich nicht verstand, worauf er hinaus wollte, „dass ein Mathematikkollege, der jetzt an einer Nachbarschule unterrichtet, bei seiner Verabschiedung als Grund für die gewünschte Versetzung angab, er wolle nicht länger an unserer Schule bleiben, wo man dafür befördert wird, dass man von Schülern religiöse Bilder in einer Kirche malen lässt. Er meinte dabei den Kollegen Groß."

Reiner trank einen großen Schluck Alt-Schuss. „Ich glaube, jetzt spekuliert ihr beide."

„Das hat er aber laut und deutlich erzählt, der ehemalige Kollege."

Kathrin hatte noch gar nichts am Abend gesagt und nahm endlich am Gespräch teil. „Ihr kennt doch Ernsts Frau. Sie arbeitet bei der Sparkasse. Bei jedem Urlaub in Balderschwang erzählt sie, dass Lehrer schlecht gekleidet herumliefen. Ein Beispiel sei unser Gattermann. ‚Als Schulleiter läuft er in abgerissenen Jeans herum, obwohl er wegen seiner Figur kein Jeanstyp ist. Das könnte sich bei uns in der Sparkasse keiner leisten', sagt sie immer."

Jetzt war Reiner an der Reihe. „Das ist doch unwichtig." Er sah seine Frau mit gerunzelter Stirn an. „Wichtig ist, dass er bei der geringsten Meinungsverschiedenheit aufbraust und auf den Tisch schlägt. Sind die Kolleginnen und Kollegen seiner Meinung, tätschelt er ihnen den Oberarm und die Schulter. – Armleuchter, verfluchter!"

Ich erinnere mich heute noch genau an diese Diskussion und kann Reiners Aussage über das Tischeschlagen bestätigen. Noch vor nicht langer Zeit hatte Gattermann durchgepeitscht, dass die Fachkonferenz Mathematik unnötigerweise neue Taschenrechner anschaffte. Siebzig Euro das Stück. Weil die Prozedur ihm zu lange gedauert hatte, hatte er wie ein Verrückter bei jedem seiner Sätze im Takt mit der flachen Hand auf den Tisch geschlagen, dass es nur so krachte.

Am darauffolgenden Freitag trafen wir uns nach dem Schwimmen im Neptun. Es war der Vorabend von Sebastians fünfzigsten Geburtstag. Normalerweise gingen wir etwa um halb zwölf nach Hause, aber heute hatten Reiner, Kathrin und ich vor, länger zu bleiben. Wir wollten Sebastian um Mitternacht überraschen und ihm zum Geburtstag gratulieren. Dazu hatten wir beim Wirt Sekt bestellt, ohne dass Sebastian etwas davon mitbekommen hatte.

Um zwanzig vor zwölf wollte er nach Hause. Da klärten wir ihn auf. Er freute sich, dass wir an seinen runden Ehrentag gedacht hatten, und ging plötzlich ganz aus sich heraus: „Beim letzten Mal hatten wir über schlechte Kleidung von Lehrern gesprochen. Ich finde die Kollegen gar nicht so schlecht gekleidet. Aber hört zu, was mir heute Morgen passiert ist! Der Vater eines Schülers aus meiner achten Klasse war unangemeldet in meine Sprechstunde gekommen. Was meint ihr, woran ich auf den ersten Blick erkannt hatte, zu welchem Schüler er gehörte? Na? – Seine Hose! Er kam genau wie sein Sohn mit einer unförmigen Hose ins Zimmer gelatscht, den Schritt unterhalb der Knie, sodass er nur watscheln konnte. Das sah köstlich aus. Ich musste mir ein Lachen verkneifen."

Ich kicherte. „Genau wie so ein Typ in meiner 9b. Der trägt zu einer solchen Hose im Hochsommer bei 30 Grad im Schatten noch eine dicke Wollmütze. Hosenscheißerlook nenne ich das." Endlich war ein Thema angeschnitten worden, über das ich mich nach drei Glas Bier köstlich amüsieren konnte.

Sogar Reiner gab seinen Senf dazu: „Im Fernsehen sieht man in der letzten Zeit immer häufiger solche Typen. Showstars werden sie genannt. Wenn ich so einen sehe, frage ich mich immer, in welcher Anstalt der wohl durchgebrannt sein mag."

„Ja, weißt du", unterbrach ich ihn, „ich dachte auch, dass das Jahrzehnt der lächerlichen Hosen längst vorbei wäre. Aber weit gefehlt."

Kathrin schüttelte den Kopf. „Worauf willst du hinaus?"

„In den achtziger Jahren trug man so weite Hosen, dass ich damals in Anlehnung an das lächerliche Modewort Wohnlandschaft, den Ausdruck Hosenlandschaft geprägt hatte. Eine Hosenlandschaft war für mich eine Hose, die unterhalb der Taille so weit war, dass man eine Toilette in ihr hätte unterbringen können."

„Der Fußballehrer Helmut Schön hatte damals dazu den passenden Gang", fiel Reiner ein. „Wenn er ging, erweckte er den Eindruck, als wenn er zuvor in die Hose gemacht hätte und nun versuchte, sich so zu bewegen, dass er nicht mit seinen Exkrementen in Berührung käme."

„War das nicht der Fußballer, zu dem der Schiedsrichter ‚Ich verwarne Ihnen' gesagt hatte und der dann die rote Karte gezeigt bekommen hatte, weil er ‚Ich danke Sie' geantwortet hatte?"

Sebastian zeigte mal wieder, dass er von Fußball keine Ahnung hatte. Reiner schritt sofort ein. „Nein, den verwechselst du mit ‚Ente Lippens' von Rotweiß Essen, der wegen seines watschelnden Ganges den Spitznamen Ente hatte."

Kathrin schüttelte den Kopf und zeigte uns einen Vogel. „Meine Güte! Ihr habt heute vielleicht Themen drauf. Nun lasst uns feiern, ihr vergesst ja noch, dass es Mitternacht ist."

Ich sah auf die Uhr. Es war kurz vor Mitternacht. Die Kellnerin kam und brachte eine Flasche Sekt und vier Gläser. Sebastian war überrascht. „Dass ihr an meinen Geburtstag gedacht habt!"

Nachdem wir um Punkt zwölf angestoßen und unserem Freund alles Gute gewünscht hatten, feierten wir noch eine Weile und gingen gegen Eins in guter Stimmung nach Hause.

Die Zeit verging. In den nächsten Tagen hörten wir nichts von Sebastian.

Da sich der Koch in der Tenne verabschiedet hatte, wurden in dem Restaurant an der Tennishalle keine warmen Gerichte mehr angeboten. Das bedauerten wir sehr, denn wir hatten uns dort immer sehr wohl gefühlt. Getränke allein waren uns zu wenig. Aus diesem Grunde gingen wir nun häufiger in die Jagdhütte, das Vereinslokal der katholischen Kirche. So auch am übernächsten Freitag.

Sebastian war zuvor nicht beim Schwimmen erschienen, kam aber zum Essen. Schon bei der Begrüßung war uns aufgefallen, dass etwas nicht stimmte. Wir hatten uns kaum gesetzt, als er gleich seine Sorgen erzählte: „Ich habe zwei schlechte Nachrichten bekommen, eine vom Gericht, eine von der Schulbehörde."

Wir spitzten die Ohren.

„Die zweitausend Mark wegen der zu spät begonnenen Unterrichtsstunde werden vom nächsten Gehalt abgezogen. Ich habe den Rechtsstreit verloren."

Kathrin versuchte, ihn zu trösten. „Ach Sebastian, das ist doch nicht schlimm. Wenn man bedenkt, dass du nun schon weit über ein Jahr lang keinen Unterricht mehr gemacht und trotzdem dein volles Gehalt bekommen hast."

Das ging voll daneben.

„Du machst dich wohl lustig über mich!"

„Nein, bestimmt nicht."

Mit grimmigem Gesicht fuhr er fort: „Die Schulbehörde hat mir angeboten, keinen Unterricht mehr zu machen und dafür in der Schulverwaltung zu arbeiten. Das habe ich sofort abgelehnt." Sebastian schlug mit der Faust auf den Tisch. Eine Gabel fiel klirrend auf den Boden. Der Kellner, der gerade nach den Getränkewünschen fragen wollte, erschrak. „Ich will an meine alte Schule zurück und rehabilitiert werden!", schrie er mit rotem Gesicht.

Ich hatte bis jetzt noch nichts gesagt und überlegte, ob es nicht besser wäre, das Thema zu wechseln. „Wisst ihr, was mir vor ein paar Tagen passiert ist? Das ratet ihr nie."

Sebastian räusperte sich. Er gähnte, sah auf die Uhr und murmelte resigniert: „Nun schieß schon los!"

„Ich wollte mir die neueste Ausgabe des ‚Kursbuches' kaufen und überlegte, dass es vielleicht im großen Zeitungskiosk am Hauptbahnhof zu bekommen wäre."

Sebastian war plötzlich hellwach und schlug sich auf die Schenkel. „Ha, ha, ha! Ich glaube, ich weiß, was dann passierte."

Die anderen verstanden Bahnhof.

„Als ich am Zeitschriftenstand nach dem Kursbuch fragte, schickten sie mich an den Fahrkartenschalter der Deutschen Bahn."

„Warum das denn?", fragte Reiner und wunderte sich, dass wir uns alle amüsierten. Selbst Kathrin hatte wohl inzwischen die witzige Situation durchschaut.

„Ich ging grübelnd an den Fahrkartenschalter und stellte mich bei einer Warteschlange an. – Warum haben die mich bloß zum Fahrkartenverkauf geschickt? – Ich wusste es immer noch nicht."

„Männer und Einkaufen!", rief Kathrin dazwischen.

„Soll ich die Geschichte weitererzählen, obwohl ich nicht dabei war?", fragte Sebastian. „Dann passt mal alle auf!"

Als wenn er Hellseher wäre, erzählte Sebastian haargenau, was mir passiert war. Als ich nämlich nach dem Kursbuch gefragt hätte, hätte der Beamte sofort den Eisenbahnfahrplan gezückt und vier Euro von mir verlangt.

Es war tatsächlich so gewesen.

„Erst hatte ich verdutzt auf das Buch gestarrt, dann auf den Schalterbeamten. Dann war mir plötzlich ein Licht aufgegangen."

„Ich verstehe den Witz immer noch nicht", rief Reiner resigniert dazwischen. „Kann mich endlich mal einer aufklären."

Kathrin erbarmte sich und streichelte ihrem Mann den Nacken. „Das ist kein Witz, ein Missverständnis. Er wollte keinen Fahrplan kaufen, sondern die Zeitschrift Kursbuch, herausgegeben von Hans-Magnus ..."

Sebastian schmunzelte. „Du hättest dich am Kiosk deutlicher ausdrücken müssen, du Mathematiker."

Vor lauter Peinlichkeit fiel mir nichts Gescheites ein. Ich musste das Thema wechseln, denn Sebastian sollte unbedingt bei Laune gehalten werden.

In Anlehnung an Beikircher, der uns über die Eigenarten des Rheinländers aufgeklärt zu haben behauptet, begann ich mutig: „Wo ihr gerade Arbeitskollege sagt ..." Keiner hatte das Wort zuvor in den Mund genommen. Aber so ist der Rheinländer angeblich. „Einige von unseren Kollegen im Lehrerzimmer sind völlig humorlos. Ein Beispiel: Nachdem ich gestern scherzhafterweise unseren Englischkollegen Meiners mit ‚Tomorrow together!' begrüßt hatte, hatte er mir, in sein Englischbuch vertieft, ohne aufzublicken, zu genuschelt: ‚Du hast ja noch nie Englisch gekonnt mit deiner Vier auf dem Zeugnis.'"

Er musste es ja wissen. Er hatte als mein ehemaliger Klassenkamerad als Einziger in der Klasse eine Drei in Englisch, alle anderen eine Vier, abgesehen von einer Fünf.

Kathrin war nicht zu Späßen aufgelegt. „Ha, ha, ha! Findest du das witzig? Hast du noch mehr davon auf Lager? Dann gehe ich nämlich."

Ich ließ mich nicht beirren. „Oder, zweites Beispiel, vorige Woche. Da besuchte ich den Kollegen Hebmüller in einer Kunststunde. Seine Schüler malten gerade. Der versteht ja überhaupt keinen Spaß, wenn es um sein Fach geht."

„Hör endlich auf! Ich weiß schon, was kommt", rief Reiner dazwischen und schlug die Hände vors Gesicht.

„Nachdem ich die Schüler mit ‚Wer zuerst malt, malt am besten' begrüßt hatte, war er leichenblass geworden und hatte kein Wort mit mir gesprochen, obwohl ich gekommen war, um ihn etwas Wichtiges zu fragen. Zur Strafe verabschiedete ich mich von den Schülern mit dem Satz ‚Mit Zamek fängt die Malzeit an'. Die Schüler lachten und winkten mir zu. Ob sie den Werbespruch mit ‚Mahlzeit' kannten, weiß ich nicht."

Reiner schlug wieder die Hände vors Gesicht. Dann schüttelte er mehrmals den Kopf. „Das waren hoffentlich keine Oberstufenschüler. Wie kann man nur!"

Sebastian versuchte die Wogen zu glätten. „Er will mich nur aufheitern. Das müsst ihr doch verstehen. – Übrigens habe ich euch schon erzählt, dass ich meinen Bully verkauft und mir einen gebrauchten kleinen Opel zugelegt habe. Er steht hier um die Ecke."

„Ach was!", rief Kathrin.

Wir sahen uns an. Das hatten wir nicht gewusst.

„Den Bully hätte ich nicht mehr durch den TÜV bekommen."

Kathrin kam wieder auf das alte Thema zurück. „Warum willst du nicht in der Schulverwaltung arbeiten?"

„Ich will rehabilitiert werden. Ich will an die Schule zurück, wo ich vorher unterrichtet habe."

Sämtliche Vorschläge lehnte Sebastian ab, und der Abend endete damit, dass er sagte: „Ich glaube, ihr steht nicht auf meiner Seite."

Kurze Zeit danach waren Kommunalwahlen. Zum ersten Mal nach zig Jahren verlor die bis dahin stärkste Partei in unserem Schulort die Wahl und ein Mann von der Konkurrenzpartei aus der Nachbarstadt wurde Bürgermeister. Geiselhart war abgewählt. Wie hatte das geschehen können? Es gab mehrere Gründe. Geiselharts Partei war deutschlandweit im Abwind, und er hatte sich bei seinen Bürgern durch einige spektakuläre Aktionen unbeliebt gemacht. Er ließ sich zum Beispiel jeden Morgen von einem Schofför mit einem dicken Wagen ins Rathaus fahren. Und dann hatte es noch eine Jugendpartei gegeben. Und wegen dieser Partei, die von vielen spöttisch Kinderpartei genannt wurde, rief mich Sebastian von einem öffentlichen Fernsprecher aus an.

„Verstehst du, wieso die Kinder über fünf Prozent der Stimmen bekommen haben?"

„Alle Ratsmitglieder sind Oberstufenschüler unserer Schule. Einige von ihnen waren Geiselharts ehemalige Schüler. Sie und ihre Freunde waren die größten Konkurrenten seiner Partei."

Die Schadenfreude war groß. Sebastian war zufrieden und hängte den Hörer ein. Dann hörte ich eine Weile nichts von ihm.

Übrigens, der Anführer der ‚Kinderpartei' ist ein paar Jahre später Bürgermeister geworden und ist es heute noch.

In den Sommerferien war ich wie schon einige Male zuvor nach Sandefjord in Norwegen gefahren. Mein Fahrrad hatte ich immer auf dem Autodach dabei. So konnte ich tolle Radtouren machen. Leider endete der Urlaub mit einem Unfall, bei dem ich mir das Schulterblatt brach.

Da ich einige Wochen nicht arbeiten konnte, brauchte ich während der ersten vierzehn Tage nach den Ferien keinen Unterricht zu machen. Gattermann war außer sich. Er rief mich an und bat mich, trotz der Verletzung und Krankschreibung in der Schule zu arbeiten. „Wenn du das nicht machst, hätte ich Lust, alles hinzuschmeißen", war seine Reaktion auf mein Nein.

Wie sich die Zeiten ändern. Sein Vorgänger hatte mir noch dienstlich befohlen, unverzüglich nach Hause zu gehen, als ich einmal während einer Krankenzeit in der Schule war und nur ein Aufgabenblatt für eine Klassenarbeit verteilen wollte. „Ich darf Sie gar nicht hier sehen", hatte er gesagt, die Hände abwehrend vor sein Gesicht gehalten, sich umgedreht und war dann fortgegangen.

Ich beschied Gattermann, dass ich mit dem kaputten Schulterblatt auf keinen Fall arbeiten könnte, und legte den Telefonhörer auf.

Eine Woche danach klingelte das Telefon. Reiner: „Sebastian hat sich ein Haus gekauft. Er ist gerade bei uns und fragt, ob wir ihm nächste Woche beim Umzug helfen können."

Ich sagte zu und wir vereinbarten für Sonntagmorgen einen Termin. Sebastian hatte mit seinem neuen PKW in der vorangegangenen Woche schon viele kleine Kisten in seinen neuen Wohnort gefahren. Wir sollten ihm nun helfen, sein Mobiliar und die großen Kisten aus der Hochhauswohnung zum Möbelwagen zu tragen. Dann sollten wir mit ihm fahren und seine Habseligkeiten ins neue Heim bringen.

Als ich eintraf, stand der Transportwagen schon in der Nähe der Eingangstür. Weil das Auto nicht besonders groß war, mussten wir zweimal fahren. Bei der letzten Tour fuhr ich mit meinem PKW hinterher.

Nachmittags um sechs hatten wir alles ausgeladen. Zufrieden ließen wir uns im neuen Garten nieder und tranken eine Tasse Tee. Dabei beratschlagten wir, ob wir noch in ein Lokal essen gehen oder gleich zurück nach Hause fahren sollten. Schließlich rafften wir uns auf und suchten ein geeignetes Restaurant. Das dauerte eine Ewigkeit, weil Sebastian nicht zufrieden zu stellen war. An vier Lokalen hatte er etwas auszusetzen gehabt.

„Die Leute gaffen hier zu sehr", sagte er jedes Mal.

Erst das Nächste gefiel ihm einigermaßen.

Hier erfuhren wir von ihm eine merkwürdige Geschichte. Er erzählte uns, dass er seinen Hals-Nasen-Ohren-Arzt beim Autowaschen beobachtet hatte.

„Der wird bestimmt erpresst. Der Herr braucht Geld. Deshalb spart er die Kosten für die Fahrt durch eine Wagenwaschanlage. Warum sollte er sich sonst als Arzt herablassen und sein Auto selbst putzen?"

Da Reiner und ich ebenfalls Patienten bei diesem Arzt waren, konterten wir sofort: „Das bildest du dir nur ein. Was ist nur los mit dir, Sebastian?"

„Ihr habt ja keine Ahnung. Ihr steht nicht auf meiner Seite."

So nahm ein harmonischer Tag doch noch ein unschönes Ende.

An diese Episode konnte ich mich deshalb so genau in meinem Krankenbett erinnern, weil ich demselben Arzt etwa drei Wochen vor meiner Krankheit in einem Supermarkt begegnet war.

Er war, vorsichtig in alle Richtungen spähend, wie ein Verfolgter mit dem Blick eines Wahnsinnigen zwischen den Regalen hin- und hergeschlichen. Dabei hatte er einen unförmigen grauen Arbeitskittel und Sandalen getragen.

Das soll ein Arzt sein? Auch wenn er nicht mehr berufstätig war, musste er doch nicht so herumlaufen. Ob Sebastian damals vielleicht Recht gehabt hatte mit seiner Vermutung? Ach nein! Das konnte nicht sein, verwarf ich den Gedanken.

Nach dem Abendessen fuhren wir nach Hause. Unterwegs unterhielten wir uns über Sebastians neue Bleibe. Wir hatten eigentlich noch nicht viel davon gesehen. Innen war alles mit Umzugskartons zugestellt, Möbelteile standen überall kreuz und quer herum. Der Garten war ungepflegt. Sebastian würde eine Menge zu tun haben. Aber er hatte ja Zeit. Er war krankgeschrieben.

„Beim nächsten Besuch sieht sicher alles schon ganz anders aus", meinte Kathrin.

Ein paar Tage später, es war in einer großen Pause im Lehrerzimmer, wollte ein Physiklehrer von mir wissen, was mit Sebastian los wäre. Sebastian hätte ihn unerwartet besucht, von einem in seinem Körper eingebauten Sender erzählt und ihn nach technischen Dingen gefragt.

„Er leidet offensichtlich unter Verfolgungswahn. Er braucht dringend ärztliche Behandlung, sonst kann das schlimm enden", flüsterte er hinter vorgehaltener Hand, damit es die übrigen Kollegen am Tisch nicht hören konnten.

Ich pflichtete ihm bei und versprach ihm, mit Sebastian zu reden.

Am übernächsten Tag erzählte mir Reiner über einen zweiten Fall. Sebastian hatte noch einen anderen Physiker in dessen Wohnung besucht und wegen der gleichen Sache um Rat gefragt.

Wir waren entsetzt. Es musste etwas geschehen. Kathrin bot sich an, die Sache in die Hand zu nehmen.

Kurz danach rief mich Sebastian von einem Münztelefon aus an.

„Ich habe mir ein Klappfahrrad gekauft, das prima in mein Auto passt. – Was hältst du davon, wenn wir am Sonntag eine kleine Rheintour machen? Reiner und Kathrin sind schon mit von der Partie."

Für eine Fahrradtour bei gutem Wetter war ich immer zu haben und sagte sofort zu. Leider regnete es unterwegs ein paar Mal, sodass wir uns unterstellen mussten.

Während dieser Pausen unterhielten sich Sebastian und Kathrin angeregt. Ihre Gesichter sprachen Bände. Es hatte den Anschein, als ob sie sich stritten. Reiner und ich beobachteten das eine Weile. Wir ließen uns davon aber nicht beeindrucken, mischten uns nicht ein. Wir ahnten ja, worum es ging. Den vermeintlichen Sender in Sebastians Körper, eingepflanzt von einem seelenlosen Arzt im Auftrag der Schulbehörde.

Als Sebastian mal gerade nicht in der Nähe war, erzählte uns Kathrin: „Sebastian will sich in einem Krankenhaus den Sender herausoperieren lassen. Es ist mir nicht gelungen, ihm die verrückte Idee mit dem Sender auszureden."

Nachdem wir den Rhein wieder mit der Fähre überquert hatten, waren wir in der Nähe unseres Ausgangspunktes angekommen. Da wir alle hungrig waren, kehrten wir in die Schießbude ein. Sebastian hatte nichts daran auszusetzen. In der Gaststätte setzten wir uns an einen großen Tisch. Kathrin bestellte einen Rotwein, Sebastian und Reiner ein Alt-Schuss und ich eine Flasche Weizenbier.

„Endlich ein Restaurant mit Speckpfannkuchen!", rief Sebastian.

Kathrin und Reiner wählten Rotbarschfilet. Weil ich keine Soßen liebte, bestellte ich ein Schnitzel Wiener Art.

Erst nach einer Weile bemerkte ich, dass Sebastian sich so weit wie möglich von Kathrin weggesetzt hatte, kein Wort mit ihr sprach und sie keines Blickes würdigte.

Was war los?

Ich wollte gerade etwas dazu sagen, als die Tür mit einem Ruck aufging und ein älterer Herr hereingetorkelt kam. Ich erkannte ihn nicht gleich, weil er betrunken war. Dann sah ich, dass es der Fahrradhändler war. Ganz in der Nähe hatte er ein Geschäft mit Reparaturwerkstatt. Ob das hier seine Stammkneipe ist, in der er sich öfter volllaufen lässt?

Er sah sich kurz um, lief dann schnurstracks auf unseren Tisch zu und setzte sich neben Sebastian. Dieser erschrak und bekam einen knallroten Kopf. Ich hörte, dass der Mann wirres Zeug lallte, konnte ihn aber nicht richtig verstehen, obwohl ich nur eine Tischbreite von ihm entfernt war. Ich sah, dass er Sebastian mehrmals auf die Schulter klopfte, als wenn er ein alter Kumpel von ihm wäre. Für Sebastian war die Situation peinlich. Er versuchte auszuweichen. Es gelang ihm nicht. Der Mann rückte ihm nicht von der Pelle.

Auf einmal war es Sebastian offensichtlich zu bunt. Er stand auf, legte Geld auf den Tisch, verabschiedete sich, bahnte sich einen Weg und lief schnurstracks auf die Ausgangstür zu. Dabei verlor er sein Portmonee. Ich folgte ihm blitzschnell, gab ihm seine Geldbörse und bat ihn zu bleiben. Ich erklärte ihm, wer der Mann war und dass doch alles nicht so schlimm wäre.

„Tut mir leid, mit solchen Leuten habe ich nichts am Hut! – Danke für deine Aufmerksamkeit!", sagte er, steckte die

Geldbörse in die Tasche, nahm sein Fahrrad und verschwand mit einer Geste des Bedauerns.

Ich rief ihm nach: „Der ist doch nur betrunken."

Er drehte sich noch einmal um und hob die rechte Hand. „Wir telefonieren." Dann war er weg, mit dem Klapprad auf dem Weg zu seinem Auto.

Als ich wieder das Lokal betrat, sah ich sofort, dass der Fahrradhändler verschwunden war. Kathrin und Reiner, die zu spät reagiert hatten, saßen noch mit versteinerten Mienen auf ihren Plätzen. Sie hatten auch keine Lust mehr zu bleiben und wollten bezahlen.

Reiner meinte: „Der Fahrradhändler muss wohl etwas gemerkt haben und hat sich aus dem Staub gemacht."

„Was ist bloß in Sebastian gefahren?", murmelte Kathrin vor sich hin. „Wie können wir ihm bloß helfen?"

Einige Zeit später, an einem stürmischen Herbstabend im November, klingelte es an meiner Haustür und Sebastian stand vor mir, unangemeldet wie immer in der letzten Zeit. Ich nahm es ihm jedoch in keiner Weise übel, denn ich wusste ja, warum er nicht vorher angerufen hatte. Er glaubte, dadurch seine vermeintlichen Verfolger abschütteln zu können. Er war immer noch davon überzeugt, dass sie auch seine Gespräche an der Telefonzelle abhörten, um jederzeit zu wissen, wo er sich aufhielt.

Nein, ich freute mich, dass er sich nach Langem wieder mal sehen ließ, und bat ihn herein. Ehe er eintrat, sah er sich noch mehrmals um, ob er auch nicht von der Straße aus beobachtet würde. Sein Auto hätte er drei Häuserblöcke weiter am Straßenrand geparkt. Dann wäre er, mehrmals die Richtung ändernd, die Mütze vorm Gesicht, auf Umwegen zu meiner Wohnung geschlichen, erzählte er mir im Flüsterton, als wenn die Wände Ohren hätten.

„Die Beihilfe hat mir seit einem Jahr keinen Pfennig Krankenkosten erstattet."

„Warum denn das?"

„Die Behörde lehnt meine handgeschriebenen Anträge ab. Kannst du mir ein paar Antragsformulare aus dem Sekretariat mitbringen? Da wäre ich dir sehr dankbar."

„Natürlich. Kein Problem."

„Außerdem habe ich hier ein paar Anträge an die Schulleitung. Würdest du sie bitte für mich morgen dort abgeben. Der Post traue ich nicht über den Weg und selbst möchte ich nicht zur Schule fahren."

„Setz dich erst mal und trink einen Schluck! Klasse, dass du gekommen bist. Wie geht es dir?"

„Nicht so gut. Ich kann nachts nicht schlafen. Die peilen dauernd meinen Sender an. – Gibt es Neues aus der Schule? Reden die immer noch über mich?"

„Und ob es Neues gibt, aber nichts über den Gattermann, sondern seinen frisch gewählten Stellvertreter Mützauf."

„Heißt der nicht ..."

„Mützauf ist mein Spitzname für ihn."

„Lass mal hören!"

„Du kannst es sogar lesen. Ich drucke dir gerade ein Exemplar meines neuen unvollendeten Werkes aus. Warte mal einen Moment!"

„Das ist bestimmt wieder eine deiner Übungsaufgaben aus Adrians Schreibseminar. Stimmt's? Und ich soll dein Werk begutachten, ehe du es im Seminar vorliest?"

„Du hast mich durchschaut. Es soll übrigens ein Hörspiel werden. Um es mit Hanns-Dieter Hüsch zu sagen: ,Du kommst auch drin vor.'"

Er sah erschrocken zu mir herüber. „Das gefällt mir aber gar nicht."

„Sebastian, erinnerst du ich noch an Adrians Behauptung, ein Lehrer mit nur einem Unterrichtsfach, dazu kein Hauptfach und kein Parteibuch von der CDU oder SPD, könnte niemals Studiendirektor werden. Mützauf ist aktiv in der Partei tätig, die schon zweimal aus einer Regierungskoalition ausgestiegen ist und als Umfallerpartei gilt. Außerdem hat er nur die Unterrichtsfächer Biologie und Erdkunde."

Inzwischen hielt Sebastian die ersten beiden Blätter meines Manuskriptes in Händen und begann zu lesen:

Mützaufs Methoden

Personen:
Werner Bocks
Werner Bocks' Frau Renate
Werner Bocks' Tochter Anna
Friedrich Mützauf
Dr. Alfred Techtmann
Dr. Gerhard Blum

EINS

Anna: Ja, hallo?
Mützauf: Ja, mit wem spreche ich denn?
Anna: Anna Bocks
Mützauf: Bist du die Tochter von Herrn Werner Bocks?
Anna: Ja
Mützauf: Ich habe hier ein ärztliches Attest vorliegen. Dein Vater soll krank sein. Das möchte ich überprüfen. Kann ich ihn sprechen?
Anna: Wer sind Sie denn?
Mützauf: Entschuldigung! Mein Name ist Friedrich Mützauf. Ich bin der stellvertretende Schulleiter des Hermann-Gymnasiums in Alsheim am Rhein. Dein Vater arbeitet dort gewöhnlich.
Anna: Ich kenne Sie aber nicht. Mein Vater hat mir nie von Ihnen erzählt. Heißt der Stellvertreter nicht Wiesner?
Mützauf: Nein, Dr. Wosner. Aber der ist es nicht mehr. Seit Neustem bin ich es.
Anna: Dann kann ich Ihnen nicht helfen.
Mützauf: Wieso nicht?
Anna: Mein Vater hat mir verboten, am Telefon Auskünfte über ihn zu geben, wenn ich jemanden nicht kenne.
Mützauf: So geht das aber nicht. Ist er denn da?

Anna: Das sage ich nicht.
Mützauf: Dann macht er also blau. Dachte ich es mir doch. Ist denn deine Mutter da? Die ist doch auch Lehrerin.
Anna: Ich sag' jetzt nichts mehr.
Mützauf: Die macht also auch blau. Ihr werdet noch von mir hören.
Anna: (legt den Hörer auf)
Mützauf: Hallo? – Aufgelegt! – So eine Unverschämtheit! Das wird ein Nachspiel haben. So kann man nicht mit einem Schulleiter eines Gymnasiums umgehen, nicht in Alsheim am Rhein.

An dieser Stelle unterbrach Sebastian die Lektüre und fragte mich, ob irgendetwas an dieser Geschichte wahr sei. Ich hätte doch sicher alles erfunden.

„Nein, so hat mir der Kollege alles haargenau erzählt. Es ist nichts erfunden. Du weißt selbst, dass man an unserer Schule keine merkwürdigen Geschichten erfinden muss. Sie passieren von alleine. Die meisten Namen habe ich natürlich verfremdet."

Sebastian las weiter:

ZWEI

Anna: Papa, da war ein Alsheimer am Telefon, als du beim Arzt warst.
Werner: Was meinst du? Ich verstehe dich nicht.
Anna: Ein Herr Mütze wollte dich sprechen.
Werner: Meinst du Herrn Mützauf, meinen Kollegen in der Schule?
Anna: Ja. Er sagt, du machst blau.
Werner: Was? Sag das noch mal!
Anna: Er meint, weil er dich und Mama nicht am Telefon sprechen kann, macht ihr blau.
Renate: Was habt ihr denn für einen Heini im Spitzenduo eurer Schule? Das ist ja wohl nicht zu fassen, Werner.
Werner: Renate, das brauchen wir uns nicht gefallen zu lassen. Wenn ich wieder gesund bin – der Rücken macht mir

noch immer sehr zu schaffen –, stelle ich ihn zur Rede. Aber nicht am Telefon, in seinem Amtszimmer oder besser noch vor versammeltem Kollegium.

Anna: Weil ich ihn nicht kenne, habe ich ihm nicht erzählt, wo du gewesen bist.

Werner: Das hast du richtig gemacht, Anna. Jetzt muss ich mich aber hinlegen. Der Arzt hat gesagt, ich soll mich unbedingt schonen.

„Ich vermisse allerdings die Regieanweisungen für Geräusche usw. Aber das kommt bestimmt noch."

„Genau. Die Geschichte habe ich erst vorgestern erfahren und gestern ansatzweise aufgeschrieben. Sie muss noch überarbeitet und ergänzt werden. Vielleicht kannst du mir helfen."

Sebastian las schmunzelnd weiter:

DREI

Werner: Friedrich, mit deinen Methoden bin ich ganz und gar nicht einverstanden.

Mützauf: Was meinst du?

Werner: Du hast, als ich krankgeschrieben war, meiner Tochter am Telefon gesagt, dass ich blau machte und meine Frau auch. Wie kommst du dazu?

Mützauf: Es ist meine Pflicht als stellvertretender Schulleiter des Hermann–Gymnasiums in Alsheim am Rhein nachzuprüfen, ob einer, der krankgeschrieben ist, auch wirklich krank ist oder blau macht.

Werner: Und wie kommst du dazu, anzunehmen, dass ich nicht krank war, und was hat meine Frau damit zu tun?

Mützauf: Du hast schon häufiger gefehlt. Das ist mir aufgefallen. Deine Frau ist auch Lehrerin. Also lag die Vermutung nahe, dass ihr beide vorzeitig in Urlaub gefahren seid. Das war nämlich in der Woche vor den Osterferien. Und deine Tochter ...

Werner: Das ist doch alles völliger Unsinn, Herr Mützauf. Ich verbitte mir diese Unterstellung. Ich bin noch nie einen

Tag unentschuldigt dem Dienst ferngeblieben. Merken Sie sich das! Und damit ist das Gespräch zu Ende.

Mützauf: Aber Herr Bocks, ich glaube Ihnen ja, auch wenn es mir schwer fällt. Bleiben Sie doch! Wo laufen Sie denn hin? – Ich werde mit dem Schulleiter sprechen.

VIER

Mützauf: Alfred, ich muss dich unbedingt in deinem Amtszimmer sprechen. Der Bocks ...

Dr. Techtmann: Ja, komm mit! – Was ist denn nun mit Bocks? Macht er blau?

Mützauf: Jawohl! In der Woche vor den Osterferien war er nicht zu Hause. Ich hatte versucht, ihn anzurufen. Er war nicht zu sprechen. Seine Tochter gab mir keine Auskünfte. Das ist eindeutig.

Dr. Techtmann: Na, da bin ich mir nicht so sicher. So können wir das nicht nach oben melden. Die wollen Beweise haben.

Mützauf: Wenn das nicht reicht, lass' ich mir etwas einfallen.

Dr. Techtmann: Sei aber vorsichtig! Wir sind zwar von oben streng angehalten, Krankmeldungen zu überprüfen. Es muss jedoch alles legal zugehen. Denk an den Neufeld. Der bezieht jetzt seit über fünf Jahren sein volles Gehalt, obwohl er keine einzige Stunde mehr unterrichtet hat seit damals.

Mützauf: Ist er nicht in einer Nervenklinik? Der hat unsere Maßnahmen doch als Mobbing aufgefasst.

Sebastian blickte mich mit ernster Miene an. „Das würde ich rauslassen. Das gefällt mir nicht. Ich will in dem Stück nicht vorkommen."

„Mal sehen. Lies erst mal weiter!"

Dr. Techtmann: War es das denn nicht? Wer weiß? Vor solchen Leuten müssen wir jedenfalls unsere Schule schützen.

Mützauf: Ein Kollege erzählte kürzlich im Lehrerzimmer, der Neufeld hat damals zweitausend Mark bezahlen müssen, weil er den Unterricht einmal fünf Minuten zu spät begonnen hatte.

Dr. Techtmann: Ja, ich weiß. Aber entschuldige, ich habe jetzt noch einen dringenden Anruf ...
Mützauf: Wegen Bocks werde ich mir auf jeden Fall etwas einfallen lassen. Ach, ganz einfach, ich weiß auch schon, was.

FÜNF

Mützauf: Entschuldigen Sie, Herr Direktor Blum, dass ich ich hier so hereinplatze! Aber ...
Dr. Blum: Meine Sekretärin sagte mir schon vor zehn Minuten, dass Sie ganz aufgeregt ankamen und mich dringend sprechen wollen. Wer sind Sie denn?
Mützauf: Die Frau Bocks arbeitet doch hier bei Ihnen am Turm–Gymnasium, hier in Wassertal?
Dr. Blum: Entschuldigen Sie, mein lieber Herr! Sie haben meine Frage noch nicht beantwortet.
Mützauf: Welche Frage? Ach ja, ich bin der stellvertretende Schulleiter des Hermann–Gymnasiums in Alsheim am Rhein, Mützauf ist mein Name. Der Herr Bocks ...
Dr. Blum: In welcher Angelegenheit möchten Sie mich sprechen?
Mützauf: Ich, ich ...
Dr. Blum: Sachte, sachte! Nun beruhigen Sie sich doch erst einmal! Nehmen Sie bitte Platz! Möchten Sie eine Tasse Kaffee zur Beruhigung?
Mützauf: Nein, nein, ich möchte wissen, ob die Frau Bocks bei Ihnen auch so häufig blau macht.
Dr. Blum: Verstehe ich richtig? Meinen Sie meine Kollegin Renate Bocks?
Mützauf: Ja, die! Ihr Mann ist bei uns beschäftigt und fehlt oft unentschuldigt. Da wollte ich Sie warnen. Auf die Frau müssen Sie aufpassen.
Dr. Blum: Wie bitte?
„Unglaublich!"
„Aber wahr, Sebastian!"

Sebastian klopfte sich auf die Schenkel vor Lachen und ließ dabei den ganzen Blätterstapel fallen. Ich half ihm, alles wieder zu sortieren, und er las weiter.
Mützauf: Hat sie vor den Osterferien gefehlt? Ja? Dann hat sie blau gemacht, wie ihr Mann.
Dr. Blum: Jetzt beruhigen Sie sich doch erst einmal! Mein Gott sind Sie aufgeregt! – Das kann doch nur ein Missverständnis sein.
Mützauf: Nein, nein, nein!
Dr. Blum: Meine geschätzte Kollegin Bocks fehlt recht selten, vielleicht alle zwei Jahre mal ein paar Tage. Aber das darf ich Ihnen eigentlich gar nicht sagen. Das bleibt unter uns. Unentschuldigt hat sie noch nie gefehlt.
Mützauf: Das weiß man doch nur, wenn man das untersucht, so wie ich. Das ist doch unsere wichtigste Aufgabe als Schulleiter.
Dr. Blum: Aber Herr Mützauf, nun übertreiben Sie. Das, was Sie tun, verlangt unsere Aufsichtsbehörde doch nun wirklich nicht von uns.
Mützauf: Doch, doch!
Dr. Blum: Lieber Herr Mützauf, Sie entschuldigen mich bitte, aber ich kann Ihnen nicht weiterhelfen. Meine Sekretärin zeigt Ihnen den Weg. Auf Wiedersehen!
SECHS
Dr. Blum: Frau Bocks, ich habe Sie herbestellt in einer sehr delikaten – um nicht zu sagen peinlichen – Angelegenheit.
Renate: Da bin ich aber gespannt. Worum geht es denn?
Dr. Blum: Sie sollen hier häufig blau machen.
Renate: Was? Das habe ich doch schon mal gehört. Wer sagt das?
Dr. Blum: Ein Herr Mützauf, der ...
Renate: Ach der! Mit Verlaub, das ist ein Spinner.
Dr. Blum: Sie kennen ihn?

Renate: Nein, aber er hat unsere Tochter angerufen und behauptet, dass mein Mann und ich unentschuldigt dem Dienst fern bleiben.
Dr. Blum: Auf mich hat er den Eindruck gemacht, als wenn er krank wäre. Er sagte ...

SIEBEN

Werner: Was, Renate, der war bei deiner Schulleitung, dieser Mützauf!
Renate: Ja, Werner, und was meinst du, was der da von sich gegeben hat?
Werner: Nun erzähl schon! – Anna geh du raus spielen, ich möchte mich mit Mama unterhalten.
Anna: Ach, es geht bestimmt wieder um diesen Hutauf.
Renate: Geh schon, Anna!
Anna: Ja, ja, tschüss!
Renate: Der hat doch tatsächlich meinem Chef erzählt, wir beide würden öfter blau machen, zuletzt vor den Osterferien.
Werner: Das geht zu weit. Ich rufe sofort meinen Rechtsanwalt an wegen einer Dienstaufsichtsbeschwerde.
Renate: Deine Kollegen sollten die Geschichte auch so schnell wie möglich erfahren.
Werner: Morgen spreche ich mit dem Lehrerrat. Das sind bei uns übrigens lauter Frauen. Der Mützauf wird sich rechtfertigen müssen ...

„Nicht schlecht für den Anfang. Aber einen Nobelpreis wirst du nicht damit gewinnen. Lies es ruhig so im Seminar vor! Die werden bestimmt Verbesserungsvorschläge haben." Sebastian packte den Stapel mit den Blättern zusammen und reichte ihn mir zurück. „Gedruckt sieht der Text gut aus. Wenn ich an meine handschriftlichen Manuskripte denke. Eine Schreibmaschine ist doch eine schöne Sache."

„Du kannst meine elektronische Maschine haben. Ich schreibe doch nicht mehr damit, seit ich einen Computer mit Drucker habe. Übrigens habe ich das Ding vor Jahren von meiner Freundin geschenkt bekommen, nachdem ich ihr damit ein paar Texte geschrieben hatte."

„Oh, du meinst die Sängerin! Was hat sie noch mal gesungen?"

„Wenn es Nacht wird in Harlem"

„Kenne ich nicht."

„Na, es war die Frau, die sich geweigert hat zwanzigtausend D-Mark Schutzgeld an einen Fernsehredakteur zu zahlen und von fast allen Medien jahrzehntelang bis heute auf menschenverachtende Weise boykottiert wurde, nachdem sie mit der Erpressergeschichte an die Öffentlichkeit gegangen war. – ‚Schuld war nur der Bossa Nova' war ihr größter Erfolg."

„Ach, das kenne ich!"

„Komisch, das kennt jeder. – Willst du die Schreibmaschine haben oder nicht?"

„Aber nicht geschenkt. Ich gebe dir fünfzig Mark."

Blitzschnell, als wenn er schon die ganze Zeit darauf gewartet hätte, zog er einen Fünfziger aus der Hosentasche und hielt ihn mir vor die Nase. Schmunzelnd nahm ich das Geld und legte es in eine Schublade.

Während er die Maschine und die Farbbänder einpackte, musste ich an eine Geschichte denken, die während meiner Referendarzeit passiert war. Ich hatte damals mein uraltes Moped, Marke Flidus, für fünfzig Mark an einen Schüler verkauft. Ich selbst hatte zwölf Jahre zuvor das Fahrzeug für nur fünf Mark einem Schrotthändler abgeluchst.

„Beinahe hätte ich noch etwas vergessen. Ich habe doch extra für dich eine Kopie gemacht."

Sebastian kramte in seiner Tasche. „Vor einiger Zeit hatten Unbekannte einen Ortungssender an meinem Auto angebracht."

„Das ist doch nicht wahr, Sebastian."

„Hier die Anzeige." Er reichte mir vier handgeschriebene Blätter. „Lies es später und schließ es weg! Falls mir etwas zustößt, kannst du es veröffentlichen."

Nachdem Sebastian gegangen war, las ich seine Anzeige.

„An das Polizeipräsidium usw. usw.

Betr.: Verdacht auf Anbringung eines Ortungssenders an meinen PKW!

Auffindung und Beseitigung

Sehr geehrte Dame, sehr geehrter Herr!

Nun bin ich es leid!!

Am Freitag, dem 09.09.2001, bin ich gegen 15 Uhr im Polizeirevier erschienen, um eine unerlaubte Öffnung meines Wagens anzuzeigen und um Hilfe zu erhalten, weil ich annehme, dass an meinem Wagen ein Ortungssender angebracht ist. Viele, viele Hinweise bringen mich zu der Annahme! Herr Kriminalkommissar Nassbinder nahm die Anzeige auf, aber zu Thema ‚Ortungssender' verwies er mich einfach global auf die Telekom. Dort werde mir geholfen.

Am Montag, dem 11.09.2001, rufe ich also bei der Telekom an und erhalte nach einigem Hin und Her die Auskunft, ich müsse bei der Polizei Anzeige erstatten, dass in meinem Wagen wohl ein Sender der genannten Art eingebaut worden ist, möglicherweise von ‚Unbekannt'.

Zur kurzen Vorgeschichte:

Etwa am 05.09.2001 erkundigte ich mich telefonisch beim Polizeipräsidium, was gegen einen Sender der genannten Art unternommen werden könne.

Man gab mir die telefonische Auskunft, bei jedem Polizeirevier verfüge man über entsprechende Möglichkeiten.

Am 09.09.2001 fahre ich mit meinem Problem zunächst zum Polizeipräsidium, wo man mich knapp darauf hinwies, ich müsse zum Polizeirevier fahren.

Hiermit erstatte ich Anzeige gegen Unbekannt, an meinem Wagen (VW Polo) zu einem unbekannten Zeitpunkt einen

Ortungssender angebracht zu haben, aus unbekanntem Grund.

Personen, denen solches zugetraut werden kann, gibt es bekanntlich zu viele.

Ich hoffe, dass die Sache nun zügig behandelt wird.

Hochachtungsvoll Neufeld

P. S.: Ich weiß, dass ich mich an eine Detektei wenden könnte, um mir eine ‚Wanze' entfernen zu lassen. Aber beim Gedanken daran sträuben sich mir die Nackenhaare."

Nachdem ich den Text zweimal gelesen hatte, war ich unsicher, ob die Polizei Sebastians Brief ernst genommen hat. Aber war sie nicht in jedem Fall verpflichtet, der Sache nachzugehen? Traurig schloss ich die Kopie ein. Ich konnte die ganze Nacht nicht schlafen. Mir ließ die Geschichte keine Ruhe.

Eine Zeit lang hörten wir nichts von unserem Freund. Es war mittlerweile Frühling geworden. Sebastian hatte sich in seinem neuen Wohnort wieder ein Festnetzgerät angeschafft und rief mich an. Er sprach so schnell, dass ich ihn kaum verstehen konnte. Das Gespräch sollte nicht zu lange dauern, meinte er, damit man ihn nicht orten könnte.

„Kommt mich doch mal in meinem neuen Haus besuchen. Es ist zwar noch lange nicht alles eingerichtet, aber wir können ja auch in den Garten gehen. Da ist es sehr angenehm."

Reiner, Kathrin und ich hatten uns über die Einladung riesig gefreut und uns gleich am nächsten Sonntag auf den Weg gemacht.

Sebastian empfing uns in seinem großen Garten, den er inzwischen bepflanzt hatte. Wir waren erstaunt, wie gut die Arbeit gelungen war, und machten ihm ein großes Kompliment. Er muss wohl wochenlang geschuftet haben. Eines fiel mir aber sofort auf. Er hatte die Grenzen zu seinen drei Nachbarn mit immergrünen Bäumchen zu gepflanzt. Sie sollten zu einer riesenhohen Hecke neben dem Begrenzungszaun heranwachsen.

„Die gaffen Tag und Nacht hinüber. Das will ich nicht. – Aber das ist ja gar nicht das Schlimmste. Ich habe ein viel größeres Problem. Über meinem Grundstück kreisen häufiger kleine Flugzeuge. Man beobachtet mich auch von oben. Ich weiß nicht, was ich dagegen tun soll."

„Wer sollte so etwas machen? Das wäre viel zu teuer, Sebastian. Überleg dir das doch mal!" Vergeblich versuchte ich, ihn von der Idee abzubringen.

„Ich meine, die Dezernentin im Flugzeug erkannt zu haben. Jedenfalls steckt die Schulbehörde dahinter."

Reiner verzog sein Gesicht, als hätte er in eine saure Gurke gebissen, und ging zur Seite. Er konnte diese Wahnvorstellungen, wie er sich mir gegenüber später ausdrückte, nicht mehr hören.

Kathrin versuchte ebenfalls erfolglos, Sebastian davon zu überzeugen, dass er sich irrte. Dabei war er wütend geworden und hatte ihr gesagt, dass sie von solchen Dingen keine Ahnung hätte und daher lieber den Mund halten sollte.

Um die Stimmung zu heben und Sebastian zu beruhigen, bot ich ihm eine riesige Betonblumenschale an, die in seinen Vorgarten passte. Ich hätte sie übrig und er bräuchte sie nur bei mir abzuholen.

„Prima, dann kann ich bei der Gelegenheit mein Motorrad mitnehmen. Es ist doch noch in deinem Schuppen?"

„Natürlich. Aber ich befürchte, es fährt nicht mehr, weil es so lange unbewegt herumgestanden hat. Die Schale hat übrigens oben einen Durchmesser von mehr als einem Meter. Du brauchst für sie und das Motorrad einen Transporter."

„Kein Problem, ich komme am nächsten Samstag, wenn es dir recht ist."

Weiteres wollte er nicht mit uns im Garten besprechen. Wegen der Nachbarn, die ihn angeblich ständig belauschten.

Nachdem wir im Haus waren, kam ich aus dem Staunen nicht mehr heraus. Es sah alles noch genauso aus wie an dem Tag, als wir ihm beim Umzug geholfen hatten. Sein ganzer Hausrat lag kreuz und quer herum. Wie konnte er sich da zurechtfinden? Ein solches Chaos hatte ich noch nie gesehen. Ich beobachtete Reiner und Kathrin, wie sie sich verwundert ansahen. Keiner von uns sagte etwas. Er bot uns in dem Zimmer, das einmal sein Wohnzimmer werden sollte, drei Stühle an, die an einem wackeligen Gartentisch standen.

Reiner konnte sich eine Bemerkung nicht verkneifen: „Das sieht ja aus, als hätte er alles vom Sperrmüll geholt. – Der Tee, den er uns zubereitet hat, schmeckt aber ausgezeichnet."

Als ich Sebastian fragte, ob er denn seine Doktorarbeit immer noch ausschließlich in der Unibibliothek schrieb, denn er hätte jetzt doch sicher ein Arbeitszimmer in seinem Haus eingerichtet, antwortete er: „Ich habe keine Ruhe, an meiner Dissertation weiterzuschreiben."

Dann zeigte er uns sein Arbeitszimmer. Er hatte es nicht eingerichtet. Es sah aus wie eine unordentliche Abstellkammer. Zwei Stühle standen auf dem ansonsten leeren Schreibtisch. Die Bücherregale waren nicht aufgebaut. Die Bretter standen kreuz und quer herum. Das Fenster war ohne Gardine. Die Zimmerlampe war noch nicht angeschlossen. Überall hatte sich Staub angesammelt.

„Ich muss es noch einrichten, habe aber wegen des Gartens und des vielen Schreibkrams keine Zeit. Etwa zwanzig Anzeigen habe ich bei der Polizei aufgegeben, weil in meine Wohnung fast täglich eingebrochen wird. Ich vermisse sehr viele Sachen, vor allem Manuskripte. Das Telefon funktioniert auch nicht immer, weil es von Einbrechern manipuliert wird."

Kathrin schüttelte den Kopf. „Haben deine Nachbarn denn nichts beobachtet? Das kann doch nicht sein, dass nicht ein einziger Einbruch beobachtet worden ist."

„Ich habe mit allen Nachbarn in der Umgebung gesprochen. Keiner hatte etwas bemerkt. Aber nachdem ich ihnen richtig in die Gesichter geschaut hatte, war mir klar geworden, dass sie die Einbrecher deckten. Ich habe denen ganz offen gesagt, dass sie mit ihnen unter einer Decke steckten."

Kathrin konnte sich ein „Oh Gott!" nicht verkneifen.

Reiner hob gespannt seinen Kopf. Er hatte lange nichts mehr gesagt. Das wäre ihm alles viel zu dumm, hatte er mir schon beim Teetrinken hinter vorgehaltener Hand zu verstehen gegeben. „Und wie haben sie reagiert?"

„Die sind frech geworden. Haben mich beschimpft und mir die Tür vor der Nase zugeknallt."

„Und was hast du dann gemacht?", wollte ich wissen.

„Sie angezeigt."

„Mein Gott!", murmelte Kathrin und sah mich entsetzt an.

Dann erzählte er uns, wie er darunter litte, dass er aus Angst vor Einbrüchen sein Grundstück nicht mehr verlassen könnte. Er ließe niemanden außer uns mehr ins Haus und hätte die Haustürklingel und den Briefkasten abmontiert. An die Erklärung, warum er den Briefkasten entfernt hatte, kann ich mich nicht mehr erinnern. Ich weiß nur, dass keiner von uns Dreien es verstanden hatte.

„Meinen Hausarzt habe ich vor kurzem auch verklagt. Ich lasse mich jetzt von einem Neuen behandeln, hier am Ort."

Er erzählte uns jetzt in aller Ausführlichkeit, dass sein alter Arzt ihm falsche Medikamente verschrieben hätte, damit er immer müde und langsam verrückt würde. Wörtlich meinte er: „Der hätte mich in den Wahnsinn getrieben." Der steckte auch mit der Schulbehörde unter einer Decke. Dem hätte er es aber gezeigt. Er hätte eine Strafanzeige direkt an die Staatsanwaltschaft geschickt, weil die Polizei ihm nicht geglaubt hätte. Während eines Praxisbesuchs hätte er in einem Nebenraum eine Riesenmenge Medikamente entdeckt, die zu einem Berg aufgetürmt gewesen wären und fast bis an die Decke gereicht hätten.

Mir blieb die Spucke weg. „Na und?"

„Ich habe ihn anonym wegen Drogenhandels angezeigt. Ich habe sogar an das Innenministerium des Bundes und das Innenministerium des Landes geschrieben. Anonym natürlich!"

Kathrin fuhr dazwischen: „Das konntest du doch nicht machen. Du hast doch gar keine Beweise."

„Kathrin, ich habe dir schon auf unserer letzten Radtour gesagt, dass ich glaube, dass du nicht auf meiner Seite stehst. Ich habe langsam das Gefühl, dass du auch zur Schulbehörde hältst."

Reiner war neugierig geworden. „Nun erzähl doch mal ausführlicher!"

„In meiner Anzeige ging es um den Verdacht auf illegalen Handel mit medizinischen oder außermedizinischen Drogen oder/und Nachbaupräparaten. Handel mit dem Ausland, letztlich vor allem mit Afrika."

„Woher willst du das wissen?", fuhr ich dazwischen.

„Ich habe geschrieben, dass die Zeilen von einer Gruppe von Patienten von Dr. Hilton stammten. Unterschrieben habe ich mit Magdalena Schramm. Wegen gewisser Beobachtungen müssten wir einen ernsten Verdacht hegen, obwohl unsere Beobachtungen nur geringfügig wären."

Kathrin winkte ab, ohne dass Sebastian es sah. „Unglaublich!"

„Die Praxishilfe Frau Klütsch wäre bei Gelegenheit mit einer großen Anzahl leerer Tablettenschachteln, die auf dem Boden eines Praxisraumes lägen, anzutreffen. Würden die Schachteln von ihr entleert oder gefüllt? Womit?", fuhr Sebastian unbeirrt fort. „Die Arztpraxis erschiene uns als erpressbar oder korrumpierbar. Zumindest eine Detektei erhielte durch diese Praxis besondere Angaben zu einzelnen Patienten! Weitere Angaben hierzu würden uns allzu angreifbar machen!"

Kathrin fuhr wieder dazwischen.

„Das sind doch nur Spekulationen!"

„Du hast ja keine Ahnung! Weiter im Text! – Zumindest eine der Damen, vielleicht Frau Klütsch, steuerte in arbeitsfreier Zeit ein einmotoriges Flugzeug."

Reiner mischte sich ein.

„Hast du das gesehen?"

Sebastian, unbeirrt: „Gesehen wäre eine rot-weiße Maschine mit gutem Motor und großer Wendigkeit. Solche Aktivität wäre bekanntlich teuer. Die Korrumpierbarkeit von Mitgliedern der Praxis könnte also vielleicht auch hieraus erklärt werden. Auch die teilweise betrügerischen falschen Abrechnungen könnten in diesem Zusammenhang gesehen werden. Dass sich ein Flugzeug für die in Frage stehenden Handlungen eignete, verstünde sich von selbst."

„Beweise, Beweise!", schrie Kathrin.

„Ich verstehe gar nicht richtig, was du meinst, Sebastian", rief ich dazwischen.

Reiner hielt es nicht mehr auf seinem Stuhl. Er stand auf. „Nun beruhigt euch doch mal!"

Sebastian war beleidigt. „Jetzt ist Schluss mit euren Bedenken. Ich erzähle euch nichts mehr von der Sache." Er verließ mit hängendem Kopf den Raum und kam erst nach einer Weile zurück. In einem unbeobachteten Augenblick drückte er mir einen Brief in die Hand. Blitzschnell steckte ich ihn in meine Hosentasche. Ich sollte das Dokument zu Hause lesen und für ihn aufbewahren.

Inzwischen war es Abend geworden. Nach langem Hin und Her verzichteten wir auf einen Restaurantbesucht, weil Sebastian uns versichert hatte, dass es in seiner Wohngegend kein Lokal gäbe, das geeignet wäre.

Auf der Rückfahrt waren wir uns einig, dass Sebastian vielleicht mit einer gezielten Behandlung zu helfen wäre. Wir hofften, dass sein neuer Arzt das erkannt hatte und notfalls auch ein Psychiater eingeschaltet würde.

Am nächsten Tag fiel mir das Dokument wieder ein und ich kramte den verknitterten Brief aus der Tasche. Nachdem ich die vier Blätter geglättet hatte, stellte ich fest, dass der Text mit meiner alten Schreibmaschine verfasst worden war. Ich begann zu lesen. Es handelte sich um die Anzeige, von der Sebastian am Abend zuvor berichtet hatte. Ich überflog den ersten Teil und las da weiter, wo Sebastian stehen geblieben war.

„Die Psychotherapeutin der Praxis – sie nennt sich Anna Gauda – ist mit einem promovierten Afrikanisten verheiratet oder mit einem Afrikaner verbunden. Wohnung: Dr. Bernd Gauda, Holzweg 77?

Dr. Hilton stammt ursprünglich aus Ghana; die Auszubildende der Praxis scheint afrikanische Eltern zu haben; Frau Klütsch und eine andere Helferin der Praxis könnten ebenfalls mit Afrikanern verbunden sein. Diese Feststellungen sind selbstverständlich nicht rassistisch gemeint und zu verstehen."

Ich musste erst einmal durchatmen, ehe ich weiterlas. Alles nur Vermutungen, ging es mir durch den Kopf. Sebastian, Sebastian!

„Von Frau Gauda erwähnte Reiseziele: Sudan, Dänemark, friesische Inseln. Die Rede war außerdem von einem Gutshof in der Toscana. Es soll der Hof eines Rosselili oder Russelili oder ähnlich sein. Der Mann von Frau Gauda soll übrigens mündliche dichterische afrikanische Überlieferung studieren. So hätte er vielleicht einen Vorwand für Zusammentreffen mit vielen Afrikanern.

Die Praxis des Dr. Hilton ist in einem Haus, welches eine Apotheke beherbergt. Hier könnten also besondere Beziehungen bestehen. Aber Materialien etwa für Infusionen kauft die Praxis in auffälliger Weise bei der ‚Apostelapotheke', (Inh. Dr. Jonas Kalten e.K.).

Dr. Hilton ist ärztlich mit Dr. med. Laumen (Ebertplatz) verbunden. Frau Gauda scheint besondere Beziehungen zu Heimen zu unterhalten, insbesondere wohl zu Mädchenheimen. Vielleicht fließen gewisse Materialströme dorthin. Inwieweit mit diesen besondere persönliche Abhängigkeiten verbunden sind, kann derzeit nicht beurteilt werden. Es könnte in mächtige Interessenten an den gemeinten Lieferungen geben!

Dr. Hilton ist überraschend vom 25.08. bis zum 28.09. nicht in seiner Praxis, und zwar ohne ärztliche Vertretung! Er soll angeblich krank sein. Möglicherweise muss er gewisse Dinge abwickeln."

Alles Spekulation, dachte ich. Eine Geschichte, gesponnen aus Beobachtungen des täglichen Lebens. Ich las weiter.

„Polizei sollte nur sehr vorsichtig mit dem Fall befasst werden, wegen der bekannt großen Verquickungen dort!!!"

Die werden sich totlachen beim Innenministerium, wenn sie den Text überhaupt zu Ende lesen, dachte ich.

„Mögliche Zeugen: Bis März/April arbeitete in der Praxis eine Frau Feind. Sie passte anscheinend nicht zu den anderen Damen. Wer diese Frau geschickt lobt und ihr gerecht wird, könnte vielleicht wichtige Informationen erhalten. Die Auszubildende der Praxis dürfte ebenfalls nicht wenig wissen, auch wenn sie sich unwissend stellt.

In den vergangenen Tagen stand zwei Wochen lang ein Wachdienst vor der Eingangstür der Praxis. Ein Wächter-Auto: SU BD 8, BMW, groß, hellblau.

Der oben angegebene Name des Briefschreibers und seine Anschrift sind nicht korrekt. Aus Furcht um unsere Gesundheit und unser Leben können wir unser Wissen hier nur anonym darlegen. Wir bitten um ihr Verständnis.

Hochachtungsvoll Magdalena Schramm"

Er hat tatsächlich mit einem Pseudonym unterschrieben, dachte ich.

Am darauf folgenden Samstag stand Sebastian morgens um neun Uhr vor meiner Wohnungstür. Er war mit einem gemieteten LKW gekommen, um die Blumenschale und das Motorrad zu holen.

Nachdem er aus Holzbrettern eine schräge Rampe zur Ladefläche hergestellt hatte, war es für uns beide möglich, die große schwere Schale ins Auto zu transportieren.

Dann machten wir eine Pause und wandten uns dem Motorrad zu. Wie zu befürchten war, sprang der Motor nicht an. Wir schoben die Maschine zur Rampe und versuchten, sie hochzuschieben. Als wir es einmal bis zur Mitte geschafft hatten, wäre sie um ein Haar heruntergefallen. Trotz allen Bemühens gelang es uns nicht, das Motorrad ins Innere des LKW zu bringen. Es war zu schwer für die steile Rampe. Ein paar starke Männer hätten es vielleicht bewerkstelligt. Resigniert gaben wir auf.

Nach einer Weile schlug ich Sebastian vor, eine Autowerkstatt anzurufen und zu fragen, ob wir das Fahrzeug zur Inspektion vorbeibringen könnten. Sebastian stimmte erst zu, nachdem ich ihm versichert hatte, dass der Inhaber sehr zuverlässig, seine Werkstatt auch samstags geöffnet wäre und bestimmt nicht mit der Schulbehörde zusammenarbeiten würde.

Nachdem wir den LKW, beladen mit dem großen Blumenkübel, verschlossen hatten, machten wir uns mit dem Motorrad zu Fuß auf den Weg zur Werkstatt.

Eine derart schwere Maschine zu schieben, stellte sich als nicht so leicht heraus, wie wir es zunächst angenommen hatten. Zwischendurch brachten wir sie unter großem Kraftaufwand ein paar Mal so sehr in Schwung, dass Sebastian draufspringen und sich rollen lassen konnte und nur zu lenken brauchte. Dabei schob ich weiter von hinten, damit das Motorrad nicht zum Stehen kam.

Nach einer Viertelstunde hatten wir unser Ziel erreicht. Völlig außer Atem übergaben wir das Fahrzeug dem Mechaniker. Der versprach, in einer Woche bei Sebastian oder mir anzurufen, wenn das Motorrad repariert sei und abgeholt werden könnte. So verblieben wir, liefen zurück zum LKW, und Sebastian fuhr mit ihm nach Hause.

Wie er die schwere unförmige Schale allein aus dem Wagen geholt und im Garten aufgestellt hatte, habe ich nie erfahren. Die Nachbarn werden ihm bestimmt nicht geholfen haben.

Beim nächsten Besuch stand die Schale mit Blumen bepflanzt im Vorgarten, als wenn sie schon immer da gewesen wäre. Ein prächtiger Anblick.

Die nächsten Monate vergingen, ohne dass Sebastian sich blicken ließ. Er rief mich gelegentlich an, um mir zu sagen, dass es ihm soweit gut ginge und ich Reiner und Kathrin grüßen sollte.

Meine Anrufversuche waren jedes Mal vergeblich. Sein Telefon läutete, er nahm aber nicht ab. War er nicht zu Hause? Wollte er nicht telefonieren? Ich wusste es nicht.

Wenn er sich dann mal meldete, fragte ich ihn immer, wie es ihm gesundheitlich ginge. Er erzählte, dass er wieder einen neuen Hausarzt hätte, dessen verschriebene Medikamente aber auch nicht zu sich nähme, weil sie ihn nur müde machten.

Inzwischen wäre er wegen des Senders zur Untersuchung in einer Klinik gewesen. Man hätte angeblich nichts gefunden. Er hätte aber den Gesichtern der Ärzte und Schwestern angesehen, dass sie etwas vor ihm verheimlichten. Er glaubte mehr denn je an eine Verschwörung im Zusammenhang mit dem Sender.

An einem Tag in der letzten Sommerferienwoche stand Sebastian plötzlich vor meiner Tür. Er hatte sein Auto wieder versteckt und war über Umwegen zu meiner Wohnung geschlichen.

Da noch früher Nachmittag war, tranken wir Tee zu einem Stück Kuchen. Dann kam er mit seinem Anliegen.

Er erzählte mir, dass er an der Uni im Internet recherchiert hätte und dabei wäre, Erstaunliches in seinem Fall ans Tageslicht zu bringen. Er redete lauter wirres Zeug. Ich verstand nur, dass es mit der Frau meines Schulleiters Gattermann zu tun hatte. Sein Problem sei nun, dass er mit den Computern allein nicht richtig umgehen könnte, weil es ihm noch niemand gezeigt hätte. Bisher wäre es immer so gewesen, dass irgendein Student ihm geholfen hätte, sich ins Internet einzuwählen. Ob ich ihm nicht das Wichtigste beibringen könnte. Ich schlug vor, es ihm an meinem Gerät zu zeigen. Er aber wollte mit mir zur Heinrich-Heine-Universität fahren, damit ich es an Ort und Stelle an dem Computer erklären könnte, den er zu benutzen beabsichtigte.

Nachdem wir an der Uni angekommen waren, überfiel ihn wieder die Angst, erkannt zu werden. Wir schlichen auf seine Bitte hin auf Umwegen in die Bibliothek, wo eine Reihe Computer standen.

Nachdem er sich beruhigt hatte, zeigte ich ihm die wichtigsten Handgriffe, die man beim Recherchieren im Internet kennen sollte. Immer wenn eine Seite auf dem Bildschirm angezeigt wurde, hielt er seine Mütze davor, damit keiner der zufällig Anwesenden sehen sollte, was er betrachtete. Für ihn waren das ja keine zufälligen Anwesenden.

„Was ist denn nun mit Gattermanns Frau?"

„Die spielt eine große Rolle. Deren Mädchennachname stimmt mit dem der Dezernentin überein. Ich bin überzeugt, dass sie miteinander verwandt sind und zusammenarbeiten. Die Verbindung zu unserer Schule also ist nicht zufällig."

Ich versuchte vorsichtig, ihm diese Idee auszureden. Es war zwecklos. Er beharrte darauf. Ich ließ ihn gewähren. Eine stärkere Kritik hätte meiner Ansicht nach dazu geführt, dass er sich von mir abgewendet hätte, wie es bei Kathrin in der Zwischenzeit schon geschehen war.

Ich wechselte das Thema und kam auf sein Motorrad zu sprechen. Das wäre repariert und stände zum Abholen bereit. Die Werkstatt hätte mich schon zweimal angerufen und gebeten, dass ich ihn benachrichtige, weil sie ihn nie erreichen könnten. Er versprach, sich darum zu kümmern, und fuhr zurück nach Hause.

Vier Wochen später kam er an einem Abend mit der Maschine auf meinen Hof gefahren. Er hatte sie gerade abgeholt und war auf dem Heimweg. Er erzählte mir, wie sauer er wäre, dass das Motorrad so schmutzig und an einigen Stellen angerostet wäre. Es müsste eine Zeit lang draußen gestanden haben. Das wäre unzumutbar. Er überlegte sich eine Schadensersatzklage.

„Das wirst du schön bleiben lassen. Wie stehe ich denn dann da? Ich habe dich doch vermittelt. – Du hättest sie schon vor vielen Wochen holen können."

Erst jetzt bemerkte ich Sebastians seltsames Aussehen. Er trug über seinem Anzug einen Rucksack und darüber einen schäbigen dunkelgrauen Hausmeisterkittel. Der war ein paar Nummern zu groß, damit er über den Rucksack passte. Dann trug er eine Motorradbrille und eine gefütterte Ledermütze, die ich nur aus Filmen kannte, die in der Zeit vor einhundert Jahren spielten.

Unwillkürlich musste ich an den Klimbim-Opa denken, eine witzige Fernsehfigur aus einer Ulk-Sendung mit Ingrid Steger und Richard von Roell aus den siebziger Jahren. „Wie einst in den Ardennen", hatte der Klimbim-Opa immer gerufen. Ich konnte mir ein Grinsen nicht verkneifen.

Als ich ihn fragte, ob er keine andere Motorradkleidung besäße, antwortete er, er wollte nicht erkannt werden.

Es war ihm nicht klar, dass er durch dieses Karnevalskostüm erst recht die Aufmerksamkeit auf sich zog, eben genau das, was er eigentlich hatte vermeiden wollen.

Nachdem wir eine Zeit lang geschwiegen hatten, fasste Sebastian in die rechte Tasche seines Kittels und zog ein paar zusammengefaltete Papierblätter heraus. Er glättete den zerknüllten Stapel vorsichtig und überreichte ihn mir andächtig.

„Das hier wollte ich dir schon immer mal zur Aufbewahrung geben. Es ist mein Schreiben an das Polizeipräsidium wegen der Einbrüche in meine Wohnung und auch anderer Delikte. Ich möchte dir meine Erlebnisse nicht mehr alle selbst erzählen. Ich bin müde. Lies dir bei Gelegenheit das Geschriebene in Ruhe durch. Dann wirst du verstehen, dass ich auch in meinem neuen Heim nicht länger wohnen kann. Am liebsten würde ich mir ein Haus in einer anderen Großstadt kaufen. Aber hebe die Papiere gut auf für den Fall, dass mir etwas zustößt!"

„Warum sollte dir etwas zustoßen? – Du solltest abschalten, in Urlaub fahren. Wie lange warst du schon nicht mehr verreist?"

„Ich weiß es nicht. Drei Jahre vielleicht."

Er ist am Ende, dachte ich, physisch und psychisch am Ende. Wenn ihm jetzt keiner hilft, passiert ein Unglück.

Ich wollte ihn gerade auffordern, mir in den Wintergarten zu folgen, damit wir uns im Sitzen weiter unterhalten konnten, als er seine beiden mit Motorradhandschuhen geschützten Hände plötzlich zusammenschlug und sich verabschiedete. Er wollte nicht mehr bleiben, zurück in seine ungeliebte Wohnung. Wir verabschiedeten uns und ich ging allein in den Wintergarten, Sebastians Papiere in den Händen.

Nach einer Weile begann ich den Stapel zu ordnen. Er hatte die Blätter nummeriert. Es waren zehn Stück. Neugierig begann ich zu lesen.

„An das Polizeipräsidium usw. usw.
Betrifft: Mitteilung der Staatsanwaltschaft usw. usw. nach meiner Anzeige vom 15.3.2001
Anzeige weiterer Einbrüche und ungesetzlicher Aktivitäten
Sehr geehrte Dame, sehr geehrter Herr!
Leider sind Einbrecher weiter an mir oder meinem Haus interessiert:
1) Am 15.8.2001 gegen 3.30 Uhr Einstieg ins ‚Gartenzimmer' (1. Etage), durch das Fenster zur Gartenseite hin. Das Rollo aus Kunststoff wurde hochgeschoben. Das Fenster hinter dem Rollo war nicht verriegelt – ich hatte keine

einschlägige Erfahrung. Aufgehalten wurde der Einbrecher durch die abgeschlossene Zimmertür. Zuerst gehört habe ich ihn, als er hörbar versuchte, den Schlüssel an der Zimmertür zu drehen und zu stoßen. Beobachtung durch mich (allein im Haus!) über 20 Minuten, auf der anderen Seite der Tür. Dann: Beendigung des Einbruchs, wohl nach der Wahrnehmung meiner Nähe, Sprung durchs Fenster auf das Dach meines in den Garten gebauten Wohnzimmers und Sprung ins Gartengrundstück des Nachbarhauses Nr.31 (vgl. unten)."

Das ist doch nicht wirklich geschehen, dachte ich. Edgar Allen Poe! Das erinnert mich an Poe. Wenn ich nicht wüsste, dass er sich hauptsächlich für Carl Zuckmayers Dramen interessierte und Kriminalromane ablehnte, ja hasste, müsste ich annehmen, dass er dabei ist, das Genre zu wechseln.

Ich las weiter.

„2) Die Polizei habe ich nicht alarmiert. Ich stand unter einer Art Schock und ich war sehr müde! Außerdem hoffte ich auf Zeugenaussagen von Nachbarn am Folgetag.
Während des Einbruches hatte ich mehrere Außenbeleuchtungen eingeschaltet. Ein Licht strahlt auch etwas ins Schlafzimmer der Eheleute Mars (Nr. 29). Und Nachbarschaft Nr. 31 ist nicht nur durch den Sprung berührt, sondern auch durch die Nähe der Fenster meines Gartenzimmers in Etage 1 und des Schlafzimmerfensters von Herrn Gallert (Nr. 29). Meine Hoffnung auf Zeugenaussagen wurde allerdings von beiden Nachbarn entrüstet zurückgewiesen."

In welchem Ton mag er wohl mit den Nachbarn gesprochen haben, wenn die jede Aussage entrüstet abgelehnt haben, fragte ich mich. Armer Sebastian! Damit hast du dir nur Feinde gemacht.

„3) Am 10.9.2001 gegen 3.30 Uhr erneuter Versuch eines Einstiegs durch fragliches Gartenfenster. Dieses war aber verriegelt und ließ sich wohl nicht leicht bzw. leise aushebeln. Deshalb Aufgabe des Einbruchversuchs. Abgang wohl wie damals."

In der Kriminalgeschichte Mord in der Rue Morgue von Poe heißt es zum Beispiel: ‚Das Zimmer hat zwei Fenster. Das eine ist nicht durch Möbel verstellt und ganz sichtbar. Der untere Teil des anderen ist durch das Kopfstück der dicht herangerückten, schwerstelligen Bettstelle verborgen. Jenes war von innen fest verschlossen. Es widerstand den äußeren Anstrengungen derer, die es hochschieben wollten ...'

Aber jetzt weiter in Sebastians Bericht.

„Kurz vor dem eigentlichen Einbruchsversuch schlug übrigens der Hund an, der ausnahmsweise im Haus Nr.31 übernachtete. Wie alle anschlagenden Hunde der letzten Zeit versuchte man ihn durch Lärm zur Ruhe zu bringen. In der Vergangenheit wurde auch ein Schuss abgegeben (nicht notwendig in Nr.29)."

Dass Sebastian Geschichten von Poe gelesen hatte, wusste ich. Ich hatte ihn nämlich danach gefragt, nachdem ich mir in den siebziger Jahren die Gesamtausgabe zugelegt hatte.

Aber dieser zum Teil in sehr gutem Deutsch verfasste Bericht war für mich wie der Entwurf einer Kriminalgeschichte, die auch von Raymond Chandler hätte geschrieben sein können. In dessen ‚Heißer Wind' heißt es zum Beispiel: ‚Über mir, in meiner Etage, wurden Füße auf den Teppich gesetzt, und jemand ging ins Badezimmer. Ich hörte das Wasser in der Toilette rauschen. Ich ging in das Badezimmer von Apartment 31. Ein paar zurückgelassene Dinge, nichts von Wert dabei, kein geeigneter Platz, um etwas zu verstecken ...'

Ich war felsenfest davon überzeugt, dass Sebastian sich das Meiste des bisher Gelesenen nur eingebildet hatte. Oder hatte er zuvor Tag und Nacht auf der Lauer gelegen und all das Geschilderte tatsächlich beobachtet?

Seine Schilderung fand ich allerdings so spannend, dass ich im Text weiter ging, ohne das bereits Gelesene richtig verdaut zu haben.

„4) Gegen 10 bis 10.30 Uhr des 10.9.2001 wurde ganz leise im Gartenschuppen (relativ groß) der Familie Mars irgendetwas ein-, um- oder weggeräumt. (Vielleicht von Übernacht-Gästen) Etwa im Mittelteil des Schuppens. Wahrgenommen wurde das von mir bei einer ‚Blumenschau' in meinem Garten."

Nicht zu glauben, sagte ich laut vor mich hin und las weiter.

„5) Wenn ich im Erdgeschoss (Straßenseite) schlief, fiel mir beim Einschlafen auf, dass in diesem Moment (oder schon beim Hinlegen) eine Küchenschranktür jenseits der Trennmauer der beiden Häuser, also in Nr. 31 aufging!
Gegen Zufall sprach das Regelmäßige. Abhöranlage durch die Wand? Letztere ist nur wenig Geräusch schluckend!
Jenseits und diesseits der Wand kann man sich also relativ leicht hören."

Seine Beobachtungen mögen ja zutreffen, aber die Schlussfolgerungen. Ich schüttelte wieder den Kopf und wollte schon Sebastians Papier in den Abfalleimer werfen, ehe ich es mir anders überlegte. Meine Neugier überwog.

„6) Das Rollo des ‚Gartenzimmers' (1. Etage) ist übrigens völlig ausgeleiert. Offensichtlich ist es häufig von außen hochgedrückt worden, nachdem ich es heruntergelassen hatte!
Von der Möglichkeit dieses Hochdrückens wusste ich zunächst nicht."

Das könnte natürlich stimmen.

„Seit einigen Wochen bin ich überzeugt, dass auf diesem Weg mein Haus wiederholt ‚besucht', durchsucht wurde.
Und es ist mir nur schwer vorstellbar, dass die direkten Nachbarn davon nichts bemerkt haben sollen!

Und den Eheleuten Gallert habe ich wiederholt vertrauensvoll mitgeteilt, von wann bis wann ich abwesend bin. Zwischenbemerkung: Die nachfolgenden Angaben sind nur teilweise Beobachtungen und Fakten; sie sind teilweise Annahmen, welche für mich naheliegen."

Immerhin unterscheidet er zwischen Beobachtungen und Annahmen. Das lässt ja noch ein wenig hoffen.

Aber seit wann hatte er kriminalistische Fähigkeiten? Das kannte ich von früher nicht.

„Ein Kriminalkommissar im Dienst riet mir, auch diese der Polizei aufzuschreiben! Diese meine Ausführungen sind nicht als eine Erstattung einer Anzeige zu verstehen."

Gut, einverstanden. Es ist also doch nicht seine Idee.

„7) Einige Minuten nach dem Einbruchsversuch vom 10.9.2001 fuhr ein großer Mercedes (Coupé-Art) am Haus vorbei, besetzt nur mit einem Mann (Fahrer)."

Ich weiß heute nicht mehr, ob mir von Anfang an beim Lesen aufgefallen war, dass der Text stark gegliedert und die Abschnitte durchnummeriert waren. Eigentlich nicht seine Art, wenn ich an die chaotischen Entwürfe zu seiner Zuckmayer-Arbeit dachte. Warum hatte er das hier gemacht? Sollte es ein Hinweis für die Polizei sein? Wollte er damit zeigen, dass er alles genau beobachtet hat, und erreichen, dass seine Dokumentation glaubwürdig klang? Ein Trick sozusagen?

„8) Eine Frau, die ich nicht kenne, deutete mir gegenüber einmal an, dass das Ehepaar oder der Mann im Grill-Imbiss ‚Die Wurst' zu mir unaufrichtig sei oder noch negativer. Gelegentlich habe ich dort eine Mahlzeit eingenommen. – Und einmal traf ich dort eine Gruppe von Jugendlichen, von denen einige zu denen gehören könnten, die im Sommer 2000 in mein Haus auf anderem Weg eingestiegen sind! Ihr Verhalten in diesem Lokal legte mir diese Annahme nahe. Und mit dem Wirt standen sie anscheinend ganz gut."

Das halte ich nun aber für reine Spekulation. Hier fantasiert er.

„9) Zu meiner Nachbarschaft habe ich folgende Überzeugungen:
Schon vor meinem Einzug haben irgendwelche ‚Feinde‘, wohl mithilfe einer Detektei, versucht, dort einen ‚Rufmord‘ an meiner Person vorzubereiten!"

Das passt in das Bild ‚Angst vor allem und jedem‘.

„Diese Feinde nahmen dann viel Geld in die Hände, um Nachbarn so gegen mich aufzubringen! Frau Mars betrank sich zeitweise am Wochenende, Frau Gallert wurde zeitweise so krank, dass sie ein Krankenhaus aufsuchen musste. Ich habe dazu nicht das Geringste beigetragen. Frau Mars wird heute gelegentlich von ihrem Mann zurückgerufen, wenn sie mir von sich aus etwas sagen will. Familie Mars besaß anfangs einen Vogel (einen Ara), der beim Auftauchen eines Fremden Alarm schlug.
Heute scheint mir der Vogel weg zu sein. (Immer mit einem Tuch über dem Käfig?)
Die im Haus wohnende Mutter von Herrn Mars hat von ihm das Verbot erhalten, ihre Beobachtungen, mein Haus betreffend, zu bekunden. Sie sei 80 Jahre, also zu alt dazu.
Mehrere Personen der Nachbarschaft traue ich zu, Geld, etwa als Schweigegeld, angenommen zu haben."

Jede Kleinigkeit, die er vielleicht tatsächlich beobachtet hat, passt in seine Verschwörungstheorie. Sein Feind, die Schulbehörde, hat den Rest der Welt auf ihn angesetzt, ihn zu vernichten.

„10) Die Kriminellen sind auch in anderer Hinsicht rührig:
a) Fahrraddiebstahl am 3.9.2001.
b) Ausrüstung meines Autos mit einem Sender (Annahme). Anzeige am 9.9.2001. Entsprechende „Verwanzung" auch meines Ersatz-Rades sowie wohl sogar von Kleidungsstücken uvm. (Briefliche Anzeige)"

Wie soll das denn vor sich gegangen sein?

Ich nahm mir vor, ihn bei der nächsten Gelegenheit danach zu fragen.

„c) In diesem Zusammenhang ist wohl auch der Kupplungs- und Getriebeschaden meines Motorrades zu sehen! Bestechung eines Motorrad-Spezis!?"

Diese Geschichte kenne ich ja noch gar nicht. Schaden am Motorrad? Davon hat er mir bisher nichts erzählt.

„d) Am Montag, dem 4.9.2001 beschwerte ich mich bei der Post wegen unzulänglicher Briefzustellung.

11) ‚Positive' Zeugenaussagen könnte eine geschickt fragende Polizei vielleicht erhalten:
 - von Frau Oertel, allein befragen (Nr. 25)
 - vom Ehepaar Dause, insbesondere von Herrn Wolf
   gang Dause, Rücksicht aufs Alter ist notwendig!"

Nachdem ich die handschriftlichen Aufzeichnungen zweimal gelesen hatte, war ich völlig erschöpft. Ich schloss sie in meine Geldkassette ein und dachte lange nach. Wie konnten wir ihm nur helfen?

Kathrin schied aus, da er zu ihr kein Vertrauen mehr hatte. Ich glaube, du stehst nicht auf meiner Seite, hallte es noch in meinen Ohren. Hatte er das in der letzten Zeit nicht jedes Mal zu ihr gesagt, wenn sie Zweifel an seinen Vermutungen äußerte?

Und Reiner? Zählte Sebastian noch auf ihn? Ich wusste es nicht. Der hatte sich nie im Beisein von Sebastian über dessen Geschichten ausgelassen, ihm nie zugestimmt, ihm nie Kontra gegeben. Mir gegenüber hatte er aber alle abwegig erscheinenden Äußerungen als Unfug abgetan. Der spinnt, war sein Kommentar. Er hütete sich jedoch davor, dies Sebastian ins Gesicht zu sagen. Ein Rezept, wie man ihm auch nur ein wenig helfen konnte, hatte auch er nicht.

Blieb ich als einziger übrig?

Ich war mir sicher, dass Sebastian mir nicht misstraute. Das war mir aber auch nur deshalb gelungen, weil ich eigentlich unaufrichtig zu ihm war. Ich hatte Angst, dass er sich ganz von uns Dreien abwenden würde, wenn ich ihm klipp und klar sagen würde, dass seine Vermutungen völlig abwegig wären, bedingt durch eine schwere psychische Störung, ausgelöst durch das feindliche Verhalten seiner beiden letzten Chefs in der Schule.

Hätten die sich ihm gegenüber feinfühliger verhalten, so denke ich heute noch, wäre vielleicht diese Lawine nicht ins Rollen gekommen, die in dem damaligen Desaster gemündet und, wie zu befürchten, noch nicht an ihrem Ziel angekommen war.

Ich brauchte eine neue Idee. Aber damals fiel mir nichts Gescheites ein. Ich hätte versuchen müssen, ihm plausibel zu begründen, dass seine abwegigen Vermutungen nicht richtig sein konnten. Aber wie? Er schien die Realität nicht mehr wahrzunehmen.

Am nächsten Tag versuchte ich, ihn anzurufen. Ohne Erfolg. Reiner hatte auch kein Glück. So ging das eine Weile. Reiner fuhr zu Sebastians Wohnung, traf ihn aber nicht an. Mehr als an der Haustür zu klingeln oder zu klopfen, traute er sich nicht. Nachbarn wagte er nicht zu fragen nach allem, was er über Sebastians Verhältnis zu ihnen wusste.
Nachdem wir vier Wochen später noch immer nichts von ihm gehört hatten, fuhr ich zu Sebastians Wohnung. Sie sah verlassen aus. Im Garten fielen mir viele trockene Pflanzen auf, die dringend Wasser brauchten. Er hatte sie also längere Zeit nicht gegossen. War er verreist? Ich klingelte bei zwei Nachbarn. Einer knallte mir, ohne etwas zu sagen, die Haustür vor der Nase zu, als er hörte, was ich von ihm wollte. Der Andere meinte kurz angebunden, Sebastian wochenlang nicht gesehen zu haben.

Sebastian war verschwunden, ohne sich bei uns zu melden. Das war neu. Wir machten uns Sorgen, wussten aber nicht, was zu tun war. So ging das vier Monate lang. Telefonisch war er nicht zu erreichen. Er rief uns nicht an. Dann hatte ich einen Einfall.

Kathrin, Reiner und ich verabredeten uns im Sechseck. Als ich eintraf, waren die beiden schon da. Eine Seltenheit. Meistens musste ich eine Viertelstunde warten, bis sie kamen. Kathrin hatte dann wieder zu lange telefoniert, und Reiner war schon vorausgefahren. Sie kam oft erst eine geschlagene Stunde später. Einmal bin ich sogar wieder verärgert nach Hause gefahren, als nach dreißig Minuten keiner von beiden aufgetaucht war. Aber heute waren sie sogar so früh gekommen, dass sie bereits etwas zu essen bestellt hatten.

Ich hatte noch nicht richtig Platz genommen, als ich auch schon loslegte: „Wegen Sebastian müssen wir was unternehmen. Wir haben vier Monate nichts von ihm gehört. Nicht, dass da etwas passiert ist!"

„Vielleicht ist er im Krankenhaus", meinte Kathrin.

Reiner schüttelte den Kopf. „So lange?"

Er trank sein erstes Alt-Schuss aus und bestellte gleich ein neues.

„Bringen Sie mir ein Weizen mit!", rief ich der Kellnerin nach und leerte ebenfalls mein erstes Glas.

Kathrin hatte ihren Rotwein noch gar nicht angerührt. „Die haben mir einen trockenen Wein gebracht. Den kann ich nicht trinken, ich bekomme Sodbrennen", meinte sie auf meine Frage hin, ob sie keinen Durst hätte.

„Ich habe eine Idee", versuchte ich das Gespräch wieder auf Sebastian zu lenken.

Reiner räusperte sich. „Schieß los, ich habe nämlich keine."

„Vor längerer Zeit hat er mir einen Briefumschlag zur Verwahrung gegeben."

„Was steht denn drin?", wollte Kathrin sofort wissen.

Reiner sah seine Frau vorwurfsvoll an und schüttelte den Kopf. „Nun warte doch ab! Lass ihn ausreden!" Er schien nicht gut gelaunt zu sein.

„Ich habe den Umschlag bis heute noch nicht geöffnet. Hier ist er." Ich hielt den Brief hoch und zeigte ihn den beiden. Auf der Vorderseite des verschlossenen bräunlichen

DIN-A5-Kuverts stand handschriftlich: ‚Von Sebastian Neufeld, falls mir etwas zustößt'

„Was hat er dir denn damals gesagt, als er den Umschlag übergab?", wollte Reiner wissen.

„Wenn du längere Zeit nichts von mir hörst, könnte mir etwas zugestoßen sein. Heb für den Fall den Brief auf! Er enthält die Anschriften und Telefonnummern meiner Mutter in Hessen und meines Bruders im Oberbergischen, hat er wörtlich zu mir gesagt. Ich habe den Brief eingeschlossen und bis heute nicht beachtet. Was sollte ihm schon passieren, habe ich immer gedacht."

„Aber jetzt nach vier Monaten Sendepause ist es Zeit, festzustellen, ob nicht auch noch was anderes im Umschlag steckt", meinte Kathrin. „Lasst uns nachsehen!"

Sie nahm mir das Kuvert aus der Hand und ritzte es mit einem unbenutzten Fischmesser auf. Zum Vorschein kamen zwei handbeschriebene weiße Blätter im DIN-A4-Format. Enttäuscht stellten wir fest, dass es außer den besagten Adressen und Telefonnummern nichts weiter zu lesen gab.

Kathrin schloss die Augen. Sie war wohl am meisten frustriert. „Schade, ich hatte mir mehr davon versprochen."

Ich hatte eine Idee. „Was haltet ihr davon, wenn wir der Mutter und dem Bruder schreiben und fragen, ob sie wissen, was mit Sebastian los ist?"

„Bloß nicht die Mutter fragen. Die ist fünfundachtzig. Dann lieber den Bruder."

„Da hast du Recht, Kathrin." Endlich lobte Reiner mal seine Frau. Sie drehte sich zu ihm um. Ich sah, dass sie sich freute.

„Die Mutter in Wiesbaden lassen wir in Ruhe. Dem Bruder schreiben wir. Ich einen Brief und ihr beide zusammen einen. Wenn er nicht antwortet, rufen wir ihn an."

„Einverstanden! – Eine Ironie des Schicksals ist, dass Sebastians Bruder ebenfalls wie seine Widersacher Schulleiter an einem Gymnasium ist. Er soll auch einen hohen Posten bei einer kleinen politischen Partei haben, die im Stadtrat sitzt, hat mir Sebastian mal erzählt."

„Dann wird das auch stimmen", pflichtete Kathrin ihrem Mann zu.

Auf unseren guten Einfall hin prosteten wir uns zu und Kathrin trank sogar aus Versehen, ohne dabei mit der Wimper zu zucken, von dem ungeliebten sauren Wein.

Nachdem wir unsere Briefe abgeschickt hatten, warteten wir ungeduldig auf Antwort. Und die kam auch, aber nicht, wie wir erwartet hatten, per Post.

Zwei Tage später nämlich rief mich Reiner an und erzählte mir aufgeregt, dass Sebastians Bruder bei ihnen angerufen hätte. Das war gerade mal eine Stunde, nachdem dieser vergeblich versucht hatte, mich telefonisch zu erreichen. Meine Schwester, die zufällig während meiner Abwesenheit in der Wohnung war, hatte den Anruf entgegen genommen.

„Was hat denn der Bruder erzählt?"

„Er hat mir gesagt, Sebastian habe ihn vor drei Tagen angerufen. Es sei alles in Ordnung. Jetzt, nachdem er unsere Post erhalten hatte, würde er aber noch mal mit ihm telefonieren und unser Schreiben vorlesen. – Deinen Brief hat er übrigens nicht erwähnt."

Zunächst einmal fiel uns allen ein Stein vom Herzen. Er lebte noch und war wohl nicht einmal krank. Aber es sollte noch besser kommen.

Nur einen Tag später stand Sebastian plötzlich abends vor meiner Tür. Er benahm sich, als wäre nichts geschehen. Seinen Bruder erwähnte er mit keiner Silbe, erst recht nicht unsere Briefe. Auf meine Frage, wo er denn die ganze Zeit über gesteckt und warum er sich nicht mal gemeldet hatte, antwortete er mit ernster Miene: „Ich war verreist." Ich ahnte noch nicht, was er damit meinte. Dann jedoch rückte er mit der Sprache heraus: „Meine Mutter lebt nicht mehr."

Er erzählte die ganze Geschichte. Sie wäre vor fast vier Monaten die Treppe hinabgestürzt und hätte sich sehr verletzt. Dann hätte sie nur noch im Bett liegen können. Er wäre sofort nach dem Unfall zu ihr gefahren und hätte sich die ganze Zeit um sie gekümmert. Vor vier Wochen wäre sie gestorben.

„Ich musste mich um die Beerdigung kümmern und um den Nachlass. Mein Bruder hatte keine Zeit. – Kathrin und Reiner wissen auch schon Bescheid. Ich habe vor einer halben Stunde mit ihnen telefoniert."

Spätestens jetzt war mir klar, warum er so lange nichts hat von sich hören lassen. Es hatte keinen Zusammenhang zwischen dem plötzlichen Verschwinden und seiner Krankheit bestanden. Aus diesem Grund ging ich auch nicht darauf ein, dass wir uns große Sorgen um ihn gemacht, ja gedacht hatten, ihm wäre etwas Schlimmes zugestoßen. Für ihn war das Erlebnis mit seiner verstorbenen Mutter bestimmt eine sehr traurige Angelegenheit gewesen.

„Die Pflege meiner Mutter und die Führung ihres Haushaltes hat mir meine letzte Kraft geraubt. Ich hatte manchmal gedacht, dass ich es nicht schaffen könnte. Im Nachhinein ist mir jedoch klar geworden, dass mich diese Anstrengung von meinen eigenen Problemen mit der Schulbehörde abgelenkt hatte. Allerdings ist das kein Trost für mich. Seit ein paar Tagen verfolgt mich die Angelegenheit wieder Tag und Nacht. Ich kann nicht schlafen."

Für meine tröstenden Worte, an die ich mich heute nicht mehr so genau erinnere, bedankte er sich, indem er mich umarmte und mir auf die Schulter klopfte.

„Ich muss in die Zukunft sehen. Und schon habe ich ein neues Problem. Es ist wie verhext. Gestern Mittag habe ich plötzlich meine Brieftasche vermisst. Ich war an der Uni und wollte meinen Bibliotheksausweis vorzeigen. Mir ist nicht ganz klar, wo sie mir abhandengekommen ist, habe aber eine Vermutung. Ich bin sicher, dass ich sie vor der Fahrt zur Uni beim Bezahlen im Sechseck noch hatte."

„Und was war alles in der Brieftasche?"

„Meine wichtigsten Papiere und etwa zweihundert Euro. Der Personalausweis, der Führerschein und die Studentenausweise für die beiden Unis sind weg."

„Du hast doch sicher sofort den Verlust der Polizei gemeldet?"

„Natürlich. Nachdem ich im Sechseck nachgefragt, aber niemand meine Tasche gefunden hatte, bin ich umgehend zur Polizei gegangen. Sie ist ja dort gleich um die Ecke. Ich habe da auch die Vermutung geäußert, dass mir die Brieftasche gestohlen worden ist."

Ich erschrak. Er wird doch nicht wieder die Schulbehörde für seinen Verlust verantwortlich machen. Noch ehe ich etwas sagen konnte, sprudelte es schon aus ihm heraus: „Die Schule war's. Da bin ich mir ganz sicher. Die lassen nicht locker. Die wollen mich fertig machen. Mit den Papieren haben sie noch mehr Macht über mich."

„Hast du schon mit Reiner und Kathrin darüber gesprochen?"

„Nein. Aber kannst du mir einen Gefallen tun? Ruf sie an und bitte sie, dass wir uns morgen Abend wie früher im Sechseck treffen. Ich habe einen Plan."

Ich glaubte natürlich nicht an Sebastians Verschwörungstheorie. Damit jedoch eine Chance bestand, dass wir vier über den Fall reden konnten, hielt ich mich mit jeder Beurteilung seiner Meinung zurück. Leicht fiel mir das nicht. Ich konnte seine Geschichten inzwischen nämlich auch nicht mehr hören.

Nachdem ich Kathrin und Reiner informiert hatte, trafen wir uns am nächsten Tag um Punkt acht im Sechseck. Sebastian schien gut gelaunt zu sein. Mir fiel jedoch auf, dass es ihn nicht wie sonst auf seinem Platz hielt, er mehrfach aufstand und durchs Lokal schlenderte. Dabei verhielt er sich so merkwürdig, dass ich das Gefühl hatte, dass einige der übrigen Gäste ihn deswegen beobachteten. Er schlich wie ein Detektiv in einem schlechten Fernsehkrimi um die Tische herum und warf einigen Gästen scheinbar zufällig einen Blick über die Schulter. Dabei verzog er sein Gesicht so, dass es von meinem Platz aus so schien, als wenn er vor sich hin pfiff.

Kathrin und Reiner hatten Sebastians sonderbares Verhalten natürlich spätestens beim zweiten Rundgang ebenfalls bemerkt. Wir waren uns einig, dass diese Komödie sofort beendet werden musste, winkten Sebastian zu und bedeuteten ihm, er solle sich endlich setzen und auch sitzen bleiben.

„Ich versuche herauszufinden, wer meine Brieftasche gestohlen hat", flüsterte er, als wenn die Wände Ohren hätten. Dabei drehte er seinen Kopf vorsichtig in alle Richtungen, um zu sehen, ob er beobachtet würde.

Kathrin sah ihn mit ernster Miene an. „Seit wann bist unter die Detektive gegangen?"

Uns war nicht zum Lachen zumute.

„Ich werde diesen Diebstahl selbst aufklären. Auf die Polizei ist kein Verlass."

Reiner, der an diesem Abend noch gar nichts gesagt hatte, rief dazwischen: „Ich dachte, du würdest jetzt mit voller Kraft an deiner Zuckmayer-Arbeit schreiben. Da sitzt du doch schon Jahre dran. Wird es nicht endlich Zeit, damit fertig zu werden?" Sein Tonfall ließ vermuten, dass er verärgert war.

„Das Projekt habe ich aufgegeben. Ich habe keine Zeit mehr dafür. Ich muss mich jetzt um die Aufklärung des Komplotts kümmern, damit ich endlich Ruhe habe. Ich kann nämlich nicht mehr schlafen."

Kathrin schüttelte den Kopf. „Wie soll das denn gehen?"

„Ihr könnt mir dabei helfen. In diesem Lokal haben wir uns am häufigsten getroffen. Hier müssen sich regelmäßig Mitwisser aufhalten. Hier sind meine Papiere gestohlen worden."

Reiner schlug seine Hände vors Gesicht. „Ach was!"

„Ihr müsst euch die Bedienungen vornehmen. Ich kümmere mich um die Gäste."

Entsetzt sahen Kathrin, Reiner und ich uns an. Der ist verrückt, dachte ich. Reiner packte schon seine Jacke und machte Anstalten, nach Hause zu gehen. Kathrin konnte ihn gerade noch davon abhalten.

Dann erfuhren wir von Sebastian, was er sich ausgedacht hatte, um seine Feinde im Lokal zu überführen. Leider erinnere ich mich heute nicht mehr an Einzelheiten, weiß aber noch, dass sein Plan untauglich war. Unser Freund hatte doch zu wenige oder die falschen Kriminalgeschichten gelesen, um ein Meisterdetektiv zu werden. Seine Ideen erinnerten mich eher an die von Kalle Blomquist, dem schwedischen Kinderdetektiv. Hätte Sebastian sich doch nur weiter mit Carl Zuckmayer beschäftigt.

Als wir uns mit Händen und Füßen dagegen wehrten, Sebastians merkwürdige Recherchen zu unterstützen, war er enttäuscht und machte sich wieder allein daran, das Lokal unter die Lupe zu nehmen. Dabei ging er so auffällig vor, dass ein Gast sich umdrehte und ihn ansprach. Ich bekam zwar nicht mit, was gesagt wurde, hörte aber dann doch eine Entschuldigung von Sebastian und sah seine höfliche Verbeugung mit einer Körperhaltung, die wohl eine Geste des Bedauerns ausdrücken sollte. Schließlich kehrte er wie ein geprügelter Hund in gebückter Haltung an unseren Tisch zurück, hielt seine Hände vors Gesicht und sagte leise: „So geht es nicht."

Immerhin, das hat er eingesehen.

Dann hörte ich wieder wochenlang nichts von ihm, bis mich Kathrin eines Morgens in der Schule ansprach.

„Sebastian hat uns gestern Abend besucht. Stell dir vor, er wollte in unserem Keller übernachten, weil er zu Hause kein Auge mehr zu bekäme. Die Strahlung durch die Anpeilung, wie er es nannte, bereiteten ihm so starke Schmerzen, dass er sich eine andere Schlafstelle suchen müsste."

„Und habt ihr ihn übernachten lassen?"

„Wir wollten ja. Aber er blieb nicht, nachdem er den Keller eine geschlagene Stunde lang untersucht hatte. Er meinte, auch dort sei die Strahlung für ihn unerträglich."

„Und was nun?"

„Als ich ihm nahelegte, sich unbedingt medikamentös behandeln zu lassen, hat er kein Wort mehr gesagt, sich auf der Stelle umgedreht und ist mit seinem Motorrad davongefahren. Wohin, weiß ich nicht. Ich glaube, er kommt in den nächsten Tagen zu dir und versucht es in deinem Keller."

Wie mir Kathrin und Reiner noch vor ein paar Tagen erzählten, sei das Sebastians letzter Besuch in ihrer Wohnung gewesen.

Nur wenige Tage später, an einem Samstagnachmittag, arbeitete ich in meinem Garten. Ich war mit Aufräumen beschäftigt, denn es war Herbst und das Wetter noch sehr angenehm. Achtzehn Grad im Schatten, strahlender Sonnenschein, kein Wölkchen am Himmel. Ich wollte mit dem Heckeschneiden nicht bis auf den letzten Drücker warten wie im Vorjahr, als ich den Garten nicht mehr hatte winterfest machen können. Die Witterung hatte plötzlich nicht mehr mitgespielt. Es regnete wochenlang, und ich hatte Angst, bei nasskaltem, windigem Wetter im Freien zu arbeiten. Die Hecke war immerhin sechzig Meter lang und mehr als mannshoch. Eine Erkältung im Oktober würde ich bis ins Frühjahr nicht mehr los. So empfindlich war ich damals.

Plötzlich stand jemand hinter mir. Ich erschrak. Es war Sebastian in seinem Hausmeisterkittel. Er hatte ihn wieder über seinen Rucksack gezogen und trug auch heute die uralte Ledermütze mit den altmodischen Ohrenschützern. Er sah sich vorsichtig um, ehe er mich leise begrüßte.

„Ich hätte doch beinahe dein Haus nicht gefunden. Ich habe nämlich wegen meiner Verfolger das Motorrad ein paar Straßen weiter hinter einem Gebüsch geparkt. Dann bin ich zur Ablenkung zehn Minuten in die verkehrte Richtung gelaufen und habe schließlich die Orientierung verloren. Wie geht es denn so? Alles in Ordnung an der Arbeitsstätte? Wir haben schon lange nicht mehr über unsere Schule geplaudert."

Mit allem hatte ich gerechnet, nur nicht damit, dass er nach unserer Schule fragen würde. Ich war überrascht und konnte nicht gleich antworten.

Erst einmal bot ich ihm etwas zu trinken an und bat ihn an einem überdachten Gartentisch an der Garagenwand Platz zu nehmen. Dann lief ich in die Küche.

Nachdem ich alles vorbereitet hatte, ging ich durch den Wintergarten wieder ins Freie und steuerte den Platz an, wo ich Sebastian hatte warten lassen. Ich stutzte.

Erst dachte ich, er sei verschwunden, denn er war nicht zu sehen. Dann bemerkte ich, dass er zwei Mülltonnen vor den Gartentisch geschoben und sich dahinter verschanzt hatte. Er wollte nicht von meinem Nachbarn, der ebenfalls in seinem Garten arbeitete, erkannt werden.

„Der ist doch auch Lehrer und steckt mit denen von der Bezirksregierung bestimmt unter einer Decke."

Es gelang mir nicht, Sebastian davon zu überzeugen, dass es nicht nötig war, sich hinter die Tonnen zu bücken. Er glaubte mir nicht, dass ihn hier niemand beobachtete.

Wenige Minuten später war der Kaffee fertig und ich erzählte ihm von der Schule, dass ich jetzt auch meine Stundenzahl um vier Wochenstunden reduziert hätte und auf einen Teil des Gehaltes verzichtete. Mein Einkommen wäre jetzt niedriger als seins, obwohl er seit Jahren keine Unterrichtsstunde mehr erteilt hätte.

„Warum machst du das? Hat dich der Gattermann auch unter Druck gesetzt?"

„Ja und nein. Einerseits hat er mich unter Druck gesetzt. Er hat mich angerufen, als ich mit vierzig Grad Fieber im Bett lag und verlangt, dass ich reduziere, weil ich wieder mal für zwei Wochen nicht unterrichten könnte. Andererseits hatte ich schon seit geraumer Zeit mit dem Gedanken gespielt, weniger Unterricht zu geben, weil ich erstens dadurch einen freien Tag bekäme und zweitens keine große Lust mehr hatte, überhaupt noch für diese Schule zu arbeiten."

„Ich hätte das an deiner Stelle auf keinen Fall gemacht. Das mindert doch deine Pensionsansprüche. Überleg doch mal!"

Jetzt sprach er mit mir, als wäre ich der Kranke. Das kam mir bekannt vor und hatte nichts Gutes zu bedeuten.

„In gewisser Weise hast du Recht. Es hat nämlich nur ein paar Tage gedauert, bis der Alfons für ein halbes Jahr krankgeschrieben wurde. Fünf seiner Unterrichtsstunden musste ich als bezahlte Überstunden übernehmen. Der freie Tag war futsch, die Pensionsansprüche dadurch aber nicht auf ihre ursprüngliche Höhe zurückgekehrt. Mehrarbeitsstunden zählen da nicht."

„Siehst du! Ich sagte es ja."

„Über Mützauf gibt es Neues zu berichten."

„Über deine Namenserfindungen muss ich immer wieder schmunzeln. – Aber erzähl doch!"

„Bevor meine Leistungskursschüler morgens um halb acht ihre Abiturarbeit schreiben mussten, hatte Mützauf persönlich die Tische im Prüfungsraum umgestellt. Er hatte sie, wie nicht anders zu erwarten war, in Kaffeekränzchenordnung aufgestellt."

„Ha, ha, ha! – Du und deine Spezialausdrücke!"

„Einige Kollegen an unserer Schule stellen die Tische bei Prüfungen so dicht aneinander, als wenn es bei Prüfungen um ein Kaffeekränzchen ginge. Damit die Schüler leichter voneinander abschreiben können und die Noten besser werden. – Für diese Kollegen habe ich auch einen Spezialausdruck."

„Lass mal hören!"

„Senile Luschen"

„Du kommst auf Ideen. Pass nur auf, dass sie das nicht mitbekommen!"

„Aber die Geschichte geht noch weiter. – Ich habe alles natürlich so umgestellt, dass die Abiturienten möglichst weit auseinander sitzen mussten. Als ich danach Mützauf im Flur traf, schoss er sofort ohne Guten Morgen auf mich zu und rief mit hochrotem Kopf: ‚Du hast bestimmt die Tische wieder auseinander gestellt.' Das hatte nicht in seinen Manipulationsplan gepasst."

„Und was macht Gattermann?"

„Noch schlimmere Manipulationen. – Kathrin hatte kürzlich Aufsicht bei einer von der Bezirksregierung zentral gestellten Mathematikarbeit. Lernstandserhebung nennt die sich. – Gattermann sagte im Beisein von Kathrin zu Beginn der Arbeit zu den Schülern: ‚Wenn jemand nicht weiter weiß, soll er mal sehen, was der Nachbar schreibt.'"

„Das ist ja kaum zu glauben. Er hat als Schulleiter die Schüler ermuntert zu pfuschen?"

„Genau. Frag Kathrin!"

„Und warum?"

„Die Ergebnisse der Lernstandserhebung werden später veröffentlicht. Ich habe dafür nur eine plausible Erklärung. Er will, dass seine Schule zu den erfolgreichsten im Lande gehört, vor allem aber besser abschneidet als die Nachbarschulen im Kreis."

„Kannst du mir mal ein Aufgabenbeispiel aus der Mathematik nennen."

„Eine Aufgabe für das achte Schuljahr lautet sinngemäß: ‚Die Summe der Augenzahlen zweier gegenüber liegenden Seitenflächen eines Spielwürfels beträgt immer sieben. Die Eins liegt oben. Was steht auf der verdeckten Fläche unten?'"

„Das weiß ja ein Erstklässler."

Da uns dieses Thema anwiderte, schwiegen wir eine Weile. Dann fragte ich Sebastian, wie es ihm ginge, er hätte doch vor einiger Zeit geklagt, dass er schlecht schliefe.

Was ich von Kathrin darüber erfahren hatte, erwähnte ich nicht. Ich wollte, dass er von sich aus über seine Kellerinspektion spräche. Aber er tat es nicht. Er gestand zwar, dass er kaum ein Auge zu machen könnte, ging aber sonst nicht weiter auf die Sache ein.

„Die haben mir eine Aufforderung zugeschickt, dass ich in der Schulverwaltung arbeiten sollte."

„Das wäre doch nicht so schlecht, oder?"

„Wie ich schon einmal erklärt habe, will ich das auf keinen Fall. Ich habe Widerspruch gegen den Bescheid eingelegt und mich weiter krankschreiben lassen."

„Und du meinst, das ist auf Dauer eine Lösung? Warum willst du unbedingt an unsere Schule zurück?"

„Es geht mir ums Prinzip. Ich will rehabilitiert werden, verdammt noch mal! – Du, ich muss jetzt los. Warum ich eigentlich hier bin. Man hat mir gestern eine Tasche im Computerraum an der Uni gestohlen. Die muss ich jetzt suchen. Arbeite du schön weiter im Garten bei diesem wunderbaren Wetter! Ich wünschte, ich hätte auch einen Nerv dafür. Auf meinem Grundstück sieht es nämlich aus wie nach einem Bombenangriff."

Wir verabschiedeten uns und er schlich wie ein Dieb davon. Dass er das selbst nicht merkte, dass er in seinem Kostüm mit der geduckten Haltung und dem scheelen Blick erfolgreich hätte in einer Karnevalsveranstaltung auftreten können. So dachte ich jedenfalls, ließ mir aber nichts anmerken.

Wieder hörten wir wochenlang nichts von ihm, bis er eines Abends wieder an meiner Haustür klingelte.

Es war schon spät, nach zehn. Draußen war es kalt, der erste Frost im November. Da stand er nun mit seinen beiden großen schwarzen Taschen. Pilotenkoffer oder so ähnlich nannte man sie. Gekleidet war er wie ein Mann, der vorhatte, sich bei kaltem Wetter lange im Freien aufzuhalten. Braune Cordhose mit langer warmer Unterhose, wie er mir später erzählte. Dicker dunkelbrauner Winterpullover über einem Holzfällerhemd, eine Pelzmütze auf dem Kopf. Nicht zu vergessen die dicken Schuhe und die gefütterten braunen Lederhandschuhe. Ich bat ihn herein.

Nachdem er sich ein wenig aufgewärmt und einen ersten heißen Tee getrunken hatte, fragte er mich, was es Neues in der Schule gäbe.

„Nichts als Ärger! Ich sollte eine Oberstufenklausur neu schreiben lassen, weil sie zu schlecht ausgefallen wäre. Des lieben Friedens willen habe ich es getan. Das bedeutete dreißig Stunden zusätzliche Arbeitszeit, ohne Bezahlung, wie du weißt." Ich goss einen zweiten Tee ein.

Sebastian verschluckte sich und krächzte: „Das bist du selbst schuld. Eine Oberstufenarbeit muss nicht neu geschrieben werden." Dabei hob er oberlehrerhaft den rechten Zeigefinger.

„Ich habe es auch nicht gern getan."

„Und warum hat der Gattermann darauf gedrängt?"

„Es war nicht Gattermann, der Mützauf. Einige Eltern der Schüler sind mit ihm befreundet. – Das Entscheidende kommt aber noch."

Sebastian lehnte sich im Gartenstuhl zurück und schlug die Beine übereinander. „Da bin ich mal gespannt."

„Der junge Kollege Blödgen, der im Parallelkurs unterrichtet, hat mir die Ergebnisse seiner Arbeit gezeigt. Der Punktewertung nach ist seine Arbeit eigentlich viel schlechter ausgefallen als meine. Aber er hat einfach bessere Noten verteilt. Ab siebzig Prozent der erreichbaren Punkte gab es sehr gut plus, bis zwanzig Prozent ausreichend minus. Dabei wären die normalen Grenzen sechsundneunzig beziehungsweise fünfundvierzig Prozent gewesen. – Seine Arbeit brauchte selbstverständlich nicht neu geschrieben zu werden."

„Das ist nicht wahr! Hast du den Herrn Blödgen gefragt, warum er das gemacht hat? Ich kenne diesen Kollegen übrigens gar nicht. Der muss neu sein."

„Der liebe Blödgen hatte sich zu dieser Manipulation entschlossen, nachdem er von meinem Missgeschick erfahren hatte. Als Begründung hat er wörtlich zu mir gesagt: ‚Ich bin noch in der Beobachtungsphase. Ich kann mir der Schulleitung gegenüber keine schlechten Ergebnisse leisten, sonst werde ich nicht befördert.' – Unter Kollegen nenne ich diesen Herrn seitdem Blödegg, das ist Norwegisch und bedeutet Weichei."

Sebastian schmunzelte, fasste sich dann aber an den Kopf. Nach einer Weile verzog sein Gesicht zu einer Fratze und murmelte: „Wenn ich so etwas höre, sollte ich froh sein, dass ich nicht mehr unterrichte. – Das sind tatsächlich Weicheier."

„Ich habe auch nicht mehr die geringste Lust. – Ein weiteres Beispiel ist das Zentralabitur in Mathematik."

„Erzähl mal!"

„Das System öffnet der Manipulation Tür und Tor. Da von vornherein feststeht, welche Themengebiete zur Auswahl angeboten werden, könnte ich die Hälfte des Pflichtstoffes in der Oberstufe nicht unterrichten, einfach weglassen, und die gewonnene Zeit dafür verwenden, die zu erwartenden Aufgabentypen einzuüben."

„Ob das im Fach Deutsch auch so geht? Da bin ich nicht informiert, weil ich schon so lange von der Schule weg bin." Sebastian schien sichtlich an diesem Thema interessiert zu sein. Er sah mich erwartungsvoll an.

„Das weiß ich leider nicht. Ich kann nur für mein Fach sprechen. – Die Punkteverteilung ist von der Schulbehörde bis ins Kleinste verpflichtend vorgeschrieben. Kleine Fehler dürfen nicht zu einem Abzug führen. Für Schlusssätze gibt es oft ein Drittel der gesamten Punkte einer längeren Teilaufgabe."

„Ich verstehe. Wenn jemand eine Aufgabe nicht bearbeiten kann, bekommt er dennoch einen von drei Punkten, wenn er einen Schlusssatz mit fiktivem Zahlenergebnis hinschreibt. Die Formulierung des Schlusssatzes kann leicht mithilfe der Fragestellung in der Aufgabe erfolgen."

„Genau. – Und dieses Affentheater mache ich bald nicht mehr mit. Ich gehe in den Vorruhestand." Resigniert starrte ich auf den Boden und versuchte Sebastians Blicken auszuweichen.

„Das solltest du dir gut überlegen. Denk an die reduzierten Pensionsansprüche!"

„Bitte sei mir nicht böse. Lass uns das Thema wechseln!"

Sebastian überlegte. Dann fragte er mich, ob in meinem Keller so viel Platz wäre, dass man dort schlafen könnte.

Mit dieser Frage hatte ich schon seit Langem gerechnet.

„Aber es ist schmutzig im Keller. Dort steht übrigens ein Notbett. Es müsste nur bezogen werden."

„Du wirst dich vielleicht wundern, dass ich nach deinem Keller frage. Aber vielleicht haben dir Reiner und Kathrin schon erzählt, dass ich eine Bleibe für Nachts suche. Ich kann nämlich zu Hause nicht mehr schlafen."

„Die beiden haben mir gesagt, dass du wegen der Schlafstörungen bei ihnen warst."

„Inzwischen habe ich schon über neunhundert Euro für Hotelübernachtungen ausgegeben. Aber es hat nichts genützt. Im Hotel kann ich zwar im Gegensatz zur eigenen Wohnung spät abends einschlafen, wache aber ständig gegen zwei auf. Die Kopf- und Brustschmerzen sind unerträglich. Ich habe nur eine Erklärung. In meinem Körper steckt immer noch ein starker Sender, der von der Schulbehörde angepeilt wird."

„Und was machst du nach zwei?"

„Ich stehe auf, verlasse mein Hotelzimmer und gehe bis zum Frühstück spazieren. – Aber was ist mit deinem Keller?

Sind die Außenmauern dick genug, dass sie vor den Strahlen sicher sind?"

„Das weiß ich nicht. Du kannst es ja ausprobieren."

Ich wollte ihn nicht einfach so wegschicken. Wir gingen in den Keller. Dort stand in einem der Räume ein altes ausrangiertes Bett mit Matratze, aber ohne Bezug.

Als mein Vater in den achtziger Jahren noch lebte, hatte er es dort aufgestellt. Ich erinnere mich noch genau, dass es ein heißer Sommer war und er es in seinem Schlafzimmer wegen der Affenhitze, wie er sich ausdrückte, nicht aushalten konnte.

Nachdem Sebastian sich eine Viertelstunde im Keller aufgehalten hatte, winkte er ab. „Die Strahlung ist hier fast so stark wie bei mir zu Hause."

Wie er das nur feststellen wollte? Und wieder traute ich mich nicht, ihm klipp und klar zu sagen, dass er sich irrte, dass er sich behandeln lassen müsste. Meine Argumente gegen seine Strahlentheorie waren wieder so wage und schwach formuliert, dass sie an ihm abprallten. Ich wollte ihn nicht verärgern. Aber so konnte ihm auch nicht geholfen werden.

Anschließend saßen wir noch eine Weile auf dem Kellerbett. Er erzählte mir von seinem Bruder, der sich nicht um seine Mutter gekümmert hatte. Ich erzählte ihm, wie sich die Geschichte abgespielt hat, als ich mit meiner inzwischen verstorbenen Freundin, der Sängerin, 1981 beim Papst in Rom gewesen war.

Kurz vor Mitternacht wollte er unbedingt aufbrechen. Er wüsste noch ein Hotel, wo man zu jeder Zeit ein Zimmer bekäme. In meinem Haus wollte er wegen der Strahlung nicht übernachten, weder im Keller noch im Gästezimmer. Ich nahm an, dass er mit dem Auto gekommen war, und begleitete ihn ohne Winterjacke bis zur Haustür. Als er mich fragte, ob ich wüsste, wann ein Zug Richtung Süden und noch ein Bus zum Bahnhof führe, gab ich ihm keine Antwort, sondern zog mir schnell etwas Warmes an und fuhr ihn mit meinem Auto zum Bahnhof.

Da stand er nun in seiner Winterkleidung und den beiden großen schwarzen Taschen. Er stellte sie auf den Boden und flüsterte mir ins Ohr: „Am liebsten möchte ich mich unsichtbar machen, damit mich niemand mehr findet. Dann hätte ich meine Ruhe. – Ich müsste mich tot stellen."

Ich sah ihn entsetzt an. Mir fehlten die Worte. Ich nahm mir aber vor, ihn beim nächsten Mal darauf anzusprechen.

Er sah aus wie ein Mann auf der Flucht, gebückte Haltung, strähnige Haare, zerfurchtes Gesicht. Dann nahm er wieder seine Taschen, stellte eine wieder ab, winkte mir ein letztes Mal zu und ging weg.

Ich bin ihm nie wieder begegnet.

Bis zur Todesanzeige vergingen zwei Jahre. Kathrin, Reiner und ich hatten in der Zwischenzeit vergeblich versucht, Kontakt zu Sebastian aufzunehmen.

An dieser Stelle enden die Notizen, die ich mir im Krankenbett gemacht hatte. Ich war enttäuscht. Hatte ich doch gehofft, eine Erklärung für Sebastians Tod zu finden.

War er verunglückt? War er an einer Krankheit gestorben? Hat er sich umgebracht? Wurde er ermordet?

Sein Bruder, der die Todesanzeige aufgesetzt hatte, müsste es wissen.

Da die Entzündung in meinem Bein noch nicht abgeklungen war und ich weiter Antibiotika einnahm, musste ich immer noch im Bett bleiben. Telefonieren konnte ich wieder. Reiner hatte mir ein neues Mobilteil für mein Festnetztelefon gekauft, weil das alte vor ein paar Tagen seinen Geist aufgegeben hatte.

Was würde ich von Sebastians Bruder erfahren?

Ich wählte die auf der Todesanzeige angegebene Nummer.

Nichts.

Dann die Nummer aus Sebastians alten Unterlagen.

Keine Verbindung.

Ich versuchte es immer wieder. Vergeblich.

Was war da los?

Ich schrieb an die Adresse auf der Todesanzeige und an die alte Adresse.

Wieder nichts. Keine Antwort.

Vom Krankenbett aus konnte ich nichts weiter unternehmen. Wenn ich wieder aufstehen dürfte, würde ich alle Hebel in Bewegung setzen, herauszufinden, was mit Sebastian geschehen war. Ich würde über das Internet und Meldeämter versuchen, Kontakt zum Bruder zu bekommen. Sebastians Wohnung und Grab würde ich aufsuchen und so weiter. Wenn das alles zu keinem Ergebnis führen sollte, blieben ein paar unbeantwortete Fragen übrig.

Ob das Ganze nur eine Inszenierung war! War Sebastian am Ende gar nicht tot! Hatte er sich unsichtbar gemacht, um seinen Peinigern zu entwischen?

Mir fielen auf einmal wieder seine letzten Worte am Bahnhof ein.

Sykkelfantom

Eine Gewalttour wie damals nach Saarbrücken wollte ich nicht noch einmal machen. Ich hatte gerade das fünfte Jahrzehnt meines Lebens überstanden und brauchte niemandem mehr zu beweisen, dass ich mit dem Fahrrad dreihundert Kilometer an einem Tag runterstrampeln konnte.

Im heißen Sommer 2001 nahm ich mir vor, nach Verdens Ende zu radeln, hundertdreißig Kilometer hügelauf, hügelab mit Seen und Serpentinen. Die Südspitze einer Felseninsel im Skagerrak trägt diesen schönen Namen ‚Das Ende der Welt'. Von hier aus könnte ich vielleicht mit bloßem Auge die schwedische Küste erkennen. Von Sandefjord aus hätte ich mit einem Boot zu einer vorgelagerten Insel tuckern und dann über eine hoch gespannte Brücke zum Ziel fahren können. Dieser Weg wäre aber für meinen Ehrgeiz zu kurz gewesen. So beschloss ich, die Fähre nicht zu nehmen und einen Umweg über Tønsberg zu machen. Dort konnte ich eine Pause einlegen, mir den berühmten Hafen ansehen und über eine Landbrücke zur Inselgruppe gelangen.

Seit einer Woche wohnte ich in einer Holzhütte in der Nähe des Hafens von Sandefjord. Als ich losfuhr, war es eigentlich zu spät für eine große Tour. Ich hörte gerade das Horn der Schwedenfähre. Sie fuhr immer morgens um zehn und würde drei Stunden bis Strömstad brauchen. Nichts Böses ahnend radelte ich in der Stadt neben einer vierspurigen Straße her. Mal war der Fahrradweg auf der einen, mal auf der anderen Seite. Ich weiß noch genau, woran ich dachte – nämlich dass ich die nächsten Tage weiter nördlich in der Nähe von Lillehammer verbringen wollte –, da wurde ich aus allen Träumen gerissen.

Ich fuhr auf der linken Seite, als mir die Sicht auf einen kleinen Parkplatz durch eine Hecke versperrt war. Plötzlich sah ich ein Auto von dort auf meine Spur einbiegen. Reflexartig konnte ich noch bremsen und stützte mich so fest wie möglich auf den Lenker.

Warum hält der Idiot nicht an? Ich habe doch Vorfahrt. Hätte ich nur bremsen und geradeaus weiterfahren sollen? Dann wäre ich bestimmt gegen die Beifahrertür geprallt.

Ich versuchte, nach rechts zur Autostraße auszuweichen, obwohl ich den Gegenverkehr fürchten musste. Schon krachte die Stoßstange gegen mein Vorderrad.

Wenn mein Fahrrad was abbekommen hat, ist Schluss für heute, dachte ich in diesem Augenblick.

Durch die Wucht des Schlags wurde ich aus dem Sattel gerissen und auf die Motorhaube geschleudert. Automatisch hielt ich den Lenker fest umklammert, als wenn ich den Unfall damit noch verhindern könnte. Das Unglück nahm jedoch seinen Lauf, im Zeitlupentempo, wie mir heute erscheint. Erst als ich von der Motorhaube zurückfederte, wurde mir klar, dass ich mich in Gefahr befand.

Sportlich, wie ich mir vorkam, trug ich keinen Helm. Ich hielt ihn für überflüssig. Mir könnte ja nichts passieren, dachte ich und trug nur Sommerkleidung.

Dann lag ich auf dem Boden. Das Auto stand und hatte mein Vorderrad, aber nicht mich überrollt. Wieder kreisten meine Gedanken um mein Fahrrad.

Könnte ich das Rad selbst flicken? Müsste ich es hier im Ort reparieren lassen? Wie lange würde das dauern?

Als ich mich schon freute, Glück gehabt zu haben und ohne Verletzung davongekommen zu sein, ging ein Stich durch meinen Körper. Es fühlte sich an, als wenn ich von einer Pistolenkugel durchbohrt worden wäre.

Meine Rippen.

Was war los? Hatte ich meine Knochen gebrochen? Hatte ich etwa innere Verletzungen? Tausende Fragen rasten durchs Gehirn.

Ich musste an den Sommerurlaub einige Jahre zuvor denken, als ich das erste Mal in Norwegen war und einen Unfall auf einem Autorastplatz hatte. Ich war aus dem Auto gestiegen, gestolpert und hatte mir ein paar Finger gebrochen.

Sollte ich dieses Mal statt Urlaubsfotos wieder nur Röntgenaufnahmen mit nach Hause bringen? War ich ein fallsüchtiger Wiederholungstäter?

Totenstille.

Ich nahm nichts um mich herum wahr. Keinen Verkehrslärm, nicht die vorbeifahrenden Autos auf der Straße, nicht die Frau, die aus dem Unfallauto gestiegen und zu mir gekommen war.

Wie lange ich auf dem Radweg gelegen hatte, weiß ich nicht mehr. Als ich wieder zur Besinnung kam, befand ich mich jedenfalls halb unter meinem Fahrrad. Aber ich erinnere mich noch daran, dass ich versuchte, meine Finger zu bewegen. Dann die Arme, die Beine. Sie waren nicht gebrochen. Aber die linke Schulter tat bei der geringsten Bewegung höllisch weh. Auch die blutigen Schürfwunden an Armen und Beinen muss ich gespürt haben. Mit dem Kopf konnte ich nicht aufgeschlagen sein, denn meine Ohren hörten die Frau sprechen, die neben mir stand und wie aus der Ferne auf mich herab sah.

„Har du vondt ... i skulderen?"

Ich muss begriffen haben, dass sie aufgeregt und den Tränen nahe war. Sie wollte sicher wissen, ob meine Schulter verletzt war.

„Det går ...", konnte ich nur murmeln, „... snakker du ... tysk?"

Nein, sie sprach kein Deutsch, auch kein Englisch. In diesem Augenblick war ich froh, dass ich in der Volkshochschule ein wenig Norwegisch gelernt hatte, auch wenn es mir nicht leicht gefallen war. Ein Sprachgenie war ich nämlich nicht, war mehr an Mathematik interessiert.

Mit ihrer Unterstützung rappelte ich mich hoch. Als sie an meinem Arm zog, schrie ich auf. Ich hatte das Gefühl, sie stieß mir ein Messer in den Bizeps.

Was war da kaputt gegangen?

Plötzlich dachte ich nur noch an ein Krankenhaus. Ich sah mich um. Außer uns beiden war niemand da. Sie müsste für den Unfall verantwortlich sein. Würde sie mich ins Krankenhaus bringen können?

„Kan du ... kjøre meg ... til sykehuset?"

Sie nickte. Durch den Nebel der Schmerzen hindurch bemerkte ich, sie war froh, dass sie mir dadurch helfen konnte, indem sie ihr Auto zum Krankenwagen machte.

Sie zog das beschädigte Fahrrad an die Seite und verstaute meine Packtasche im Kofferraum. Dann half sie mir, ins Auto zu steigen. Ich glaube, es war ein blauer Volvo, nicht mehr ganz neu. Ich sah hinüber zu meinem Fahrrad. Das Vorderrad und die Gabel waren völlig verbogen. Ansonsten schien alles in Ordnung zu sein.

Ob es rechtzeitig repariert werden könnte? Ob noch weitere Touren möglich wären? Oder sollte das jetzt die Endstation meiner Reise sein?

Ihre Stimme zitterte.

„Hvordan ... går det med deg?"

Sie war besorgt, dass ich ernste Verletzungen hatte, für die sie verantwortlich war.

Im Krankenhaus sagte der Mann an der Anmeldung, dass kein Bett für mich frei wäre. Ich könnte nicht bleiben, egal, was ich hätte. Vielleicht müsste ich ins Zentralkrankenhaus nach Tønsberg. Ich sollte auf einer Bank warten, bis die Ärztin Zeit hätte, mich zu untersuchen.

Ausgerechnet Tønsberg, dachte ich und schüttelte den Kopf. Wir saßen nun beide auf der Bank, die Unfallfahrerin und das Opfer, stumm, jeder in seine eigene Gedanken versunken.

Wie konnte mir nur so etwas passieren? Noch nie zuvor war ich vom Fahrrad gefallen.

„Was wird nur mein Mann sagen, wenn er die Beule im Auto sieht?", hörte ich sie auf Norwegisch vor sich hinreden und sah, wie auch sie den Kopf schüttelte. „Und die Versicherung wird jetzt viel teurer. Hätte ich doch nur aufgepasst."

Nach einer Weile fragte sie mich, ob ich Angehörige hätte, die sie benachrichtigen könnte. An meiner Aussprache hatte sie längst gemerkt, dass ich Ausländer war, und sprach deshalb ganz langsam und deutlich.

Ich erzählte ihr, dass ich aus Deutschland kam, die Ferien hier verbrachte und meine norwegische Cousine am Hafen wohnte. Über die Auskunft erfuhr sie ihre Nummer und rief sie an. Inzwischen war es fast elf.

Plötzlich wandte sie sich mir zu.

„Mit navn er Randi Sjøskog. Hva heter du?"

In der Aufregung hatte ich vergessen, mich vorzustellen. Ich murmelte meinen Namen und dachte, verdammt, sie hat mich angefahren, ist aber doch in Ordnung, sie kümmert sich wenigstens um mich.

Randi trug eine beigefarbene kurze Hose und eine braune Bluse. Eine typisch norwegische Kleidung für eine Frau Anfang vierzig. So schätzte ich jedenfalls ihr Alter. Sie mochte zehn Jahre jünger sein als ich.

Nach einer halben Stunde kam endlich eine Helferin, die mich in ein Behandlungszimmer führte, wo ich warten musste.

Als die Ärztin durch die Türe trat, hatte ich das Gefühl, dass es mir schlagartig besser ging. Die Sorge, ich könnte nicht mehr weiterfahren, war wie weggeflogen. Der Unfall war in diesem Moment auch nicht mehr der Störenfried, der mich am Kilometerfressen hinderte. Ich erinnere mich genau, dass ich plötzlich sogar kein Norwegisch mehr sprechen konnte. Mir fehlten die Worte. Selten hatte ich eine so attraktive Frau gesehen.

„Sie kommen also aus Deutschland", begrüßte sie mich mit einem Lächeln. Sie war die erste Norwegerin, die Deutsch mit mir sprach.

„Ja ... ich hatte ... einen Fahrradunfall ... ich glaube ... Sie müssen sich meine ... Schulter ansehen."

Da ich nur mit T-Shirt, kurzer Hose, Socken und Sandalen bekleidet war, brauchte ich nicht viel auszuziehen, bevor die Untersuchung begann. Sie bewegte vorsichtig meine Arme, Beine, Hände, Finger und Zehen. Ich biss die Zähne zusammen und versuchte, keinen Laut von mir zu geben. Sie beobachtete mich aufmerksam. An meinem Gesichtsausdruck konnte sie sicher erkennen, welche Probleme ich hatte.

Ihre Stimme klang jetzt ganz ernst.

„Wir müssen die Schulter röntgen. Wahrscheinlich ist es gar nicht so schlimm. Vielleicht geht alles ambulant und Sie brauchen nicht ins Zentralkrankenhaus."

Sie gab mir ein Formular und schickte mich in die Röntgenabteilung. „Zweiter Gang rechts ... dritte Tür ... bis dann."

Bevor ich mich auf den Weg machte, verabschiedete ich mich von Randi, die immer noch im Flur wartete. Sie gab mir ihre Visitenkarte. Ich lud sie für den Nachmittag ein, in den Garten meiner Cousine zu kommen, um bei einer Tasse Kaffee über alles Weitere zu sprechen.

Vor dem Röntgenzimmer musste ich noch mal warten, bis eine Assistentin mich hereinbat. Ich sah sofort, dass sie keine gebürtige Norwegerin war.

Wo mochte sie wohl herkommen?

Dem Formular der Ärztin hatte sie längst entnommen, was zu tun war. Aber ich wusste nicht, wie ich mich verhalten sollte. Ich verstand sie nicht. Es stellte sich später heraus, dass sie von den Philippinen war und Norwegisch mit einem für mich kaum verständlichen Akzent sprach.

Was sollte ich tun?

Sie konnte mich verstehen, aber ich nicht sie. Mal sollte ich mich nach links wenden, mal nach rechts. Sie musste immer zu mir kommen und mich drehen. Dabei hätte ich vor Schmerzen laut aufschreien können, riss mich aber zusammen. Ich fragte sie, ob sie Englisch spräche. Aber auch das nützte nichts.

Aus der Distanz wundere ich mich nicht darüber. Schon immer hatte ich Schwierigkeiten, Menschen zu verstehen, die mit einem starken Akzent oder einen Dialekt sprachen.

Dann kam Hilfe. Ich hatte gar nicht mehr an sie gedacht. Meine Cousine, die Norwegisch sprach und meinen Spitznamen sykkelfantom erfunden hatte. Sie stand in der Tür. Nachdem sie mich begrüßt und gefragt hatte ‚Was hast du denn gemacht? Wie konnte dir denn das passieren? Hast du Schmerzen?', unterhielt sie sich mit der Röntgenfrau und erklärte mir dann jede Anweisung. Nun ging alles schnell. Ich bekam die Röntgenbilder und machte mich auf den Rückweg.

Nachdem die Ärztin die Aufnahmen studiert hatte, sah sie mich mit ernster Miene an.

„Ich konnte zwar keine inneren Verletzungen feststellen, aber ein paar Frakturen. Sie müssen sich sehr schonen, denn drei Rippen und das linke Schulterblatt sind gebrochen. Für den Fall, dass Sie nachts nicht schlafen können, verschreibe ich Ihnen ein Schmerzmittel. – Gute Besserung und eine gute Heimreise!"

Es waren nicht die Schmerzen allein, die mir Sorgen machten. Dass ich mir die Radtour an den Hut stecken konnte, traf mich viel härter.

Wie sollte ich jetzt noch auf mein gestecktes Ziel von einer vierstelligen Kilometerzahl kommen?

Nachdem meine Cousine mich zur Apotheke und anschließend in mein Ferienhaus gefahren hatte, ruhte ich mich ein wenig aus.

Noch am gleichen Nachmittag quälte ich mich mit hängender Schulter zu meinem Fahrrad und warf als Erstes einen Blick auf den Kilometerzähler. Der war Gott sei Dank heil geblieben. Da das Vorderrad so stark verbogen war, dass ich das Fahrrad nicht schieben konnte, half mir ein wenig später meine Cousine, es in eine Werkstatt zu bringen. Vom Mechaniker erfuhr ich, sie würden das Rad nur notdürftig reparieren, damit ich es auf meinem Autodachträger heimfahren könnte. Die Originalersatzteile wären in Norwegen nicht innerhalb von zwei, drei Tagen zu beschaffen. Inzwischen war mir alles egal. Ich könnte doch keine Tour mehr machen mit dem gebrochenen Schulterblatt.

Als wir wieder zur Wohnung zurückkamen, war Randi gerade eingetroffen. Ich hatte sie schon vergessen. Wir wollten uns ja treffen und über die Versicherung sprechen. Sie erzählte mir, dass ihr Mann fuchsteufelswild geworden war, nachdem er die Beule an der Motorhaube entdeckt hatte. ‚Frauen und Autofahren!', hätte er geschrien, sich dann aber beruhigt.

Wir redeten über alles Mögliche. Wenn ich heute darüber nachdenke, fällt mir auf, dass meine Verletzungen überhaupt kein Gesprächsthema waren. Es ging hauptsächlich um Randis Autoschaden und die zu erwartende höhere Versicherungsprämie sowie mein Bedauern, dass ich meine Touren nicht fortsetzen konnte. Ich erwähnte mit keinem Wort die höllischen Schmerzen in der Schulter und kam mir wie ein Held vor. Wir waren schon ein seltsames Unfallteam.

Nachdem Randi sich verabschiedet hatte, musste ich wieder an mein Rad denken. Auf meiner letzten Fahrt hatte ich nur eins Komma sechs Kilometer geschafft. Die kürzeste Tour meines bisherigen Fahrradferienlebens. – Ein bisschen wenig für ein sykkelfantom oder?

Hasenbachs Scheitern

Nicht ahnend, was mir bevorstand, betrat ich das Konferenzzimmer der Schule. Am Beratungstisch hatten schon ein Studienreferendar, seine Seminarleiterin und sein Fachleiter Platz genommen. Die Kaffeemaschine röchelte. Aber niemandem schien nach Kaffeetrinken zumute zu sein. Die Stimmung war gedrückt. Sie glich dem Raum, in dem sich neben drei kahlen Tischen und ein paar Stühlen nichts weiter befand als die Kaffeemaschine, einige Tassen und in einer Ecke auf dem Boden ein Stapel alter Bücher. An den Wänden hingen zwei riesige Portraitfotos der vorherigen Schulleiter. Deren Lächeln passte nicht zur Situation, die ich vorfand. Ich hatte das Gefühl, dass sich etwas Unangenehmes zusammenbraute.

Der Referendar Molti hatte soeben eine Lehrprobe absolviert, die letzte vor dem zweiten Staatsexamen für das Lehramt am Gymnasium im Fach Pädagogik, wie es im Behördendeutsch heißt. Die Stunde sollte nun besprochen und er abschließend vorbenotet werden. Ich war als Beratungslehrer zu diesem Gespräch eingeladen worden.

„Herr Molti", begann der Fachleiter steif, „ich habe jetzt sechs Lehrproben von Ihnen erlebt. Wie ordnen Sie die heutige Stunde ein?"

Molti sah mit ruhigem Blick in die Runde. „Ich möchte mich, wenn es recht ist, kurzfassen. Alle Lernziele, die in meinem Plan stehen, sind von mir erreicht worden. Die Schüler haben einige Kompetenzen verbessert, hätten in der Stunde allerdings etwas aktiver sein können."

„Entschuldigen Sie, dass ich das so sage, Herr Molti. Sie haben keines Ihrer Lernziele erreicht. Die Schüler haben nichts dazugelernt. Das war kein angemessener Oberstufenunterricht", kam sofort der Widerspruch von der Seminarleiterin, die Molti mit strengem Blick in die Augen sah.

Ihre Stimme war leise und übertönte kaum den Lärm, der durch die geschlossene Tür aus dem Flur hereindrang. Die Schüler hatten noch Pause.

Das Urteil musste auf Molti wie ein Fallbeil niedergegangen sein, denn er sackte völlig in sich zusammen.

„Sie haben", fuhr sie nach einer kleinen Pause brüsk fort, „seit Ihrer ersten Lehrprobe in Ihrem zweiten Fach Geschichte nichts dazugelernt."

Wie zum Hohn gab es in diesem Augenblick draußen einen lauten Knall. Jemand hatte eine Tür zugeworfen. Molti saß da wie ein Häufchen Elend. Er schluckte und mir schien, als wollte er etwas sagen. Aber ihm blieb die Spucke weg. Das hatte er offensichtlich nicht erwartet. Sein Gesicht war plötzlich kalkweiß. Er räusperte sich und sah nach einer Weile verlegen an die Decke.

„Ja, Herr Molti, wir wollen es heute wirklich kurz machen, ich bin der gleichen Meinung wie meine Vorrednerin." Die Stimme des Fachleiters klang nicht so freundlich wie gewohnt, sondern sehr ernst und laut, als wenn er befürchtete, dass weiterer Lärm von draußen zu erwarten wäre.

In diesem Moment hörten wir tatsächlich ein lautes Reifenquietschen, das von der Straße her durch ein geöffnetes Fenster hereindrang. Ich schloss es leise. Eigentlich schade, denn es war ein herrlicher Spätsommermorgen und die frische Luft hätte uns gut getan.

Sein Gesichtsausdruck wurde noch strenger, als er in gemäßigterem Ton fortfuhr: „Sie haben nicht mal fachliche Grundkenntnisse, die über das, was die Schüler wissen, hinausgehen. Als Quereinsteiger haben Sie Pädagogik nicht an der Universität studiert. Daher hätte es eine Selbstverständlichkeit sein müssen, dass Sie sich während Ihrer unterrichtsfreien Zeit, die Schüler hatten doch fast sieben Wochen

Sommerferien, wenigstens Grundlagen angeeignet hätten. Davon ist aber nichts zu sehen. Für Ihre Examensarbeit haben Sie vor kurzem mangelhaft bekommen. In der Seminarbeurteilung wird die Note auch eine Fünf werden. Ich rate Ihnen, aus dem laufenden Prüfungsverfahren auszusteigen und Ihre Referendarzeit um ein Jahr zu verlängern. Oder Sie sollten eine andere Berufsausbildung anstreben."

Aufatmend lehnte sich der Fachleiter zurück. Ich merkte, dass er das Gesagte unbedingt loswerden wollte. Die Seminarleiterin nickte.

Molti, der sich zunächst wieder aufgerichtet und Haltung angenommen hatte, schlug wie vom Blitz getroffen die Hände vors Gesicht. Dann setzte er sich plötzlich kerzengerade, als hätte er einen Besenstiel verschluckt, an den Tisch und versuchte etwas zu sagen. Er brachte aber nur ein krächzendes Räuspern über seine Lippen, sah hilflos zu mir herüber und zuckte mit den Achseln.

Es war nun absolut still. Auch vom Flur her hörte man keinen Ton mehr. Der Unterricht hatte angefangen.

Was ich nach all den schwachen Lehrproben befürchtet hatte, war eingetreten. Jetzt hörte er es offiziell. Er war fachlich inkompetent.

Aber warum erfuhr er dieses Urteil erst nach eineinhalb Jahren, sechs Wochen vor der Abschlussprüfung? Hätte man ihm das vonseiten des Seminars nicht früher sagen können? Es war nicht meine Aufgabe, ihn darüber aufzuklären. Ich war als Ausbildungskoordinator für alles Mögliche, wie zum Beispiel technische Organisation, zuständig, aber nicht für die Beurteilung der Leistungen der Lehramtskandidaten.

Ein Referendar, Mitte dreißig, mit Berufserfahrung in der Industrie, versuchte, das zweite Staatsexamen in Geschichte und Pädagogik abzulegen, in Fächern, die er nicht studiert hatte. Konnte das überhaupt gut gehen? Überschätzte er sich nicht? Glaubte er, man könnte das im Vorbeigehen mit links machen?

Während ich ziemlich erschüttert darüber nachgrübelte und dem Gespräch nicht mehr richtig folgen konnte, musste ich an meinen ersten Referendar denken, für den ich vor vielen Jahren als Ausbildungslehrer in Mathematik zuständig gewesen war. Wie hatte er noch gleich geheißen? Hasselnuss? Nein ... richtig ... Hasenbach.

Er war kurz vor Beginn seiner Examensphase in einer ähnlichen, viel schlimmeren Situation gewesen. Es hatte auch bei ihm die Gefahr bestanden, dass er durchfiel. Jedoch hatte ihn kein Ausbilder rechtzeitig gewarnt wie im Fall Molti, nicht einmal sechs Wochen vor der Abschlussprüfung. Hasenbach hatte bis zum Schluss an seine Kompetenz als Lehrer geglaubt. Er hatte eine bemerkenswerte, aber nicht beneidenswerte Ausbildungszeit durchlebt, die mir jetzt im Zeitraffer durch den Kopf ging. Hasenbachs Geschichte war so unglaublich, dass ich mich entschloss, noch am gleichen Tag damit anzufangen, sie aufzuschreiben. Je länger ich nachdachte, umso genauer konnte ich mich an Hasenbachs Erscheinung erinnern, obwohl mittlerweile dreißig Jahre vergangen waren.

In einer Menschenmenge wäre er mir nicht aufgefallen, denn er besaß nichts von dem, was man Ausstrahlung nennt. Auf der Straße hätte ich ihn übersehen. Erst beim näheren Betrachten, zum Beispiel nach einem Zusammenstoß, hätte ich mir vielleicht Gedanken über ihn gemacht. Warum hatte er zwei große vergammelte Taschen bei sich? Sein Blick erinnerte an ein gehetztes Tier. War jemand hinter ihm her? Für einen Staubsaugervertreter oder Ähnliches hätte ich ihn gehalten. Seine Körperhaltung war die eines älteren Mannes, der sich auf der Suche nach einem Papierkorb oder einer Mülltonne befand, in denen es noch etwas Brauchbares zu finden gab. An alles hätte ich gedacht, nur nicht daran, dass er gerade sein erstes Staatsexamen bestanden hatte und Mathematiklehrer werden wollte. Er war ein junger Mann Mitte zwanzig, sah aber aus wie ein angehender Rentner.

Es war an einem kalten Februarmorgen in den späten Siebzigern, als er in der Schule zum ersten Mal auftauchte. Er stand schon eine ganze Weile im Türrahmen des Lehrerzimmers und blickte unsicher umher, ohne ein Wort zu sagen. Nur ich schien ihn bemerkt zu haben, denn keiner außer mir würdigte ihn eines Blickes. Das mag daran gelegen haben, dass die übrigen Anwesenden mit ihrer Unterrichtsvorbereitung beschäftigt oder im Gespräch mit Kollegen vertieft waren.

Normalerweise vermied ich es, mich in der Nähe der Eingangstür aufzuhalten, weil dort das Telefon stand. Es ist heute noch an der gleichen Stelle links neben der Tür auf einem etwa ein Meter hohen Schränkchen mit Rädern, in dem die Klassenbücher aufbewahrt werden. Ich mag kein Telefon. Schon das Klingeln eines Anrufers macht mich nervös. Es ist fast schlimmer als das Telefonieren selbst. Aber von jemandem, der sich in der Nähe des Apparates aufhält, wird erwartet, dass er Gespräche entgegennimmt und weiterleitet. Furchtbar. Damit ich davon verschont blieb, hatte ich mir schon damals einen Arbeitsplatz im Nebenzimmer ausgesucht, hinter Bücherregalen versteckt. Dort verbringe ich noch heute meine Pausen und unterrichtsfreien Stunden zusammen mit einigen Kolleginnen und Kollegen.

An diesem Morgen stand ich zufällig in der Nähe der Tür, die fast immer geöffnet war. Ich sah den Mann im Türrahmen und war misstrauisch wie immer, wenn Fremde ins Lehrerzimmer kommen wollten. Wer das wohl sein mochte, fragte ich mich und ging langsam auf ihn zu. Das war bestimmt kein Lehrer. Der hatte sich verlaufen, dachte ich. In diesem Moment konnte ich nicht ahnen, welche Bedeutung diese Begegnung für mich an der Schule in den nächsten beiden Jahren haben sollte.

Noch ehe ich etwas sagen konnte, sprudelte es aus ihm heraus: „Mein Name ist Bodo Hasenbach. Ich habe die längste Zeit meines Lebens im Bergischen Land verbracht und bin jetzt Referendar. Wo kann ich mich umziehen? Ich komme nämlich mit dem Fahrrad. Und wo ich wohne, da liegt Schnee."

Er wollte weiterreden, fuhr jedoch zusammen und blickte ängstlich nach oben, denn über ihm war der Pausengong in hoher Lautstärke ertönt.

Ich war sprachlos. Mein Blick fiel auf die beiden Taschen, die er krampfhaft in den Händen hielt, als wenn er Angst hätte, dass sie ihm gestohlen werden könnten. Sie waren so wuchtig, dass ich mich fragte, wie er die wohl auf dem Fahrrad transportiert haben konnte.

Er erinnerte mich an eine komische Figur aus der satirischen Zeitschrift Titanic. Sondermann hieß sie. Der hatte immer eine riesige Aktentasche bei sich, selbst als er vom Fünfmeterbrett im Schwimmbad springen wollte.

Dann diese Mütze. Sie sah lustig aus mit dem langen Schirm und den Streifen. Sie hätte von Jochen sein können, einer Zeichenfigur aus der Zeitschrift Pardon. Jochen stand einmal vor einem Bauernhaus und trug eine solche Mütze. Der Bauer sah aus dem Fenster und beobachtete, wie Jochen die Hand auf den Kopf eines Huhnes hielt und sagte: „He Bauer, dein Huhn hat Fieber!"

Mit den Taschen stand er nun da, verschwitzt von der Radfahrt – es waren mindestens zwanzig Kilometer von seinem Wohnort bis zu unserer Schule – und blickte mich erwartungsvoll an. Man konnte seinen suchenden Augen ansehen, dass er nur einen Wunsch hatte, den, sich umzuziehen. Wie er mir später erzählte, hatte er seine Schulkleidung in den Taschen, darunter auch einen Wintermantel.

„Guten Morgen, Herr ... eh ... Hasenbach!" Ich reichte ihm meine Hand und er stellte eine Tasche zu Boden, um mir ebenfalls eine Hand zu reichen. „Im Vorraum der Herrentoilette können Sie Ihre Kleidung wechseln. Da hinten, links um die Ecke, letzte Tür. Ich heiße Mühlenberg und unterrichte Mathematik und Physik. Seien Sie herzlich willkommen an unserer Schule. Welche Fächer haben Sie denn?"

„Ich habe Mathematik studiert. Aber wenn ich fertig bin, will ich Latein, Griechisch und Geschichte unterrichten. Das interessiert mich viel mehr. Mein Schulleiter braucht mich gar nicht in Mathematik einzusetzen."

Ich war verblüfft. „Haben Sie in den anderen Fächern auch ein Examen gemacht oder sie wenigstens studiert?"

„Nein. Brauch ich doch nicht. Das kann ich auch so." Hasenbach war sich seiner Sache sicher und nickte mehrmals.

Mit dem Komiker werden wir Spaß bekommen, dachte ich, ließ mir aber nichts anmerken und lächelte weiter freundlich. Ich konnte mir nicht vorstellen, dass alles ernst gemeint war, was er gesagt hatte. Hasenbachs Auftritt fand ich mutig. Ich hätte mich das nicht getraut. Erst seit drei Jahren hatte ich die Lehrbefähigung, war einer der wenigen Mathematiker an der Schule. Aber ich freute mich, dass wir jetzt einen weiteren Fachmann in unseren Reihen haben sollten. 1977 gab es zwar Lehrer für Sozialwissenschaften wie Sand am Meer, Mathematiker jedoch wurden händeringend gesucht.

Während der ersten vierzehn Tage brauchte Hasenbach noch keinen eigenen Unterricht zu erteilen. Er sollte hospitieren, also vor allem zuhören und beobachten.

Ich weiß heute nicht mehr, warum ich mich spontan bereit erklärt hatte, in der Anfangszeit sein Ausbildungslehrer zu sein. Reizte es mich vielleicht, weil er ein komischer Kauz zu sein schien? Hätte ich es nicht viel schöner mit einer netten Referendarin haben können? Warum tat ich mir das an? Wahrscheinlich hatte ich ihn trotz seiner Macken sympathisch gefunden und wollte ihm helfen, das Examen zu bestehen. Die Situation war für mich neu. Als junger Lehrer hatte ich noch keine Erfahrung in der Referendarausbildung.

In der Klasse 5a, in die ich ihn mitgenommen hatte, saß er immer in der ersten Reihe, schrieb alles mit, was ich sagte, und meldete sich jedes Mal wie ein Schüler, wenn er was wusste. Die Kinder guckten ganz irritiert und schienen zu glauben, Hasenbach müsste noch seinen Schulabschluss nachholen. Sie gewöhnten sich aber daran und nahmen nach ein paar Stunden kaum noch Notiz von ihm. Ich rief Hasenbach aber nie auf. Das irritierte ihn. Er hatte offensichtlich seine Hospitationsrolle missverstanden.

„Ich melde mich doch öfter als jeder Schüler. Warum nehmen Sie mich eigentlich nie dran?", fragte er mich gleich nach der ersten Stunde in der Pause. Seine Enttäuschung war ihm deutlich anzusehen.

„Lieber Herr Hasenbach, ich gehe davon aus, dass Sie als Referendar den Stoff der Klasse fünf beherrschen. Achten Sie doch einmal, so wie wir es auch vorher abgesprochen haben, mehr auf methodische und didaktische Dinge in meinem Unterricht! Nächste Woche sollen Sie meine Mathestunden übernehmen."

Er nickte und schrieb sich den Termin auf. Dabei fiel ihm zweimal der Stift zu Boden. Ein kleines Mädchen, das den Vorfall beobachtet hatte, schrie schrill auf und verschwand lachend im Flur.

Ein paar Tage später, nachdem ich den Kindern erklärt hatte, dass sie vorübergehend einen neuen Mathematiklehrer hätten, ich aber weiterhin den Unterricht beobachten würde und auch für ihre Noten zuständig wäre, ging Hasenbach an die Tafel und hatte seinen ersten Auftritt als Lehrer.

Er stand neben dem Pult und grinste. Alle waren mucksmäuschenstill. Bisher hatten die meisten wenig Notiz von ihm genommen. Aber jetzt betrachteten sie ihn neugierig. Er trug doch tatsächlich seine Jochen-Mütze, obwohl er sich in einem geschlossenen Raum befand. Damals war das ungewöhnlich, und er sah meiner Meinung nach lächerlich aus. Die Schüler wurden nach und nach unruhiger und fingen an zu tuscheln. Hier und da konnte man ein Kichern hören.

Wie ich später erfahren hatte, war es aber nicht wegen der Mütze, sondern wegen des langen schwarzen Wintermantels, den er trug, obwohl der Raum gut geheizt war. Aus dem Grund waren auch zwei Fenster geöffnet, durch die leise Musik aus dem Nachbarraum zu hören war.

„Mein Name ist Bodo Hasenbach." Er sah nach allen Seiten und grinste schelmisch wie Heinz Erhard in seinen Filmen. „Ich habe die längste Zeit meines Lebens im Bergischen Land verbracht und bin jetzt Referendar."

Er machte eine Pause und sah nach allen Seiten. Sein Gesichtsausdruck war der eines Kindes, das sich freute, weil es gerade ein Spielzeug geschenkt bekommen hatte. „Ich komme jeden Morgen mit dem Fahrrad von dort hierher zur Schule und muss mich deshalb umziehen. Aber die Rückfahrt ist viel schlimmer. Dann geht es nämlich bergauf."

Mit der Stille war es nun vorbei.

„Warum fahren Sie nicht mit dem Bus?", rief eine vorlaute Jungenstimme aus dem Hintergrund.

Man konnte ein Kichern vernehmen, das nach und nach zum Lachen anschwoll. Vor allem die Mädchen, die sonst so brav waren, prusteten los. Hasenbach tat mir leid. Eine Meute Kinder im Alter von zehn und elf Jahren lachte ihn aus.

„Herr Hasenbach, ich möchte Sie bitten, mit der Mathematik zu beginnen."

Er stand immer noch steif neben dem Lehrerpult, die Tafel im Rücken, seine alte braune Ledertasche unter den linken Arm geklemmt. Er schien zu überlegen, wie es weitergehen sollte. Dann legte er die Tasche auf den Tisch, rückte seine Mütze zurecht, holte tief Atem und legte los: „Wer von euch kennt die Peanoaxiome?" Er blickte erwartungsvoll in die Klasse.

Sofort war es wieder still und alle sahen nicht ihn, sondern mich fragend an. Dazu mussten sich die meisten umdrehen, weil ich hinten in der letzten Reihe des Klassenzimmers

Platz genommen hatte. Ich hörte, wie ein Bleistift zu Boden fiel und bemerkte, wie ein Schüler sich danach bückte.

„Keiner? – Die braucht ihr aber später im Mathematikstudium an der Universität."

Ich hob ruckartig den Kopf und starrte Hasenbach entgeistert an. Gleichzeitig ging ein Raunen durch die Klasse. „Studium? – Universität?", hörte ich einige Schüler leise vor sich hinsagen. Die meisten sahen mich wieder an und zuckten mit den Achseln.

„Herr Hasenbach, die Schüler sind in der Sexta. Sie brauchen noch nichts über ein Hochschulstudium zu wissen. Außerdem wird nicht jeder Mathematik studieren."

„Nein? – Nicht? – Doch!", stotterte Hasenbach. Er war irritiert, fing sich aber schnell wieder. „Wer macht mir einen Sitzplan?"

Melanie, die ganz vorne saß und immer darauf wartete, dem Lehrer zu helfen, meldete sich sofort und bekam auch den Auftrag. Im Nu hatte sie den Plan fertig. Wenn sie auch sonst noch nicht viel zum Unterricht beigetragen hatte, sie war die Spezialistin für Sitzpläne.

Nachdem sie Hasenbach den Plan überreicht hatte, fühlte er sich sicherer. Er bedankte sich freundlich. Dann ging er zwei Schritte zurück und alle warteten darauf, dass er mit dem Rücken gegen die Tafel stieß. Er blieb aber rechtzeitig stehen und starrte einen Moment lang an die Decke. Dabei fiel seine Schirmmütze ein wenig nach hinten. Er rückte sie umständlich zurecht. Dann ging er wieder einen Schritt nach vorn, stand plötzlich ganz steif vor der Klasse, hielt das Blatt mit den dreißig Namen mit der rechten Hand in Kniehöhe, schloss das linke Auge und blinzelte mit dem rechten einen Meter senkrecht nach unten und versuchte zu lesen: „M-m-m-mieke"

Alle lachten.

Wer sollte das sein?

Niemand hieß so.

Einige hatten jedoch gemerkt, dass er Mike meinte und den Namen nur falsch ausgesprochen hatte.

Normalerweise sollte ein Ausbildungslehrer nur in den seltensten Fällen in den Unterricht eines Referendars eingreifen. Fehler und Ungeschicklichkeiten sollten in einem anschließenden Gespräch diskutiert werden, nicht vor den Schülern. Ich konnte mich aber nicht mehr auf meinem Platz halten, war inzwischen nach vorne gegangen und hatte mir einen freien Stuhl in der ersten Reihe genommen. Hier saß normalerweise Stefanie, die heute fehlte.

„Herr Hasenbach, wir sind hier nicht im Kabarett", raunte ich ihm zu. „Reißen Sie sich doch bitte zusammen!"

Dabei warf ich den Schülern einen Blick zu, der ihnen bedeuten sollte, dass sie genug gelacht hätten.

Als wäre nichts geschehen, fuhr Hasenbach mit seinem Unterricht fort: „Das erste Peanoaxiom heißt: Eins ist eine natürliche Zahl. Das zweite Peanoaxiom heißt: Jede natürliche Zahl hat einen Nachfolger. Das dritte ..."

„Herr Hasenbach, das steht nicht im Lehrplan. Das hatten wir so nicht besprochen." Meine Stimme war jetzt lauter geworden, sodass mich die Schüler in den ersten Reihen verstehen konnten.

Ich erinnere mich, dass wir am Tag zuvor vereinbart hatten, dass er die natürlichen Zahlen 1, 2, 3, 4, ... einführen sollte, jedoch spielerisch, dem Alter der Schüler angemessen, nicht wissenschaftlich wie in einer Hochschulvorlesung.

Hasenbach ließ sich nicht beirren. „Es ist aber doch wichtig fürs Studium."

Ich war verzweifelt. „Das lernen die Kinder an der Universität. Äh, ich meine, wenn die Schüler das Abitur haben. Sie bringen mich ganz durcheinander." Meine Stimme konnte man nun im ganzen Klassenzimmer verstehen.

„Was ist ein Zwieback und warum heißt er so?"

Diese Frage kam ohne jede Vorwarnung und alle staunten. Die meisten meldeten sich. Man sah in ihren Gesichtern, dass sie sich freuten, die Antwort zu wissen.

„Es ist Brot, das man isst, wenn man krank ist", antwortete Melanie stolz, stand dabei auf und stützte die Arme auf ihren Tisch. Sie war die Kleinste in der Klasse.

„Ja, prima! Setzen! Bei mir braucht ihr nicht aufzustehen. Ich schreibe dir eine Eins auf, Melanie." Umständlich kramte Hasenbach ein Notizbuch aus seiner Tasche und schrieb etwas hinein. Die Schüler beobachteten ihn dabei aufmerksam. „Wo hat aber der Zwieback seinen Namen her?" Hasenbach sah verschmitzt in die Runde.

Er wollte auf die Zahl zwei hinaus, wie er mir später sagte. Die Kinder verstanden das jedoch nicht.

„Das ist wie bei Fritz Cwilang. So heißt einer in der Klasse, der da hinten", rief jemand auf der linken Seite, ohne sich vorher gemeldet zu haben.

Hasenbach sah wieder umständlich auf seinen Plan. „Ja, auch gut. Ich schreibe dir eine Zwei auf, Martin. Beim nächsten Mal hebst du aber vorher die Hand."

„Sie haben sich verguckt, Herr Hasenbach. Das ist gar kein Junge, sondern ein Mädchen. Sie heißt Martina", rief ein Junge in der vorletzten Reihe, stand auf und grinste. Dabei hielt er seine linke Hand hoch.

Großes Gelächter. Nun wurde Hasenbach unsicher. Er schaute auf den Sitzplan und dann auf die Uhr. Wann war denn bloß die Stunde zu Ende?

Ich ahnte, was er dachte: Könnte er bereits jetzt die Hausaufgabe stellen?

Er sah sich ratlos um. Nach einer Weile, es wurde schon unruhig in der Klasse, sagte er etwas, mit dem niemand rechnen konnte: „Hausaufgabe: Lernt die ersten beiden Peanoaxiome auswendig! Ich frage sie morgen ab."

Ein paar Schüler sprangen wie von der Tarantel gestochen auf und wollten gehen. Sie waren schon an der Tür und öffneten sie.

„Halt! Halt! Wir haben noch fünfzehn Minuten. Die Stunde ist noch nicht zu Ende." Ich hatte zu spät reagiert. Sie waren bereits im Flur verschwunden. Man hörte nur noch ihr lautes Kichern. Einige lachten.

Was würde wohl jetzt der Schulleiter zu mir sagen, wenn er um die Ecke käme? Würde er mich rügen, weil ich nicht aufgepasst hatte? Ich konnte doch nicht den Unterricht vorzeitig beenden. Die Situation war mir peinlich.

Ein paar Tage später beklagte sich Hasenbach. „Warum haben Sie mich eigentlich erst ein einziges Mal gelobt, obwohl ich mir so viel Mühe im Unterricht gebe?" Er hatte neben mir Platz genommen, an dem Tisch hinter der Bücherwand im zweiten Lehrerzimmer. „Ich habe jetzt vier Stunden in der Fünf und drei Stunden im Grundkurs Zwölf unterrichtet. Aber einmal gelobt ist mehr als keinmal, habe ich gedacht und deshalb gestern auch meinem Fachleiter eine Postkarte geschickt."

Nun war ich neugierig geworden. „Was haben Sie ihm denn geschrieben?"

Auch mein Kollege am Nachbartisch, der sich nie in ein fremdes Gespräch einmischte, war hellhörig geworden und sah zu uns herüber. Eine Postkarte im Zeitalter der Telefonie?

„Na, dass Sie mich gelobt haben", kam es wie aus der Pistole geschossen. „Sie haben gestern Morgen in der Fünf zu mir gesagt, ich hätte die Hausaufgaben vorbildlich überprüft."

„Und das haben Sie dem Fachleiter auf einer Postkarte mitgeteilt?"

„Ja sicher! Er muss über alles Positive unterrichtet sein. Ich will doch am Schluss eine Eins auf dem Examenszeugnis haben."

„Und meinen Sie, dass er Ihnen antworten wird?" Mir fiel nichts anderes ein, so verblüfft war ich.

„Sicher datt!", rief er so laut, dass auch die anderen Kollegen am Tisch zu uns herüber sahen und wissen wollten, was denn los war.

Immer, wenn Hasenbach sich seiner Sache sehr sicher war, wechselte er in den rheinischen Dialekt. Das wunderte mich, denn er wohnte im Bergischen. Ich sah auf die Uhr.

„Jetzt müssen wir aber in die Zwölf. Die Stunde beginnt gleich. Schade, ich hätte mich gern noch länger mit Ihnen über die Karte unterhalten. Morgen vielleicht oder nach der nächsten Stunde. – Aber halt, Herr Hasenbach! Was wollen Sie denn mit dem vollen Putzeimer?"

„Mitnehmen. Die ärgern mich nicht länger."

„Wer hat Sie wann geärgert und warum?"

„Die im Grundkurs Zwölf. Wenn noch mal einer meine Stunde stört, schütte ich den ganzen Eimer mit Wasser in die Menge. Irgendeinen der Störer trifft es bestimmt."

Meine Geduld war jetzt am Ende. „Das geht nicht. Sind Sie denn von Sinnen? Der Eimer bleibt hier."

Er hatte das Gefäß tatsächlich schon vorher mit Wasser gefüllt und zwischen seinen Taschen unter dem Tisch versteckt.

„Dann bleibe ich auch hier." Sein Ton war jetzt richtig knatschisch.

„Sie gehen ohne Eimer in den Unterricht oder ..."

„Was denn?"

„Nun werden Sie nicht pampig! Oder ich schreibe dem Fachleiter auch eine Postkarte." Was Besseres war mir in dem Moment nicht eingefallen. Aber es wirkte.

„Gut, dann gehe ich eben ohne Eimer."

Hasenbach schlich wie ein ertappter Dieb in Richtung Oberstufentrakt. Auf dem Weg in den Unterrichtsraum sprach er kein Wort. Hatte er Angst vor meiner Postkarte?

Auch mir hatte es die Sprache verschlagen. So etwas war mir bis dahin noch nicht passiert.

Am nächsten Tag kam Hasenbach nicht zu der vereinbarten Vorbesprechung für die Unterrichtsstunde in der 5a. Ob er die Stunde vergessen hatte und bereits nach Hause gefahren war? Nein, das passte nicht zu ihm. Er war bis jetzt immer pünktlich gewesen und hatte auch nie gefehlt. Nach einer Weile sah ich nach und stellte fest, dass sein Fahrrad im Keller war. Wo aber steckte er?

Es läutete bereits zum Unterrichtsbeginn und er war immer noch nicht erschienen. Was war nur los? Wo konnte er bloß sein? Eine Stunde zuvor, gegen neun Uhr, hatten ihn noch Kollegen im Lehrerzimmer gesehen, ehe er spurlos verschwunden war.

So musste ich die Unterrichtsstunde selbst halten. Der Klasse erklärte ich, dass Hasenbach verhindert war, ehe der Schulleiter die Lautsprecherdurchsage machte: „Herr Hasenbach wird gesucht." Ein Lachen ging durchs Schulgebäude.

Um halb zwölf, ich saß längst wieder auf meinem Platz im Lehrerzimmer und wollte mir gerade eine Tasse Kaffee einschenken, stand er plötzlich neben mir. Seine Hände waren verschmiert. Ein Finger blutete. Er sah erschöpft aus, als wenn er körperlich gearbeitet hätte. Aber warum? Wir hatten doch einen Hausmeister, der für die handwerklichen Arbeiten zuständig war.

„Wo waren Sie denn bloß, Herr Hasenbach? Wir haben Sie vermisst."

Nach längerem Schweigen murmelte er etwas vor sich hin. Ich verstand nur das Wort Aula.

Er setzt sich neben mich, streckte die schmutzigen Hände von sich und fing umständlich an zu erzählen.

Er wäre um Punkt Neun im nördlichen Treppenhaus gewesen. Er wüsste das genau, weil er zufällig auf die Uhr gesehen hätte. Dort hätte er leise Orgelmusik gehört und geglaubt, dass in der Aula ein Gottesdienst wäre. In der Aula hätte er aber niemanden angetroffen, obwohl er dort gesucht und laut gerufen hätte. Weil aber in der Aula kein Gottesdienst gewesen wäre, hätte er sie wieder verlassen wollen, alle Türen aber verschlossen vorgefunden, sodass er nicht mehr habe zurückgehen können. Alles Rufen und Klopfen hätte nichts genützt, er wäre eingesperrt geblieben. Niemand hätte ihn gehört und befreit. Wie kriege ich bloß diese verdammten Türen auf?, hätte er sich immer wieder gefragt und war ins Schwitzen geraten. Nach etwa einer halben Stunde wäre ihm sein Nageletui eingefallen, das er immer bei sich trüge, weil er wegen der Fahrradfahrten häufig schmutzige Fingernägel hätte. Mit der Nagelfeile hätte er erfolglos immer wieder probiert, ein Schloss zu öffnen. Dann hätte er versucht, mit diesem Werkzeug die Schrauben eines Türschlosses zu lösen und das Schloss auszubauen, was schließlich auch mit viel Mühe gelungen wäre. Dabei hätte er mehrmals ‚Au, verdammt!' geschrien, weil er sich einen Finger verletzt und schmutzige Hände bekommen hätte, als die Nagelfeile abgerutscht wäre. Dieser blutete jetzt. Das Schwierigste wäre jedoch gewesen, das Schloss wieder so einzubauen, dass es funktionierte. „Die Tür ist leider immer noch offen, da ich den Riegel ohne Schlüssel nicht wieder schließen konnte", beichtete er schließlich. Jetzt wäre er aber gottseidank wieder hier und bräuchte auch eine heiße Tasse Kaffee, obwohl er eigentlich lieber Tee tränke, er aber wüsste, dass keiner da wäre, weil er schon am frühen Morgen vergeblich nach den letzten Vorräten gesucht hätte.

Ich weiß heute noch nicht, ob sich seine Geschichte wirklich so zugetragen hatte. Aber nach all den Abenteuern, die ich mit ihm bis dahin schon erlebt hatte, war es damals besser für mich gewesen, ihm zu glauben und die Sache auf sich beruhen zu lassen, als ihm noch zusätzliche Schwierigkeiten zu bereiten.

Warum erzähle ich das? Ist es nicht Schnee von gestern? Hat es überhaupt eine Bedeutung? Mir gehen die Hasenbach-Geschichten nicht aus dem Kopf. Einige Episoden habe ich schon zigmal während der Pausen in der Kaffeeküche in einer gemütlichen Runde erzählt, aus eigenem Antrieb, aber auch, weil die Kollegen es wünschten. Selbst die Jüngeren, die damals gerade erst geboren waren, wollen sie immer mal wieder hören. Aber warum? Weil sie so lustig sind? Schreib sie doch auf, riet mir kürzlich Christine, eine Kollegin, die sich noch an die Zeit mit Hasenbach erinnern kann.

„Wie hat eigentlich der Schulleiter auf das merkwürdige Verhalten Hasenbachs reagiert?", fragte sie mich, als wir kürzlich eine gemeinsame Pause hatten. „Hat er davon gewusst? Bestimmt, durch die Eltern. Wie haben die sich verhalten? Erzähl doch mal!"

„Es gab in allen Klassen, in denen Hasenbach unterrichtete, Beschwerden von Eltern. Die Oberstufenschüler liefen gleich zum Schulleiter, um ihm ihr Leid zu klagen. Der Schulleiter reagierte so, dass er allen Referendaren untersagte, in den Stufen fünf und dreizehn zu unterrichten. Diese Regelung galt danach fast zwanzig Jahre lang."

„Und Fachleiter und Seminarleiter? Wie haben die Hasenbach beurteilt?"

„Ja, der Fachleiter. Er gab Bodo Hasenbach nach neun Monaten die Zwischennote befriedigend minus. Niemand hatte das verstanden, alle dachten an ein schlechteres Urteil. Und Hasenbach? Er war doch tatsächlich von sich so überzeugt, dass er immer noch die Endnote sehr gut erreichen wollte."

„Und die Mathematiklehrer an unserer Schule, die Hasenbach betreuten? Du warst doch nicht der Einzige. Wie waren deren Gutachten ausgefallen?"

„Die wurden offensichtlich nicht ernst genommen. Sie enthielten in freundlichem Ton herbe Kritik an Hasenbachs unterrichtlichen Fähigkeiten, wurden aber nur abgeheftet und verstaubten in irgendeinem Aktenregal in der Schulbehörde. Ich bin heute noch überzeugt, dass alles anders verlaufen wäre, wenn der Fachleiter sie ausgewertet und rechtzeitig die Note mangelhaft oder ungenügend ins Gespräch gebracht hätte."

Er hatte es aber nicht gemacht, und so ging die Karriere des Rad fahrenden Mathematikers Hasenbach zunächst ungebremst weiter.

Nachdem Hasenbach vier Wochen in der 5a unterrichtet hatte, sollte die erste Klassenarbeit geschrieben werden. Er suchte die Aufgaben aus und stellte sie zu einer schriftlichen Arbeit zusammen.

Ich fand die Aufgaben angemessen und war mit Hasenbachs Formulierungen zufrieden. Nun sollte er die Schülerarbeiten korrigieren und bewerten.

Ein paar Tage später saßen wir im Lehrerzimmer, um seine Korrekturen und Bewertungsvorschläge durchzusprechen. Er schlug die erste Klassenarbeit auf. Ich traute meinen Augen nicht. Entgegen der Absprache hatte er bereits die Endnote unter die Arbeit geschrieben. Er habe das bei allen Arbeiten gemacht, damit die Besprechung schneller ginge, begründete er sein eigenmächtiges Vorgehen. Unter der ersten Arbeit stand als Note ‚befr.'.

„Was soll das bedeuten?", fragte ich ihn ganz ruhig, obwohl ich am liebsten losgepoltert hätte. Inzwischen war ich nicht mehr so geduldig mit ihm.

„Die Leistung ist befr.", antwortete er, als ob es das Selbstverständlichste auf der Welt wäre.

„Ich verstehe Sie nicht. Das Wort gibt es doch gar nicht."

„Aber sicher datt! Das ist die Abkürzung für befriedigend. Dieses Wort kann ich aber nicht leiden. Deshalb schreibe ich es nicht."

„Das geht nicht, Herr Hasenbach. Sie müssen das Wort ausschreiben."

„Mach ich nicht, will ich nicht."

„Wie viele Arbeiten sind denn befriedigend?"
„Fast alle, jedenfalls die Schlechtesten."
Ich war verzweifelt.
„Das kann doch nicht sein. Haben Sie die Leistungen denn nicht genügend differenziert?"
„Doch. Für jeden Fehler, den man machen konnte, habe ich einen Pluspunkt verteilt, für jeden gemachten Fehler einen Minuspunkt."
„Was? Und wie viele Pluspunkte konnten erreicht werden?"
„Fünfundachtzig."
„Wie kommen Sie darauf?"
„Die Aufgabenstellung enthält fünfundvierzig Zahlen. Die hätte man ja falsch abschreiben können. Das macht fünfundvierzig Punkte. Vierzig Rechenfehler hätte man machen können. Das macht zusammen fünfundachtzig Punkte. So einfach ist das. Die meisten haben etwa dreißig Fehler und deshalb befr."

Mir fehlten die Worte. So etwas Verrücktes hatte ich bis dahin noch nicht erlebt. Nach Hasenbachs Bewertungskriterien wäre die Arbeit ordentlich ausgefallen. In Wirklichkeit war das Ergebnis jedoch niederschmetternd. Mit dreißig Fehlern gäbe es normalerweise nämlich die Note ungenügend. Bei Hasenbachs Wichtung – alle Fehler galten als gleich schwer – hätte man mit zweiundvierzig teilweise schweren Fehlern noch ein Ausreichend bekommen.

Als ich ihm das erläuterte, verstand er gar nicht, was ich meinte. Seinem Gesichtsausdruck war anzusehen, dass er enttäuscht war, dass ich seine Bewertung kritisierte. Er war nämlich sehr stolz auf sein befriedigendes Ergebnis. Deshalb wehrte er sich auch heftig gegen eine Änderung.

Unter Androhung einer Postkarte an den Fachleiter überarbeitete er seine Beurteilungskriterien und überwand auch seine Abneigung gegen das Wort befriedigend. Da die Arbeit bei normaler Wertung zu schlecht ausgefallen wäre, genehmigte der Schulleiter die Klassenarbeit nicht und Hasenbach musste sie neu schreiben lassen.

Da es Hasenbach trotz Warnung mit Fachausdrücken nicht so genau hielt, gab es noch in der gleichen Woche Ärger im Zwölferkurs. Dort durfte er zum ersten Mal eine Unterrichtsstunde ohne Anwesenheit des Ausbildungslehrers halten. Ich blieb also im Lehrerzimmer und wartete.

Etwa zwölf Minuten nach Beginn der Unterrichtsstunde kam ein Schüler dieses Oberstufenkurses an die Eingangstür des Lehrerzimmers, um mich sprechen zu wollen.

Es war Erwin, achtzehn Jahre alt, einmal sitzen geblieben. Er war ein merkwürdiger junger Mann. Im Winter kam er immer ohne Strümpfe in Sandalen zu Schule. Sein Gesicht war mit Creme weiß geschminkt, und er trug einen dicken Schal. Wenn er sprach, hatte er immer eine gebückte Haltung und musste ständig husten. So war es auch an jenem Tag.

„Herr Mühlenberg, der Herr Hasenbach ... hust hust ... lässt eine Schriftliche Übung schreiben. Darf der das? Die muss doch vorher ... hust hust ... angekündigt sein."

„Stimmt, Erwin. Warten Sie einen Moment! Ich komme gleich mit."

Im Klassenraum erwarteten mich achtundzwanzig wütende Schüler. Sie saßen da mit bockigen Gesichtern, hatten ihre Hefte, Bücher und Stifte in ihren Taschen und waren nicht bereit mitzuarbeiten.

„Herr Mühlenberg, gut, dass Sie kommen. Die verweigern die Mitarbeit", sprudelte es aus Hasenbach heraus, bevor ich Luft holen konnte, um etwas sagen zu können.

„Von Erwin habe ich gehört, dass Sie eine Schriftliche Übung durchführen wollen. Die hätten Sie aber ein paar Tage vorher ankündigen müssen, ähnlich wie bei einer Klausur", unterbrach ich ihn. „Herr Hasenbach, kommen Sie doch mal einen Moment mit nach draußen!"

Im Flur klärte sich dann das Missverständnis auf. Er wollte nur, dass die Schüler selbstständig, ohne Hilfe des Lehrers, eine Aufgabe im Unterricht bearbeiten sollten. Das hatte er Schriftliche Übung genannt. Die Schüler hatten geglaubt, es würde eine Prüfungsarbeit geschrieben, für die sie eine Note bekämen.

Im alten Kurs konnte Hasenbach nicht länger bleiben. Der Schulleiter verlangte wegen wiederholter Beschwerden der Schüler einen Wechsel. Der Fachleiter Heissan sollte aber nicht die Gründe erfahren, warum Hasenbach ab sofort im neuen Leistungskurs der Jahrgangsstufe dreizehn unterrichtete.

Dieser hatte bereits einen Besuchstermin angekündigt. In zwei Wochen sollte Hasenbach seine dritte Lehrprobe im alten Zwölferkurs abhalten. Hasenbach schrieb ihm eine Karte, auf der er mitteilte, dass er sich auf das Thema Rotation um die x-Achse im neuen Dreizehnerkurs vorbereitete.

Und wie er sich vorbereitete. Eine ganze Woche lang verbrachte er die Nachmittage an der Schule im Physiksammlungsraum, wo er eigentlich nichts zu suchen hatte. Er war auch nicht dazu zu bewegen zu erklären, was er plante und womit er sich im Physikraum beschäftigte. Es sollte eine Überraschung werden.

Einen Tag vor der Lehrprobe bestand ich darauf, dass er mir erklärte, was er vorhatte. Er zeigte mir seinen Plan, den er wie immer sehr ausführlich und recht ordentlich vorbereitet hatte. Ich brauchte zwanzig Minuten, um ihn zu lesen und alles zu verstehen. Mir war aber nicht klar geworden, warum er so viele Stunden in der Physiksammlung verbracht hatte. Sicher, er benötigte für ein kleines Experiment in seiner Mathematikstunde ein Demonstrationsgerät aus der Sammlung. Klar war auch, dass er es ausprobieren musste, ehe er es einsetzte. Dafür hätte man jedoch höchstens eine Stunde gebraucht. Was hatte er nur die ganze Zeit gemacht? Konnte er nicht mit dem Gerät umgehen? Oder war der

Apparat defekt und er hatte ihn repariert? Alles Fragen, auf die ich jetzt eine Antwort haben wollte.

„Die Physiksammlung enthält nur Schrott", so Hasenbach. Auf meine Frage, wieso, kam die verblüffende Antwort: „Der Zylinder ist ja konisch."

„Meinen Sie das Gerät, mit dem man einen Becher rotieren lassen kann?"

Er nickte. „Das taugt aber nichts, und deshalb habe ich meinen Stabilbaukasten von zu Hause mitgebracht und ein besseres Gerät gebaut. Allerdings wackelt jetzt der Zylinder, es ist aber wenigstens ein Zylinder."

„Ist die geringe Abweichung von der idealen Form eines Zylinders denn so bedeutend für Ihr Experiment, dass Sie auf das Schulgerät verzichten, obwohl das garantiert nicht wackelt?"

Er blickte mich erstaunt an. „Sicher datt!"

Hasenbachs Demonstrationsversuch sollte folgendermaßen ablaufen. Er würde einen halben Liter Wasser exakt auswiegen und in den Zylinder schütten. Dabei dürfte kein Tropfen daneben gehen. Das Gefäß, das vorher auf eine Metallscheibe geschraubt würde, sollte mithilfe eines Motors in Rotation gebracht werden. Die Wasseroberfläche würde sich krümmen, das Wasser an der Zylinderwand hochsteigen und eine Luftmulde entstehen, die die Form eines Rotationsparaboloids hätte. Das Volumen sollte dann berechnet werden.

Am Tag der Lehrprobe hatte Hasenbach bereits dreißig Minuten vor Beginn der Unterrichtsstunde alles vorbereitet. Das Wasser war abgemessen und ausgewogen und befand sich bereits im Zylinder. Der Stromkontakt war hergestellt, der Schalter des Gerätes hätte nur noch bedient werden müssen. Herr Heissan und ich saßen in der letzten Reihe, die Schüler waren alle da. Der Unterricht konnte beginnen. Nach der Begrüßung erklärte Hasenbach, was er vorhatte und wozu das mitgebrachte Gerät diente.

Dann war es still, ungewöhnlich still. Normalerweise mussten die Schüler erst zur Ruhe gebracht werden, wenn Hasenbach unterrichten wollte. Nicht so heute. Es lag eine knisternde Spannung in der Luft. Hatten die Schüler etwas geplant? Wollten Sie Hasenbach einen Streich spielen? Oder bildete ich mir das nur ein?

Ich musste damals an eine Unterrichtsstunde im Zwölfergrundkurs denken, in der Hasenbach kurz zuvor noch unterrichtet hatte. Dort war es zu Beginn einer Stunde auch so merkwürdig still gewesen, ganz anders als sonst. Hasenbach hatte mit seinem Stabilbaukasten ein ellipsenförmiges Gerät gebaut, das symmetrisch um eine Achse rotieren sollte. Dabei sollte der Unterrichtsraum verdunkelt werden, damit man nur die leuchtenden Glühlämpchen erkennen konnte, die an dem Gerät befestigt waren. Durch die schnelle Drehung würde ein Ellipsoid simuliert. Ein schönes Experiment.

Ich erinnere mich heute noch an Hasenbachs Testvorführung einen Tag vor jener Unterrichtsstunde. Alles hatte prima funktioniert. Was konnte im Unterricht schon passieren? Hasenbach war nicht auf die Idee gekommen, dass die Schüler ihm den simpelsten Streich spielen konnten, den es gab. Sie hatten im ganzen Unterrichtstrakt durch einen Kurzschluss, wenige Sekunden vor Unterrichtsbeginn, den Strom lahmgelegt. Nichts ging mehr. Das Experiment konnte nicht stattfinden.

Damit das nicht wieder geschehen konnte, hatte Hasenbach heute vorgesorgt. Er hatte sich mehrere Kabeltrommeln besorgt und Stromanschlüsse in zwei voneinander unabhängigen Trakten angezapft. Es standen also im Klassenraum drei Stromquellen zur Verfügung. Was konnte da schon passieren? Es müsste doch mit dem Teufel zugehen, wenn wieder etwas schief ginge.

Warum sollte überhaupt etwas daneben gehen? Wieso hatte Hasenbach Angst, die Leistungskursschüler könnten ihm ebenfalls einen Streich spielen? Gab es eine Unstimmigkeit zwischen ihm und den Schülern, von denen ich nichts wusste? Es war zu spät, ihn danach zu fragen.

Diese Stille kam mir dennoch unheimlich vor. Dem Fachleiter fiel das nicht auf, weil er den Kurs nicht kannte und auch nichts von der misslungenen Stunde im Grundkurs wusste. Während ich gespannt auf Hasenbachs erste Aktion wartete, las der Fachleiter noch in dessen Plan und machte sich Notizen. Dabei nickte er mehrmals.

Nachdem Hasenbach seine Einleitung abgeschlossen hatte, streckte er seine linke Hand aus, um das Rotationsgerät einzuschalten. Ich sah noch, wie zwei Schülerinnen in der ersten Reihe sich im Sitzen ruckartig umdrehten und die Hände vors Gesicht hielten. Im gleichen Augenblick war es auch schon passiert. Heissan und ich hörten nur noch das schallende Gelächter der Schüler und sahen, wie sich diejenigen, die in der Nähe des Lehrerpultes saßen, ihre nassen Gesichter mit Papiertaschentüchern abwischten.

Was war geschehen?

Hasenbach hatte den Einschalter des Gerätes betätigt, ohne die Anlage noch einmal zu überprüfen.

Das habe er eine halbe Stunde zuvor gemacht, wie er später beteuerte, und geglaubt, dass es reichte. Es war jedoch ein Fehler. Er hatte nicht damit gerechnet, dass ein Schüler zwischenzeitlich in einem unbeobachteten Moment den Spannungsregler auf maximale Stärke gestellt hatte, sodass der rotierende Zylinder mit dem sorgsam ausgewogenen Wasser sich beim Einschalten des Stroms urplötzlich aus der Ruhelage mit großer Geschwindigkeit zu drehen begann und das Wasser in die Gegend spritzte.

Hasenbach war leichenblass. Das Experiment konnte er jetzt nicht mehr durchführen. Alle warteten nun auf seine Reaktion. Würde er sich das gefallen lassen? Würde er mit den Schülern schimpfen oder den Schuldigen suchen?

Aber es geschah etwas, womit die Schüler nicht gerechnet hatten. Ihr Lachen und Kichern ebbte ab, bis nichts mehr im

Raum zu hören war. Hasenbach baute seine Geräte auseinander, sah niemanden dabei an und sprach auch kein Wort. Er tat so, als wäre er allein im Raum. Sein Gesichtsausdruck war der eines traurigen alten Mannes, der einen schweren Schicksalsschlag erlitten hatte.

Langsam, als wenn er überlegte, was er tun sollte, holte er mehrere Stücke Kreide aus seiner Tasche, schloss die Tasche wieder umständlich, ging langsam an die Tafel, hielt dabei die rechte Hand an die Stirn und fing mit der linken an zu schreiben. Er schrieb und schrieb und schrieb. Dabei drehte er bis zum Ende der Stunde den Schülern den Rücken zu. Die Schüler schrieben mit und gaben keinen Laut von sich. Hasenbach war seine Wut und Enttäuschung deutlich anzumerken, obwohl sein Gesicht nicht zu sehen war. Er verschrieb sich öfter, wischte das Falsche unwirsch weg und zerbrach mehrere Kreidestücke, die er achtlos auf den Boden fallen ließ. Eine Schülerin, die aufgestanden war und die Kreidereste aufheben wollte, schickte er mit einer Handbewegung fort.

Nachdem er mit dem Pausenzeichen eine saftige Hausaufgabe gestellt hatte, verließ er, ohne sich zu verabschieden, den Raum. Seine Tasche und das Experimentiergerät ließ er zurück. Die Schüler gingen anschließend ebenfalls schweigend aus dem Klassenzimmer. Niemand sah zu uns in der letzten Reihe hinüber. Ich hatte das Gefühl, sie schämten sich.

Heissan und ich hatten das Geschehen sprachlos mit verfolgt. Ich hatte beobachtet, wie er pausenlos Notizen gemacht hatte, die er für die Nachbesprechung der Stunde benötigte. Dabei schüttelte er so oft den Kopf, dass ich bezüglich der Unterrichtsbeurteilung für Hasenbach das Schlimmste befürchtete.

Wir blieben noch etwa fünfzehn Minuten im Klassenraum und sprachen über Hasenbachs Stunde. Der Gong ertönte gerade, als die ersten neuen Schüler zum Unterricht in den

Raum kamen. Die große Pause war zu Ende, wir mussten gehen. In diesem Augenblick kam Hasenbach zurück, um seine Tasche und das Gerät zu holen.

„Ich habe inzwischen Kaffee gekocht. Sie möchten doch eine Tasse bei der Besprechung meiner Stunde?", fragte uns Hasenbach auf dem Weg ins Lehrerzimmer.

„Vielen Dank! Den kann ich gebrauchen. Sie kommen doch mit, Herr Mühlenberg, oder haben Sie jetzt Unterricht?"

„Leider. Aber ich möchte gerne an der Besprechung teilnehmen und frage deshalb den Schulleiter, ob er nicht ausnahmsweise eine Vertretung in meinen Unterricht schicken kann. Ich bin gleich wieder zurück. Nehmen Sie doch bitte schon einmal in der Kaffeeküche Platz!"

Da es für kleine Konferenzen keinen separaten Raum in der Schule gab und das Lehrerzimmer zu groß und es dort meist unruhig war, fanden Besprechungen meistens in der Kaffeeküche statt. Das war so Sitte und störte niemanden.

Zunächst bekam Hasenbach Gelegenheit, sich zu seiner Unterrichtsstunde zu äußern. Das war so üblich und sollte den Referendaren den Einstieg ins Gespräch erleichtern.

„Ja also, den Stoff habe ich durchgenommen. Das Experiment jedoch ist gescheitert. Das war aber nicht meine Schuld", begann Hasenbach mit ernster Miene. „Die Schüler hätten sicherlich mit Experiment mehr gelernt. Aber Strafe muss sein. Mehr fällt mir zu dieser Stunde nicht ein."

„Aber Herr Hasenbach", schaltete sich nun der Fachleiter ein. „Gut, gehen wir alles der Reihe nach durch. Ihr vorbereiteter Unterrichtsplan ist in jeder Hinsicht in Ordnung, wie auch in der Vergangenheit schon häufig. Aber warum ist das Experiment misslungen?"

„Die wollten mich fertig machen."

„Warum das denn? Was hat es denn vorher gegeben?"

„Nichts. So sind hier die Oberstufenschüler."

„Sie sind zwar kein Physiklehrer, Herr Hasenbach. Wenn Sie aber ein technisches Gerät im Unterricht benutzen wollen, müssen Sie auch mit dem Umgang vertraut sein. Die Panne hätten Sie leicht verhindern können", gab ich zu bedenken.

„Nun erklären Sie mal ihr Verhalten nach dem Unglück. Von Ihrer dann angewandten Unterrichtsmethode steht nichts in Ihrem Plan. Warum das endlose Schreiben, das endlose Schweigen?", wandte Heissan sich wieder an Hasenbach und nahm einen Stift in die Hand, um sich Notizen zu machen.

Wir warteten gespannt auf eine Antwort. Aber stattdessen stand Hasenbach auf, ging zur Kaffeemaschine, holte die Kanne und Geschirr und bot uns den frisch gekochten Kaffee an. Wir sagten nicht nein und tranken erst einmal ein paar Schlucke.

„Mit dem Frontalunterricht an der Tafel wollte ich die Schüler bestrafen. Wer mich ärgert, den bestrafe ich."

Heissan saß mit offenem Mund da, den Schreibstift in der Hand. Ihm blieb die Spucke weg. Da ich Hasenbach besser kannte als er und mich sein Verhalten im Unterricht wegen der Erfahrungen in der Vergangenheit nicht so sehr verwundert hatte, nahm ich das Gespräch wieder auf: „Wäre es denn nicht besser gewesen, zunächst vom Plan abzuweichen, den Schuldigen für die Panne zu suchen und mit den Schülern über ihr Verhalten zu sprechen und dann ohne Experiment den Unterricht wie geplant weiterzuführen? Sie hatten doch Ersatzmessergebnisse dabei."

Hasenbach hob den Zeigefinger der linken Hand.

„Nee, nee, nee!"

Heissan hatte sich wieder gefangen und fuhr fort: „Aber Herr Hasenbach, so kann man doch keinen Unterricht machen."

Der Fachleiter nannte noch mehrere Möglichkeiten, wie Hasenbach die unangenehme Unterrichtssituation hätte meistern können, aber der blieb stur. Er wollte die Schüler durch schlechten Unterricht bestrafen.

Mit der Note mangelhaft für diese Lehrprobe war Hasenbach nicht einverstanden und deutete an, dass er sich bei der Schulbehörde beschweren wollte. Er hatte zum ersten Mal offiziell eine schlechte Beurteilung bekommen und war zutiefst gekränkt.

Inzwischen war Hasenbachs Referendarzeit so weit fortgeschritten, dass seine Examensarbeit anstand. Zwei Monate später sollten die beiden Abschlusslehrproben und das Kolloquium stattfinden. Danach hätte er das Zweite Staatsexamen für das Lehramt am Gymnasium im Fach Mathematik bestanden und wäre Studienrat zur Anstellung – oder auch nicht.

Nach der misslungenen Lehrprobe wollte Hasenbach vorläufig nicht mehr in einer Klasse unterrichten, in der ich der Fachlehrer war. Auch nicht in einem Oberstufenkurs. Er war sauer, weil ich seine Methoden kritisiert hatte.

Nachdem er sich einen anderen Ausbildungslehrer gesucht hatte, sah ich ihn nicht mehr so häufig. Wir grüßten uns ‚Na wie geht's?', und auf meine häufig gestellte Frage nach seiner Examensarbeit antwortete er jedes Mal: „Prima, ich bin bald fertig."

Da ich Hasenbach nun schon so lange kannte, interessierte es mich, welches Thema er ausgesucht hatte. Wenn ich mich recht erinnere, hatte er in den ersten drei Wochen nach Anmeldung der Arbeit mit niemandem in der Schule darüber gesprochen. Es sollte eine Überraschung sein, wie er sich ausdrückte. Aber dann konnte er sein Geheimnis doch nicht bei sich behalten und sprach mich während einer Pause mit vorgehaltener Hand an.

„Herr Mühlenberg, ich schreibe über die Einführung der Brüche in der Klasse 6. Hier sind ein paar Seiten. Was halten Sie davon?" Dabei reichte er mir die Seiten sieben bis zwanzig.

„Ich müsste erst einmal alles in Ruhe lesen. Dann können wir gern darüber reden", murmelte ich vor mich hin, ohne ihn anzusehen, so überrascht war ich.

Mir war sofort aufgefallen, dass ich keine original mit der Schreibmaschine geschriebenen Texte in der Hand hielt, auch keine Fotokopien oder Pauspapierdurchschläge, wie es damals noch üblich war, sondern mit einem Umdrucker vervielfältigte Blätter.

Warum hatte er das gemacht?

Der Text war nicht auf Papier geschrieben, sondern auf Plastikmatrizen, mit denen man ungefähr einhundert Kopien durch Umdrucken anfertigen konnte. Dieses inzwischen veraltete Verfahren war schon damals recht umständlich. Man musste sich beim Schreiben sehr konzentrieren, denn Fehler auf der Matrize waren nur schwer zu korrigieren.

„Warum in aller Welt haben Sie das gemacht?"

„Die brauche ich für die Schulbuchverlage. Vorige Woche habe ich Exemplare an zwei Verlage geschickt und auch schon eine Antwort bekommen."

„Die Arbeit ist doch noch gar nicht fertig. Was können denn die Verlage mit diesen vierzehn Seiten anfangen? Was sollen sie überhaupt mit Ihrer Examensarbeit? Was hat Ihnen denn der eine geschrieben?" Jetzt war ich auf eine Antwort gespannt wie ein Flitzebogen.

„Die sollen sie veröffentlichen. Aber sie schreiben, sie hätten noch nichts davon gelesen. Ich müsste erst den ganzen Text schicken. Das mache ich aber nicht. Ich lasse doch nicht so früh die Katze aus dem Sack."

Da war es wieder ‚die Katze im Sack'. Wie oft hatte er das schon früher zu mir gesagt. Aber es gelang ihm immer wieder mich zu verblüffen, obwohl ich schon Vieles gewohnt war.

Mir fiel nichts mehr ein, ließ ihn stehen und ging langsam nach draußen. Ich musste frische Luft haben, denn ich hatte das Gefühl, dass mir schwindelig würde.

Der ist verrückt, dachte ich. Der ist wirklich verrückt. Wie kann man einem Buchverlag einen willkürlich gewählten Ausschnitt von vierzehn Seiten zusenden, der aus einer Arbeit stammt, die achtzig bis einhundert Seiten umfassen soll?

Noch am gleichen Nachmittag fiel mir wieder der Text ein. Was mochte er wohl geschrieben haben? Vielleicht war der Ausschnitt ja ganz gut. Ich nahm mir vor, unvoreingenommen an die Sache heranzugehen. Ich brauchte die Arbeit ja nicht zu beurteilen. Das war nicht meine Aufgabe, das würde Herr Heissan machen. Ich sollte sie nur lesen, Hasenbach vielleicht ein paar Tipps geben.

Nachdem ich die ersten Zeilen durchhatte, las ich die ganzen vierzehn Seiten an einem Stück. Dann noch mal. Über die Einführung der Brüche in Klasse sechs war wenig geschrieben worden. Es handelte sich hauptsächlich um Dialoge zwischen Schülern und Lehrer. Ob der mathematische Inhalt richtig war, Schreibfehler vorhanden waren oder die äußere Form der Arbeit stimmte, an das alles dachte ich nicht. Ich war so verwirrt, dass ich meinte, er müsste das Manuskript verwechselt haben. Das würde sich beim morgigen Gespräch aufklären. Er könnte mir ja dann den richtigen Text mitbringen. Kopfschüttelnd legte ich die Blätter beiseite.

„Na wie ist meine Arbeit?", war das Erste, was er am nächsten Tag wissen wollte. „Haben Sie alles gelesen? Die nächsten zwei Seiten habe ich schon mit."

„Herr Hasenbach, gucken Sie mal, Sie müssen die Blätter verwechselt haben. Das ist keine Examensarbeit."

„Zeigen Sie mal her! Aber sicher datt. Da: ‚Nachdem Herr Pippe mich der Klasse vorgestellt hatte, ging er nach hinten und überließ mir die Klasse. Ich bedankte mich bei Herrn Pippe für den von ihm zuvor erteilten Unterricht.' Das stammt aus meiner Examensarbeit, Seite acht oben."

„Haben Sie nicht mit Herrn Heissan über den Stil einer wissenschaftlichen Arbeit gesprochen?"

„Doch, genauso sollen wir es machen."
„Das kann ich mir kaum vorstellen. Das wird ein Erlebnisaufsatz, wenn Sie so weiterschreiben. Sie können das unmöglich als Staatsexamensarbeit abgeben. Glauben Sie mir!"
Wie schon so oft stand er mit ungläubiger Mine da und ließ sich nicht beirren. Er verteidigte seinen Standpunkt trotzig und war am Ende beleidigt, weil ich nicht nachgab.

Während der nächsten Wochen sah ich ihn jeden Tag eine Stunde am Umdrucker stehen. Immer wenn er eine neue Seite seiner Arbeit fertig hatte, kopierte er sie etwa vierzigmal. So viele Schulbuchverlage gab es gar nicht.

Wozu brauchte er die vielen Exemplare, an wen wollte er sie weitergeben, oder war alles nur Spinnerei, Wichtigtuerei?

Als er fertig war, kam für mich die nächste Überraschung. Er übergab mir freudestrahlend ein in Leder gebundenes Exemplar seiner Arbeit mit der Bitte, sie zu begutachten, damit er meine Note mit der des Fachleiters vergleichen könnte. Das lehnte ich allerdings ab, weil es mir nicht zustand, in ein laufendes Prüfungsverfahren einzugreifen.

Inzwischen waren die Herbstferien zu Ende und die Ergebnisse der Examensarbeiten wurden den Referendaren mitgeteilt. Hasenbach war guten Mutes, ich äußerst skeptisch.

„Die Eins ist hin. Jetzt kämpfe ich um die Abschlussnote gut", war sein einziger Kommentar zum Ergebnis, das man ihm schriftlich übermittelt hatte.

Zur Begründung der Beurteilung gab mir Hasenbach Folgendes zu lesen: „Da es sich bei Ihrer Examensarbeit offensichtlich um ein Missverständnis handeln muss, ist die Gesamtnote noch mangelhaft minus. Heissan"

Hasenbach verstand das alles nicht. „Die haben was gegen mich, weil ich immer Kontra gebe", so sein kleinlauter Kommentar. „Die sollen mich aber bei der abschließenden mündlichen Prüfung kennen lernen. Die dauert eine Stunde. Dann zeige ich denen, was ich kann. Die werden staunen."

Jetzt war er wieder mutig.

„Herr Hasenbach, nun lüften Sie doch mal ein Geheimnis. Sie haben wochenlang so viele Exemplare Ihrer Arbeit angefertigt. Wozu? Wo sind die geblieben? Brauchen Sie sie jetzt noch?" Weil doch eigentlich nur vier Exemplare einer Examensarbeit benötigt werden, wollte ich nun wissen, wozu er mehr als viertausend Blätter Papier bedruckt hatte.

„Ich habe fünfunddreißig Arbeiten beim Buchbinder zu Broschüren heften lassen. Jedes Heft besteht aus einhundertzwanzig einseitig bedruckten Blättern. Ganz schön viel Arbeit gewesen. Hat sich aber gelohnt. Alle Sekretärinnen unserer Schule und im Studienseminar haben von mir ein Heft bekommen, alle Hausmeister und auch ein paar Putzfrauen, die besonders freundlich waren. Alle haben sich bedankt. Natürlich haben auch ein paar Ihrer Kollegen eine Arbeit erhalten und elf Schulbuchverlage."

Mir blieb die Spucke weg. Ich wollte antworten. Ich konnte nicht. Die Sekretärinnen. Sogar die Putzfrauen. Sie arbeiteten tüchtig an unserer Schule. Aber was sollten sie mit einer Mathematikarbeit? Unglaublich, aber wahr. Mein Gott! Fünf minus. An die Putzfrauen. Ist das nicht peinlich?

Mit dieser Fünf minus war Hasenbach natürlich noch längst nicht durch das Examen gefallen. Die Vornote des Fachleiters, die Vornote des Seminarleiters, die Noten für die beiden Examenslehrproben und schließlich fünftens die Note im Kolloquium standen noch aus. Er konnte sich vielleicht noch einen Fehltritt leisten. Aber mehr sicherlich nicht.

Vom Fach- und Seminarleiter erhielt er jeweils ausreichend.

„Die Zwei schaffe ich noch", war Hasenbachs Kommentar. „Locker!"

Da Hasenbach nur in einem Lehrfach die Referendarausbildung gemacht hatte und nicht wie fast alle anderen in zwei Fächern, musste er zwei Examenslehrproben in Mathematik durchstehen. Leider konnte ich nicht dabei sein, weil ich zu diesem Zeitpunkt nicht sein Ausbildungslehrer war.

Nach Bekanntgabe der Ergebnisse der beiden Prüfungen berichtete Hasenbach mir kleinlaut, er habe Pech gehabt, es sei nicht gut gelaufen, er habe eine Vier und eine Fünf bekommen. Alles sei noch drin, es käme ja noch die mündliche Abschlussprüfung.

„Wie haben Sie sich denn auf dieses Kolloquium vorbereitet?"

„Überhaupt nicht. Ich hatte keine Zeit wegen der Kopien der Examensarbeit. Aber ich kann ja Mathematik, hatte an der Uni eine Zwei. Das hat nicht jeder. Was hatten Sie?"

Ohne ihm zu antworten, kam meine nächste Frage: „Haben Sie ein Spezialgebiet angegeben? Das ist doch üblich."

„Sicher datt."

„Na?"

„Einführung des Integrals."

„Ist das Ihr Lieblingsthema?"

„Nein. Als Schüler hatte ich nie Integralrechnung gelernt. An der Uni war ich krank, als Integralrechnung dran war. Deshalb habe ich ja auch nur eine Zwei bekommen. Die Prüfer hatten das in den Klausuren gemerkt."

„Um Gotteswillen, warum geben Sie ein Spezialgebiet an, in dem Sie sich nicht auskennen?"

„Das ist ja der Witz. Ich will denen zeigen, dass ich ein Thema unterrichten kann, von dem ich kaum Ahnung habe. Die werden sich wundern."

„Ist Ihnen nicht klar, dass Sie damit alles auf eine Karte setzen? Die machen Sie fertig. Sie fallen durch. Sie haben keine Chance."

„Malen Sie doch nicht immer den Teufel an die Wand, Herr Mühlenberg! Drücken Sie mir lieber die Daumen!"

Für Hasenbachs Verhalten hatte ich inzwischen nur noch eine Erklärung. Er litt an Realitätsverlust. Er konnte nicht mehr erkennen, dass er Fehler machte, man konnte ihn nicht mehr beraten, er nahm keine Kritik mehr an.

Auf das Kolloquium hatte nun keiner von uns mehr Einfluss. Es sollte noch am gleichen Nachmittag nach den Examenslehrproben in den Räumen des Seminars stattfinden. Hasenbach musste da nun alleine durch. Einen Tag danach sollten wir das Ergebnis erfahren, insbesondere, ob er bestanden hatte oder nicht. Eine spannende Angelegenheit. Würde er über sich hinauswachsen und mit einer Zwei alles retten? Zuzutrauen wäre es ihm. Das erste Staatsexamen an der Kölner Uni hatte er auch bestanden. Die Abschlussnote Zwei hatte er einer Eins im damaligen Kolloquium zu verdanken. Aber da hatte auch niemand nach Integralrechnung gefragt. Er hatte einen Riesendussel gehabt.

Am nächsten Tag kam Hasenbach nicht zur Schule, das erste Mal in zwei Jahren.

Was war los, fragte ich mich. Hatte er bestanden und einen Tag frei bekommen oder war er durchgefallen? Dann hätte er trotzdem kommen müssen. War er etwa krank?

Es dauerte drei Tage, bis er wieder auftauchte. Er war nicht krank gewesen. Er hatte drei Tage lang geschrieben, geschrieben, geschrieben, wie er sagte. Er hatte einen Widerspruch an die Schulbehörde verfasst und eine gerichtliche Klage für den Fall angedroht, dass man sein Examen nicht doch als bestanden erklärte, trotz der Fünf minus im Kolloquium.

Er hatte also das zweite Staatsexamen für das Lehramt am Gymnasium im Fach Mathematik nicht bestanden, war mit Pauken und Trompeten durchgefallen, hatte sich bis auf die Knochen blamiert, wie Herr Heissan mir später berichtete.

„Er hat doch tatsächlich auf meine Frage, welche Methoden es gebe, das Integral einzuführen, gesagt: ‚Es gibt nur eine Methode, und das ist die, die Herr Mühlenberg verwendet.' Sie wissen ja, dass das völliger Unsinn ist. Es war ein Raunen durch die Prüfungskommission gegangen und alle hatten sich verwundert angesehen. So etwas hatten sie bis dahin von einem Kandidaten, der Mathematiklehrer werden wollte, noch nicht gehört. Spätestens da hatten wir gemerkt, dass Herr Hasenbach fachlich zumindest teilweise inkompetent ist."

Dieser Satz klingt mir noch heute in den Ohren, wenn ich an das letzte Gespräch mit Herrn Heissan denke, bevor er in Pension ging.

Nach dem nicht bestandenen Examen war Hasenbachs Referendarzeit an unserer Ausbildungsschule beendet. Er musste auch keinen Vertretungsunterricht mehr erteilen wie die anderen Referendare, die durchgekommen waren und nun auf eine freie Stelle an einem Gymnasium warteten. Der Widerspruch wurde von der Schulbehörde abgeschmettert.

Was nun?

Hasenbach hatte zwei Möglichkeiten, sich nach einer anderen Berufsausbildung umzusehen oder das Referendariat um ein Jahr zu verlängern und die Prüfungen zu wiederholen. Er entschied sich für die zweite Alternative.

Im darauffolgenden Schuljahr war er Lehramtsanwärter an einer neuen Ausbildungsstätte im Bergischen Land, ganz in der Nähe seines Heimatortes. Jetzt brauchte er mit seinem Fahrrad nicht mehr so weit bis zur Schule zu fahren. Es war auch nicht mehr dasselbe Seminar, das ihn fortan ausbildete. Er hatte also eine faire neue Chance. Ob er sie wohl genutzt hat?

Warum ich mich bis zuletzt für Hasenbachs Schicksal so sehr interessiert habe, wird mir erst heute klar. Es war ein ungutes Gefühl, das ich jetzt noch habe, wenn ich an den Fall denke. Ich hatte es versäumt, Hasenbach frühzeitig darauf hinzuweisen, dass er für den Lehrerberuf nicht geeignet war. Ich hätte es so knallhart machen müssen wir die Seminarausbilder im Fall Molti. Aber rechtzeitig. Nicht erst sechs Wochen vor der Prüfung. Es wäre damals in erster Linie die Aufgabe des Seminar- und Fachleiters gewesen, Hasenbach reinen Wein einzuschenken, anstatt ihn im Colloquium vorzuführen. Als Ausbildungslehrer war ich nicht ganz unschuldig, da es – im Unterschied zum Fall Molti – meine Aufgabe war, ihn auch in fachlichen Dingen zu beraten.

Ich hörte fast ein ganzes Jahr nichts von Hasenbach. Dann kam sein Anruf: „Herr Mühlenberg, Sie hatten Recht. Meine alte Examensarbeit war zu erzählerisch geschrieben. Ich habe Ihren Rat befolgt und die wissenschaftliche Berichtsform gewählt. Allerdings hatte ich Integralrechnung als Thema gewählt, und da mir das immer noch nicht liegt, nur eine Vier bekommen. Mit meinem neuen Fachleiter komme ich nicht richtig zurecht. Der weiß alles besser."

„Wie meinen Sie das?"

Ich stand neben dem Telefon an der Eingangstür zum Lehrerzimmer und atmete erst einmal durch. Lief bei Hasenbach wieder alles schief?

„Warum um Gotteswillen lassen Sie sich denn nichts sagen. Die Ausbilder und Prüfer haben eine hohe Qualifikation und langjährige Erfahrung. Die sind Ihnen meilenweit überlegen. Sie laufen Gefahr, wieder durchzufallen, und zwar ein für alle Mal."

Eine Fliege lief in diesem Augenblick über das Tischchen, auf dem das Telefon stand. Ich schlug danach, so nervös war ich. Am liebsten hätte ich den Hörer aufgelegt. Das Gespräch gefiel mir nicht.

„Das können die nicht mit mir machen. Dann klage ich bis in die letzte Instanz", war seine überhebliche Antwort. Und nach einer Weile: „Das lasse ich mir nicht gefallen. Schon beim ersten Mal war das nicht in Ordnung. Ich melde mich wieder, wenn ich mehr weiß. Tschüss, Herr Mühlenberg!"

Ich traute meinen Ohren nicht. Er hatte eingehängt. Unverschämter Kerl.

Das war das Letzte, das ich von Hasenbach persönlich hörte. Über das Studienseminar habe ich später erfahren, dass er die Staatsprüfung wieder nicht bestanden hatte und deswegen vor Gericht klagte. Ob er Recht bekommen hat? Ich weiß es nicht. Sein Name tauchte jedoch in all den Jahren in keinem deutschen Lehrerverzeichnis auf. Vermutlich ist er niemals Lehrer geworden.

Aber was war mit Molti, dem Referendar, der vor einer Woche so jämmerlich versagt hatte? Sollte ich ihm nicht raten, einen anderen Beruf zu erlernen, musste er unbedingt Lehrer werden ohne fachliche Kenntnisse, oder könnte er die Qualifikation in einem Jahr doch noch erwerben?

Seit der Lehrprobenbesprechung hat er sich nicht mehr sehen lassen. Er hat im Sekretariat der Schule angerufen. Die Sekretärin berichtete mir, Molti käme nicht mehr, er habe sich abgemeldet und bei der Ausbildungsbehörde um eine schöpferische Pause von einem Jahr gebeten. Dann wolle er seine Ausbildung fortsetzen.

Schlüsselerlebnis

„Jetzt sind wir schon geschlagene vier Stunden unterwegs. Verdammt noch mal! Wie weit ist es denn noch, Florian?"

Selten hatte ich Imelda so fluchen gehört. Sie fuhr dicht hinter mir. Ich hatte das Gefühl, ihr Vorderrad berührte fast mein Rücklicht.

Es war ein heller Sommertag, der Himmel strahlend blau. Ein paar weiße Wolken waren zu sehen, und man spürte den frischen Wind, der vom See kam, auf der Haut. Die vorhergesagte Hitze war ausgeblieben, ideal zum Radfahren.

„Sollen wir eine Pause machen?"

Keine Reaktion.

Ob sie mich überhaupt verstanden hatte? Eine Unterhaltung während der Fahrt war wegen des Windes schwierig.

Für ihren Unmut hatte ich nur eine Erklärung. Ich vermutete, dass sie nicht wollte, dass unser Ausflug wieder darauf hinauslief, dass nur Kilometer gefressen würden. Jedenfalls hatte sie mir dies am Morgen vorgeworfen, nachdem sie erfahren hatte, wie lang unsere Tour sein würde.

Sie fuhr gern Rad und war meistens schneller als ich, weil sie einen schwereren Gang wählte und mit viel Kraft strampelte. Ich dagegen liebte das leichte Fahren, dafür etwas langsamer. Es mussten aber ausgedehnte Strecken sein, nicht unter einhundert Kilometer. Zu jeder Zeit wollte ich wissen, wie schnell ich fuhr und wie weit ich bereits gefahren war. Deshalb waren für mich der Tachometer und der Kilometerzähler das Wichtigste am Fahrrad. Wehe, sie fielen mal aus. Wenn ich die dann unterwegs reparieren wollte, gab es jedes Mal Ärger mit meinen Radfreunden. Wegen einer solchen Lappalie wollten sie keinesfalls eine Unterbrechung der Tour hinnehmen.

Imelda führte immer viel Gepäck mit sich, unter anderem einen riesigen Rucksack mit allem Möglichen drin, das man im Notfall gebrauchen konnte. Ihr Mann sagte mal zu mir, wenn sie ausgingen, hätte sie ihn meist auch dabei. Deshalb nannte er sie gelegentlich etwas verächtlich einen wandelnden Rucksack.

Eine Menge Sachen lagen aber auch lose in einem riesigen Einkaufskorb, der notdürftig am Lenker befestigt war. Dass sie das Rad dadurch schwerer fahren konnte, interessierte sie nicht. Am hinteren Gepäckträger war ein zweiter Einkaufskorb befestigt. Dieser blieb aber so lange leer, wie sie unterwegs nichts kaufte. Wenn sie durch Schlaglöcher fuhr, ging schon mal was verloren, sogar einmal ein teures Objektiv ihrer Fotoausrüstung. Imelda hatte das gar nicht bemerkt. Ihr Mann, der normalerweise ein ruhiger Mensch ist, hatte einen Tobsuchtsanfall bekommen, als er davon erfuhr.

Ich versuchte, sie zu beruhigen. „Bald sind wir in Karlstad. Wir machen im Hafen eine lange Rast und fahren dann zurück in unser Quartier."

Um sicher zu sein, dass sie mich verstand, drehte ich mich kurz um und verlor beinahe das Gleichgewicht.

Was war nur heute los mit mir?

Ich konnte den Lenker gerade noch herumreißen, sonst hätte ich einen entgegenkommenden Radler, der plötzlich um die Kurve gekommen war, gerammt.

Als Imelda ein wenig später an mir vorbei fuhr, sah ich ihrem Gesicht deutlich an, dass der Ärger noch nicht verflogen war.

Unsere Ferienwohnung, die wir zum Abschluss unserer Skandinavienreise für zwei Tage gemietet hatten, befand sich in einer Holzvilla einer Waldsiedlung. Inzwischen lag sie eine halbe Tagesreise hinter uns.

Imelda hätte gern die Natur beobachtet und seltene Pflanzen und Tiere fotografiert. Das war nämlich ihr liebstes Hobby. Ich jedoch wollte heute die Gunst der Stunde nutzen und an unserem letzten Urlaubstag so weit wie möglich fahren, vielleicht unseren alten Schweden-Rekord brechen, einhundertvierzig Kilometer an einem Tag um den Silljansee.

In den vergangenen drei Wochen war wegen des Regens leider nicht daran zu denken gewesen. Heute aber konnten wir bei schönstem Sommerwetter auf einem tollen geteerten Radweg fahren. Er war auf einem stillgelegten Eisenbahndamm neu angelegt worden. In kurzen Abständen gab es kleine Rastplätze mit Tischen und Bänken, eingerahmt von Büschen und Bäumen. An einer Stelle fanden wir eine liebevoll eingerichtete kleine Hütte mit einem Tisch und zwei Bänken zum Ausruhen. Sogar ein Gästebuch gab es. Hier hätten wir es uns gemütlich gemacht, wenn es geregnet hätte. Ein altes ehemaliges Bahnhofsgebäude auf halber Strecke diente als Restaurant, der ehemalige Bahnsteig als Terrasse. Der Radweg zählte bei Imelda aber nicht. Ich sei ein Naturbanause, der nicht nach links und rechts sähe, hatte sie mir mal vorgeworfen, als ich nicht länger auf sie warten wollte, nachdem sie über eine Stunde Blumen fotografiert hatte.

Imelda war mit Konradin verheiratet. Auf den ersten Blick hatte man den Eindruck, dass sie gut zueinander passten. Sie verstanden sich auch fast immer, soweit ich das beurteilen konnte. Wenn da nicht Imeldas Unberechenbarkeit gewesen wäre. Es war nahezu unmöglich, mit ihr eine Vereinbarung zu treffen. Wenn die dann doch beschlossen war, hielt sie sich nicht daran. Oft ließ sie ihre Mitmenschen stundenlang warten. Konradin war jedes Mal verärgert, wenn sie zum Beispiel nicht bereit war, rechtzeitig den Urlaub oder eine Wochenendfahrt zu planen. Sie wüsste noch nicht, ob sie Zeit hätte, hieß es lapidar. Wenn es auch mich betraf, war ich ebenfalls sauer. Sie sagte dann immer nur: „Ihr könnt ja schon mal vorausfahren. Ich komme später nach."

Nachdem wir vor ein paar Jahren beschlossen hatten, schon am frühen Morgen um den Silljansee zu fahren, konnten wir erst mittags um halb eins starten, weil Imelda nicht eher fertig war. Sie musste noch Wäsche waschen. Wegen der Länge der Strecke radelten wir dann bis in die Nacht hinein, bevor wir wieder unsere Ferienwohnung erreichten. Gottseidank war es Sommer und in Schweden lange hell. Die letzten fünfzig Kilometer wurden im Halbdunkeln im Eiltempo zurückgelegt. So ein Unfug.

Beide waren wie ich Lehrer an derselben Schule. Während er nach dem Unterricht immer gleich nach Hause fuhr, um weiter zu arbeiten, blieb sie meistens bis abends in der Schule, um herumzutrödeln, wie Konradin mir leidvoll klagte. Die Unterrichtsvorbereitungen erledigte sie häufig erst nachts bis drei Uhr. Dann schlief sie auf dem Teppich im Arbeitszimmer ein. Von einem Eheleben könne keine Rede sein, seufzte er einmal, als ich ihn fragte, ob sie denn nie zu Hause zusammen zu Mittag essen.

Imelda beklagte sich gelegentlich auch über Konradin. Er spräche zu wenig mit ihr. „Er kriegt den Mund nicht auf", hörte ich sie zuweilen sagen. Man müsse ihm jedes Wort aus der Nase ziehen.

Das konnte ich bestätigen. Seit zig Jahren saß er im Lehrerzimmer neben mir am Arbeitstisch. Er fing selten ein Gespräch an, antwortete nur auf Fragen. Es hatte seinerzeit über ein Jahr gedauert, bis ich erfahren hatte, dass sie verheiratet waren.

Es kam immer wieder vor, dass beide sich bei mir über den anderen beschwerten.

Was mich zum Beispiel bei unseren Touren auf die Palme brachte, war, dass ich zwar pünktlich zur vereinbarten Zeit am Frühstückstisch erschien, die beiden aber oftmals bereits eine Viertelstunde zuvor mit dem Essen begonnen hatten und fast fertig waren, wenn ich anfing. Ich fühlte mich brüskiert. Imelda sagte jedes Mal, wir hätten doch Ferien. Sie wollte damit sagen, da könne doch jeder machen, was er will.

Konradin war der Sportlichste von uns Dreien und fuhr immer weit voraus. Außer Regenkleidung und einer Trinkflasche hatte er beim Radfahren gewöhnlich nichts im Gepäck, nicht einmal einen Geldbeutel. Dafür befanden sich für alle Fälle immer ein paar Scheine in einer Minitasche seiner Mütze. Dort verwahrte er auch seinen Fahrradschlüssel. Er fuhr mit Leichtigkeit und war mir dabei weit überlegen. Keine Strecke war ihm zu kurz oder zu lang. Eines aber wurmte ihn seit Langem. Er bedauerte, dass er nie die Gelegenheit hatte, eine so lange Tagestour zu machen wie ich damals mit sechzehn: dreihundert Kilometer bis nach Saarbrücken, mit schwerem Gepäck, an einem Tag mit dem Rad durch die Eifel, nur mit Dreigangnabenschaltung und Rücktrittbremse.

Als wenn er unser Gespräch gehört hätte, kehrte er um und kam uns entgegen. „Sollen wir ein Restaurant suchen? Frag doch mal einen Passanten, Florian, du kannst doch Schwedisch!"

Dabei drehte er vor uns auf dem Weg kunstvoll einige enge Runden, geschickt mit einer Hand am Lenker.

Wie gerufen kam in diesem Moment ein Pärchen aus Richtung Karlstad angejoggt. Ich sprach mit der jungen Frau. Sie wischte sich zunächst den Schweiß von der Stirn und schien zu überlegen. Währenddessen trippelte ihr Begleiter auf der Stelle. Sichtlich aus dem Rhythmus gebracht, aber dennoch freundlich beschrieb sie mir mit leicht keuchender Stimme den Weg zu einem Lokal, wo man draußen am Wasser sitzen konnte. Dabei zeigte sie mit der linken Hand in die Richtung, aus der beide gekommen waren. Genau das Richtige für uns.

Auf der Weiterfahrt musste ich an eine Freundin aus Sandefjord in Norwegen denken, die mir eine Woche zuvor graten hatte, wenn ich nach Karlstad käme, auf die Riesenskulptur von Picasso zu achten. Sie sei sehenswert. Zuerst hatte sie in ihrer Nachbarstadt Larvik errichtet werden sollen. Aber die norwegischen Kunstbanausen, wie sie sich ausdrückte, hätten keinen Sinn für eine solche Skulptur gehabt und darauf verzichtet. Jetzt wäre sie dafür im Nachbarland.

Kurze Zeit später hatten wir das Restaurant gefunden, ein mit Efeu bewachsener Klinkerbau, kein Holzhaus wie so häufig in Schweden. Durch die nicht so dichten Büsche und Bäume hindurch konnte man den See erblicken. Die Lage gefiel mir. Wir freuten uns auf die wohlverdiente Pause. Die Picassoskulptur hatten wir nicht gesehen.

Unsere Fahrräder ketteten wir an eine Laterne im Garten des Lokals. Ich hatte ein Speichenringschloss, das fest mit dem Fahrrad verbunden war. Es musste abgeschlossen werden, weil sonst der Schlüssel nicht abgezogen und somit gestohlen werden könnte.

Nun passierte das, was ich schon oft mit den beiden erlebt hatte. Ohne jede Absprache ging jeder seiner Wege. Imelda verschwand zielstrebig ins Innere des Lokals. Konradin suchte einen Tisch im Garten, wo wir es uns gemütlich machen konnten, während ich noch mit meinem Schloss beschäftigt war. Irgendwie klemmte es.

Hinter diesem Verhalten, das andere sicherlich als unfreundlich empfinden mögen, steckte keine böse Absicht. Das war einfach so, und alle machten mit. Wir hatten ja Ferien.

Unterwegs geschah es auch zuweilen, dass Imelda spurlos verschwand, zum Beispiel einkaufen ging, ohne etwas zu sagen. Konradin und ich waren dann ratlos und wussten nicht, wo wir sie finden könnten. Er ging grundsätzlich nie einkaufen und weigerte sich jedes Mal, in einem Geschäft nach Imelda zu suchen. Geschäfte interessierten ihn einfach nicht. Basta. Es kam auch vor, dass Imelda und ich in eine Bäckerei gingen und Konradin ohne zu warten verschwand und wir ihn anschließend suchen mussten. Auf diese Weise entstanden unfreiwillige Pausen, was zugegebenermaßen manchmal auch vorteilhaft für mich war. Ich konnte mich nämlich von den Strapazen erholen, die durch das oftmals mörderische Fahrtempo verursacht wurden.

Konradin hatte inzwischen einen Platz im Garten des Restaurants gefunden. Tisch und Stühle standen auf einer hölzernen Plattform, direkt über dem Wasser. Er prüfte, ob die Tischfläche sauber war. Sie war es. Er hasste nämlich versiffte Tischplatten, wie er es nannte, auf die angeblich Schweden ihre Wurst- und Käsebrote ohne Unterteller legten, bevor sie sie aßen. Noch mehr hatte er gegen versiffte Brettchen, die voll Fett waren und nie mit Wasser gespült, sondern immer nur mit einem trockenen Tuch abgewischt wurden.

Ich liebte diese Brettchen zwar auch nicht. Aber es gab Schlimmeres. Mir verging immer dann der Appetit, wenn ich mir fünfmal beim Essen anhören musste, hhhm, wie gut der Joghurt schmeckte, obwohl jeder wusste, dass ich mich davor ekelte.

Ich wäre lieber ins Lokal gegangen, statt draußen zu bleiben. Warme Speisen kühlen im Freien zu schnell ab, und lauwarmes Essen mag ich nicht. Wenn ich da noch an Athen und Lissabon denke. Furchtbar. Aber die Stelle hier mit den Holzplanken gefiel mir so gut, dass ich nicht nein sagen konnte. Außerdem hatte ich gar nicht vor, etwas Warmes zu bestellen. Ich wollte nur trinken und dann weiterfahren, vielleicht die Statue noch finden.

Imelda hätte auch ihre Freude daran, direkt am Ufer des Vänersees zu sitzen. Ich stellte meine Tasche auf den Boden, legte den Fahrradschlüssel auf den Tisch und sah zum See hinüber. Die Aussicht zum Bootshafen gefiel mir. Wenn ich wieder mal nach Schweden käme, würde ich hier Station machen, beschloss ich.

Der Wind hatte noch nicht nachgelassen. Hier am Wasser schien er noch stärker zu sein als auf dem geschützten Radweg. Die Speisekarten in den glatten Plastikhüllen rutschten auf dem blanken Tisch hin und her. Eine hob sich und flog weg. Ich wollte danach greifen, schaffte es aber nicht. Dann sah ich mit Entsetzen, wie mein Fahrradschlüssel ebenfalls nach unten segelte. Ich versuchte, ihn noch zu erwischen, ehe er durch einen Spalt zwischen zwei Holzbrettern am Boden verschwand. Vergeblich!

Warum hatte ich ihn bloß auf die Karte gelegt und nicht in die Radtasche gesteckt? Meine kurze Radlerhose hatte keine Tasche. War ich von der Tour so erschöpft, dass ich mich nicht mehr konzentrieren konnte? Nein. Das hätte ich mir niemals eingestanden. Ich erinnere mich aber daran, dass ich leise vor mich hin fluchte: „Wie kann es mir an einem Tag zweimal passieren, einen Schlüssel zu verlieren?"

Nur wenige Stunden zuvor war nämlich mein Autoschlüssel verschwunden, den ich zu Beginn der Radtour achtlos in die Gepäcktasche gelegt hatte und der beim Herausholen einer Windjacke unbemerkt ins Freie befördert worden sein musste. Ich hatte mich verflucht, weil ich so leichtsinnig gewesen war, mit dem einzigen Autoschlüssel so sorglos umzugehen. Warum hatte ich bloß keinen Ersatzschlüssel mit in den Urlaub genommen? Mir war bei dem Gedanken, mit Freunden im Ausland vor verschlossenem Auto zu stehen, heiß geworden. Ich weiß noch heute ganz genau, dass ich in diesem Augenblick nicht mir, sondern wieder mal Imelda die Schuld für den Verlust des Wagenschlüssels gegeben hatte.

Konradin und ich hatten wie fast immer vor einer Fahrt zwei Stunden auf sie warten müssen, bevor wir starten konnten. Wir könnten ja schon mal vorausfahren, sie müsste noch Aufräumen und einen Reifen flicken. Zum Verrücktwerden. So eine Rücksichtslosigkeit. Am Abend zuvor wäre dafür genügend Zeit gewesen. Und unmittelbar vor der Abfahrt musste ich dreimal das Auto auf- und zuschließen, weil sie noch irgendwelche Dinge für den Ausflug benötigte, die sich im Wagen befanden. Wenn ich alleine auf Radtour gehe, lasse ich den Autoschlüssel immer in meinem Zimmer. Man überlege sich aber den Umstand, wenn ich das heute gemacht hätte. Wie oft hätte ich ihn wieder aus meinem Zimmer holen müssen? Welche Wege hätte ich dabei zurücklegen müssen? Wie oft hätte ich die Schuhe wechseln müssen? Die Hauswirtin wollte nämlich nicht, dass wir mit Straßenschuhen das Haus beträten. Sie war Holländerin, in unserem Alter und sprach ein Schwedisch mit starkem holländischem Akzent.

Beim vierten Mal war mir der Geduldsfaden gerissen, ich hatte den Schlüssel verärgert in meine Gepäcktasche geworfen und war losgefahren. Nie wieder fahre ich mit denen in Urlaub, hatte ich mir in diesem Moment geschworen. Nie wieder!

Dabei musste ich an eine Rast vor ein paar Jahren auf einem norwegischen Autobahnparkplatz in der Nähe von Grimstad denken. Wir hatten gerade zuvor das Ibsenmuseum besucht. Imelda war wieder mal eine Ewigkeit damit beschäftigt, ihren Proviant aus dem Kofferraum zu holen. Konradin und ich hatten schon an einem aus Felsstücken gebauten Tisch mit dem zweiten Frühstück begonnen. Nachdem Imelda endlich zu uns gekommen war, war ich noch mal schnell zum Wagen gelaufen, um die Türen zu verschließen. Ich schloss mein Auto immer persönlich ab, um vor Diebstahl sicher zu sein. Weil ich keine weitere Zeit verlieren wollte, war ich zurück in Richtung Tisch gerannt, dabei mit einer Schuhspitze an einer Bordsteinkante hängen geblieben und ein paar Meter weit gestolpert. Geistesgegenwärtig hatte ich mich schließlich zu Boden fallen lassen, um nicht mit dem Kopf gegen einen Felsbrocken zu schlagen, der urplötzlich vor mir drohend aufgetaucht war. Bei diesem Missgeschick hatte ich mir die beiden äußeren Finger der linken Hand gebrochen. Die Krankenhausbehandlung in Telemarks Zentralkrankenhaus in Skien hatte drei Stunden gedauert. Von da an mussten meine beiden Freunde in jenem

Urlaub ihre Radtouren alleine machen, ich war mit der Gipshand nur noch als Fußgänger unterwegs.

Nun war der Autoschlüssel weg. Aber ich hatte Glück im Unglück gehabt. Konradin hatte den vermissten Schlüssel bei der nächsten Rast an einer Imbissbude zufällig wiedergefunden. Außen in einer Einbuchtung meiner Gepäcktasche war er mit der Schraube des Etuis hängengeblieben. Das kleine Ding war wie durch ein Wunder während der Fahrt nicht verloren gegangen.

Ich stand ratlos auf der Plattform. „Konradin, stell dir vor, mein Schlüssel ist weg. Ich kann mein Fahrradschloss nicht mehr aufschließen. Wir müssen doch noch den ganzen Weg zurückfahren."

Er sah mich entgeistert an. Wahrscheinlich glaubte er mir in diesem Moment nicht, dass ich schon wieder einen Schlüssel vermisste. Er verzog das Gesicht. „Frag die Kellnerin! Du kannst doch Schwedisch."

Seine Lakonie tat mir weh. Ich weiß nicht, worüber ich mich in diesem Augenblick mehr ärgerte, über meine Ungeschicklichkeit oder über dieses ‚Du kannst doch Schwedisch'. Jedenfalls wollte ich das jetzt nicht mehr hören. Außerdem konnte ich diese Sprache gar nicht so gut. Wenn Leute schnell oder Dialekt sprachen, hatte ich Probleme. Lesen konnte ich prima, sprechen einigermaßen.

Schwedisch hatte ich mir selbst beigebracht, einerseits mit einem Lehrbuch und durch das Lesen von zig Büchern von Henning Mankell, andererseits durch das Sehen von sämtlichen Wallanderfilmen mit schwedischem Originalton und das Hören von Schlagern von Agnetha Fältskog, der blonden Sängerin von ABBA. In der Schule hatte ich ein Jahr lang eine achtzehnjährige schwedische Gastschülerin, mit der ich eine Schwedisch-AG gegründet und nach ihrem Ausscheiden in eigener Regie weitergeführt hatte.

In diesem Augenblick erinnerte ich mich an einen Satz, den Konradin vor einigen Jahren auf unserer ersten Skandinavienfahrt gesagt hatte, als wir an der schwedischen Westküste in der Nähe von Lysekil Schwierigkeiten hatten, eine Übernachtungsmöglichkeit zu finden. „Ich fahre nie mehr in ein Land, wo ich die Sprache nicht verstehe."

Imelda hatte uns damals mit Englisch aus der Patsche geholfen.

Sie war inzwischen aus dem Haus gekommen und muss angenommen haben, dass wir uns gestritten hatten, als sie unsere griesgrämigen Gesichter sah.

„Ach hier seid ihr! Was ist los mit euch?" Dann aber, nachdem sie sich umgesehen hatte: „Da habt ihr aber einen schönen Tisch gefunden!"

„Der Tisch ist mir völlig wurscht. Meinen Schlüssel will ich wiederhaben!", grummelte ich gereizt und begann auf dem Boden zu suchen.

Imelda stutzte und sah mich entgeistert an. Wahrscheinlich überlegte sie, welchen Schlüssel ich meinte. Das kümmerte mich aber nicht.

Ich sah das kleine Ding mit dem roten Griff durch einen fingerbreiten Spalt zwischen zwei Holzbohlen hindurch auf einer Plastikfolie liegen, vielleicht eine halbe Armlänge unter den Planken. Daneben glänzten ein paar Münzen aus aller Herren Länder. Die meisten waren schwedische Kronen. Er lag also in guter Gesellschaft und war nicht ins Wasser gefallen. Ich spürte ein Glücksgefühl in meinem Körper und hätte die ganze Welt umarmen können.

Dann aber kam in mir die Frage hoch, wie ich ihn zurückbekäme. Ob man ihn mit einem langen Draht angeln könnte? Nein, das würde nicht gehen. Der Schlüssel war zu klein und hatte keinen Aufhänger. Das Glücksgefühl war wie weggeflogen. Mir wurde bange.

„Ich dachte, du hattest ihn wiedergefunden", wurde ich aus allen Träumen gerissen. Imelda hatte sich zu mir heruntergebeugt.

„Nicht der Autoschlüssel, jetzt ist der Fahrradschlüssel weg."

Ich stand auf, setzte mich auf einen Stuhl und konnte kaum verbergen, dass mir die Situation peinlich war. Nun war ich schuld, dass wertvolle Zeit verloren ging. Wie konnte einem erwachsenen Menschen so etwas passieren? Zweimal am selben Tag! Ich bildete mir aber ein, die Sache wäre nicht geschehen, wenn ich allein unterwegs gewesen wäre. Dann wäre ich ja ins Innere des Lokals gegangen, nicht auf die Plattform. Wahrscheinlich wäre ich überhaupt nicht in ein Restaurant gegangen, weil ich Wirtschaften hasse. Das kommt daher, dass ich zu Hause ein Leben lang neben einer Gaststätte wohne und das Gelalle der besoffenen Gäste von früh morgens bis in die Nacht nicht mehr hören kann. Wenn man neben einer Wirtschaft wohnt, hat man das Gefühl, dass sich dort nur geistig Behinderte treffen. Kneipen in Wohngebieten gehören verboten.

Also waren doch wieder die anderen schuld?

Konradin und Imelda sahen sich an. Er zuckte mit den Schultern und hob abwehrend die Hände, als wollte er sagen, dass er doch nicht dafürkönnte, dass ich keinen Reserveschlüssel mithatte. In ihren Gesichtern glaubte ich Schadenfreude zu lesen und überlegte, was ich tun sollte.

Sie schienen mir nicht helfen zu wollen. Wäre ich doch bloß nicht mit ihnen gefahren. Andererseits kannte ich sonst niemanden, der Gefallen an großen Radtouren hatte. In den letzten drei Jahren hatte ich allein in Skandinavien Urlaub gemacht. Das war nicht so spannend und abenteuerlich gewesen wie mit den beiden zusammen. Imelda und Konradin hatten mir auch öfter gesagt, dass es für sie interessanter sei, zu dritt als zu zweit unterwegs zu sein. Vielleicht deshalb, weil dann jeder die Möglichkeit hatte, sich über den anderen zu beschweren und Trost bei einem Dritten zu finden? Ein Grund bestand auch für uns alle darin, eine Menge Fahrgeld zu sparen, denn ein Urlaub in Skandinavien war teuer.

Erst einmal musste ich von hier weg. Nachdenken. Ich machte mich überstürzt auf den Weg zur Toilette. Dabei stolperte ich über die Tasche eines Gastes am Nachbartisch und wäre um ein Haar zu Boden gefallen. Taumelnd schrammte ich mit dem Kopf an einem Sonnenschirm vorbei. Ein Mann konnte mich gerade noch auffangen.

Florian, du musst dich jetzt konzentrieren, dachte ich und ging langsam weiter. Dabei rieb ich vorsichtig die blutende Wunde am Kopf.

Am Handwaschbecken wusch ich meine Hände und Arme, dann vorsichtig das Gesicht. Das kalte Wasser tat gut. Im Spiegel sah ich eine Hautabschürfung an der linken Schläfe.

Nicht so schlimm, dachte ich, erschrak aber trotzdem. Jedoch nicht wegen der blutenden Wunde. Mein Kopf war knallrot. War das von der Sonne? Ich hatte mich doch vorher eingecremt. Oder war ich der Situation nicht mehr gewachsen? Nur ruhig Blut, wegen eines verlorenen Schlüssels bräuchte ich mich doch nicht aufzuregen. Es gäbe Schlimmeres.

Was sollte ich machen?

Ich zermarterte mir das Hirn. Das Schloss von einem Mechaniker aufbrechen lassen. Nein, dann wäre das neue Fahrrad beschädigt. Ob man überhaupt Samstagnachmittag in Schweden einen Mechaniker fände. Ich verwarf die Idee.

Konradin und Imelda könnten alleine zum Quartier zurückfahren und mich und das Fahrrad mit dem Auto abholen. Nein, das würde zu lange dauern. Vor Mitternacht kämen sie nicht zurück. Was sollte ich in der Zwischenzeit tun? Die Lokale wären geschlossen. Ich hätte keine warme Kleidung, um im Freien zu warten. Nur mit kurzer Hose und T-Shirt bekleidet wäre es zu kalt. Die Windjacke in der Radtasche würde auch nicht viel helfen. Außerdem wollte ich unbedingt den Weg mit meinem Rad zurückfahren. Kilometer, Kilometer.

Welche Alternative gab es noch?

Da war nur die eine, der Schlüssel musste her, um jeden Preis. Aber wie? Er lag unter den Holzplanken. Unerreichbar. Oder gab es doch eine Möglichkeit? Die Kellnerin fragen? Was meinte Konradin damit? Wie könnte sie mir helfen, wenn ich es schon allein nicht fertig brächte?

Ich wendete den Blick vom Spiegel weg und starrte eine Weile auf den gefliesten Boden.

Warum verhielten sich Imelda und Konradin so abweisend? Ich ließ den Tagesablauf noch einmal Revue passieren, fand aber keine Erklärung. Na egal, es musste weitergehen.

Ich erinnere mich genau, dass mir in diesem Moment durch den Kopf ging: ‚Nur ein Weichei macht sich jetzt Gedanken über Umgangsformen und das Verhalten anderer. Der Schlüssel muss sofort her.'

Plötzlich kam mir die Idee. Vielleicht ließen sich ein oder zwei Bretter lösen, unter denen der Schlüssel lag. Ich müsste wissen, wie sie befestigt waren. Hoffentlich nicht mit Nägeln, sondern mit Schrauben. Dann könnte mir vielleicht die Kellnerin einen Schraubenzieher besorgen.

Ich wollte gerade wieder zurückgehen, als Konradin durch die Tür kam. „Wo bleibst du denn? Wir dachten schon, es wäre dir wieder was passiert. Hast du dir nicht den Kopf eingerannt?"

Wollte er mich verspotten?

Es wurmte mich, dass er auf einen peinlichen Vorfall anspielte, der sich in meiner Jugendzeit ereignet und den ich einmal in Sektlaune erzählt hatte. Ich war während eines Spaziergangs mit dem Kopf hintereinander gegen zwei Straßenlaternen gerannt. Hätte ich das doch bloß nie erzählt.

„Schon gut ... komm mit ... ich habe eine Idee", knurrte ich, ohne auf seine Frage einzugehen. Den Schmerz an der Schläfe spürte ich kaum noch.

Als wir an unserem Tisch ankamen, hatte Imelda schon einen Tee und ein Stück Zimtkuchen vor sich stehen.

Das wird jemand, der keinen Urlaub mit Fahrradtouren kennt, als unfreundlich ansehen. Für uns war das jedoch normal. Jeder aß und trank, wann er wollte. Außerdem hatte ich, wie schon gesagt, andere Sorgen, als mir Gedanken über Umgangsformen zu machen. Im Moment interessierten mich mehr technische Dinge. Der Schlüssel. Der Schlüssel.

Die Kellnerin war gerade gegangen. Verflixt, ich konnte sie nicht mehr ansprechen.

Konradin und ich schlugen die Speisekarten auf. Der Schlüssel ließ mir jedoch keine Ruhe. Nervös faltete ich die Karte zusammen und legte sie wieder auf den Tisch, bückte mich, kniete mich schließlich auf den Boden und untersuchte die Holzplanken. Als ich mal hochsah, beobachtete ich, wie zwei Gäste vom Nachbartisch grinsend zu mir herüber sahen. Einer zeigte mit dem Finger auf mich.

Ob die Leute überhaupt wussten, worum es ging? Peinlich berührt sah ich wieder auf den Boden und stellte fest, dass jedes Brett mit acht Kreuzschrauben befestigt war. Ich bräuchte also einen Kreuzschraubenzieher. Das wäre mir jetzt wichtiger als Kaffee oder Kuchen. Die gaffenden Leute störten mich allerdings, ich fühlte mich beobachtet. Am liebsten wäre ich zu ihnen hingegangen und hätte sie gefragt, ob sie mir nicht helfen könnten.

Was sollte ich überhaupt mit Kaffee und Kuchen? Kaffee trank ich nur morgens und Kuchen aß ich höchstens Sonntagnachmittag, Weihnachten oder wenn ich zum Geburtstag eingeladen war. Morgens gab es immer Brot oder Brötchen zum Frühstück, mittags warmes Essen und abends wieder Brot. Nachmittags aß ich im Gegensatz zu Imelda und Konradin grundsätzlich nichts.

Damit ich heute auch mein warmes Essen bekam, waren wir auf der Hinfahrt an einer Imbissbude stehengeblieben. Ich hatte eine Pizza gegessen, während Konradin und I- melda auf ihren Rädern saßen und warteten, bis ich fertig war. Das war so ihre Art. Was mich dabei störte, war, dass ich mich beim Essen unter Zeitdruck gesetzt fühlte. Ich weiß aber ganz genau, dass sie das nicht beabsichtigten.

Die beiden begnügten sich fast jeden Tag nur mit dem Frühstück sowie Kaffee und Tee am Nachmittag. Allerdings nahmen sie manchmal auch fertige Brote und Tee vom Frühstück mit auf die Fahrt oder kauften sich Kuchen in einer Bäckerei.

„Hej!", hörte ich eine Frauenstimme hinter mir.

Ich drehte mich langsam um, sah zwei schlanke Beine, blickte weiter nach oben und stand umständlich auf. Mir taten alle Glieder weh vom Fahren. Ich machte aber gute Miene zum bösen Spiel, ließ mir nichts anmerken. Eine junge Frau in einem blauen, kurzen Rock und einer weißen Bluse lächelte mich an. Sie trug eine blauweiße Mütze. Es war die Kellnerin.

Alles ging ganz schnell. Ich konnte mir keine Gedanken über sie machen. Das Einzige, woran ich mich erinnere, ist, dass ich dachte: ‚Sie macht einen netteren Eindruck als die Kellnerin, die so oft vor meiner Einfahrt zu Hause ihr Auto parkt.'

Sie wollte gerade weitersprechen, als ich sie unterbrach.

„Hej! Får ni ... hjälpa mig? Min nyckel ... är bort ... ligger under plankan. Jag behöver en ... skruvmejsel."

Ich wundere mich heute noch, wie es mir gelingen konnte, mein Anliegen so schnell auf einen Punkt zu bringen. Normalerweise brauchte ich etwas Zeit, eine wichtige Frage auf Schwedisch zu formulieren.

Sie sah mich staunend an. Hatte sie verstanden, dass mein Schlüssel weg war, unter der Holzplanke, und dass ich einen Schraubenzieher bräuchte? Oder wunderte sie sich, dass ich Schwedisch sprach? Das taten die wenigsten Ausländer.

Hierbei fällt mir ein, dass meine Aussprache mehr Skandinavisch als Deutsch klingen muss, denn in Norwegen denkt man häufig, ich sei Schwede. In Schweden ist es umgekehrt.

In einem Freiluftrestaurant auf einer kleinen norwegischen Insel im Skagerrak hat ein norwegischer Kellner, der mich zunächst in seiner Landessprache angesprochen, nachdem ich ein paar Sätze Norwegisch, offensichtlich mit schwedischem Akzent, gesagt hatte, mit mir weiter Schwedisch gesprochen.

„Jag förstår. – Skulle vilja er ha kaffe?"

Die Kellnerin blickte abwechselnd Konradin und mich freundlich an.

Wir bestellten, Konradin Tee und ich Kaffee, dazu Zimtkuchen, von dem Imelda behauptete, dass er vorzüglich schmeckte. Sie hatte von ihrem Stück bereits probiert.

Hoffentlich bringt sie den Schraubenzieher, dachte ich. Dann fiel mir ein, ich hatte vergessen zu erwähnen, dass es ein Kreuzschraubenzieher sein müsste. Ich wartete und sah vor Nervosität dauernd auf die Uhr. Die Rückreise. Die Rückreise.

Konradin und Imelda schienen meine Sorge nicht zu teilen. Sie sahen über das Wasser hinüber zum Bootshafen und unterhielten sich leise. Worüber wohl? Ob sie sich über mich lustig machten? Das kannte ich von früher her nicht. Was war heute nur los? War ich im falschen Film? Träumte ich? Ich schlug mir mit der Hand gegen die Stirn. Die Wunde schmerzte wieder. Ich dachte an die Rückfahrt.

Konradin und Imelda wäre es gleichgültig, wie spät wir zurückführen. Sie radelten einfach schneller als auf der Hinfahrt, ohne Unterbrechungen. Wie immer. Das liebte ich gar nicht. Wenn ich allein fuhr, ließ ich mir nachmittags und abends immer mehr Zeit und legte auch häufiger Pausen ein als vormittags. Die beiden machten das grundsätzlich umgekehrt. Ätzend.

„Wir müssen den Platz räumen, damit wir die Bohlen abschrauben können."

Sie sahen mich kopfschüttelnd an, nahmen wortlos ihr Gepäck und gingen mit mir zum Nachbartisch, der gerade frei geworden war.

Ich war maßlos enttäuscht. Warum verhielten sich die beiden nur so passiv? War es ihnen egal, ob ich meinen Schlüssel zurück bekäme? Ich hatte das Gefühl, dass sie dachten, der ist weg und damit basta. Bloß keinen Aufwand wegen eines kleinen Schlüssels. Wir haben schließlich Ferien.

Bisher hatte ich mich immer auf sie verlassen können. Imelda hatte sogar vor Jahren mal eine ganze Nacht lang meine Kettengangschaltung repariert, während Konradin und ich schliefen. Sie hatte es getan, weil ich es nicht konnte. Und jetzt?

Dann schoss mir siedend heiß durch den Kopf, wir hätten den Tisch noch nicht räumen sollen. Was sollte ich machen, wenn neue Gäste sich an unseren alten Tisch setzen wollten? Die müsste ich wegschicken. Was sollte ich Ihnen sagen? Wie würden sie reagieren?

In diesem Moment kam die Kellnerin und brachte unsere Bestellung. Sie stutzte. Wahrscheinlich wunderte sie sich, dass wir an einem anderen Tisch Platz genommen hatten, sagte aber nichts.

Bevor ich nach dem Schraubenzieher fragen konnte, kam sie mir lächelnd zuvor.

„Skruvmejseln kommer snart."

Dabei sah sie mir eine Weile in die Augen. Erst jetzt nahm ich wahr, dass sie ein ungewöhnlich hübsches Gesicht hatte, ähnlich wie das der Sängerin Lill Babs, für die ich in meiner Jugendzeit geschwärmt hatte. Wieso hatte ich das nicht gleich bemerkt? Daran war bestimmt der Schlüssel schuld. Ich stand auf und wollte etwas sagen, aber da war sie auch schon wieder fort. Ein anderer Gast hatte sie gerufen.

Als Zwölfjähriger hatte ich mit Begeisterung Astrid Lindgrens Kalle Blomquist gelesen und als Hörspiel im Kinderfunk gehört. In Kalles Freundin Eva-Lotta hatte ich mich verliebt. Ich dachte damals, alle schwedischen Mädchen müssten viel hübscher sein als deutsche.

Ich war verwirrt und gleichzeitig erleichtert. Sie hatte verstanden und würde mir helfen. Ich atmete tief durch, setzte mich wieder zu meinen Freunden und begann zu essen. Kaffee und Kuchen taten mir gut.

„Bestell dir doch ein zweites Stück, wenn dir der Kuchen so gut schmeckt, Florian!", versuchte Imelda mich aufzumuntern. Immerhin.

Das war gar nicht mehr nötig. Es ging mir schon wieder besser.

„Wir haben aber noch eine lange Fahrt vor uns. Du musst etwas essen. Außerdem hast du die ganze Zeit dein Bein noch nicht hochgelegt."

Wenn es ums Essen und Trinken oder mein krankes linkes Bein ging, war sie fürsorglich zu mir, wie eine Mutter zu ihrem Kind. Sie war es gewesen, die mittags darauf bestanden hatte, dass ich meine Pizza in der Imbissbude gegessen hatte.

Als ich in diesem Moment die beiden betrachtete, musste ich doch tatsächlich leise lachen, obwohl es mir zum Weinen zumute war. Ich erinnerte mich nämlich an eine kuriose Situation während einer Radtour in den frühen neunziger Jahren in der Nähe von Usedom. Eine Frau, die uns Eintrittskarten verkaufen wollte, hatte doch tatsächlich geglaubt, dass ich mit Imelda verheiratet und Konradin unser Sohn wäre. Das Gleiche war im Zentralkrankenhaus in Skien passiert. Ob das noch einmal geschehen könnte, vielleicht heute in Karlstad? Nein, wohl eher nicht. Konradin war schließlich auch nicht mehr der Jüngste.

Die Zeit verging. Langsam wurde ich wieder nervös. Wo blieb die Bedienung? Ich hatte inzwischen zwei Paare, die es sich an unserem alten Tisch bequem machen wollten, mit einfachen Worten wegkomplimentiert. Ob es nicht besser wäre, die Tische wieder zu tauschen? Aber da kam die gute Fee mit einem großen elektrischen Schraubendreher, akkubetrieben. Einer, der Kreuzschrauben dreht. Genau das, was ich brauchte. Freudestrahlend hielt die Kellnerin mir das Ding unter die Nase. Ich hätte sie umarmen können.

Insgeheim hatte ich mir gewünscht, dass sie einen Handwerker mitbrächte, der mir das Aufschrauben abnehmen könnte. Vielleicht den Hausmechaniker, falls es so etwas gäbe. Aber gab es wohl nicht. Es sah so aus, als wenn ich selbst die Arbeit machen müsste. Ein solches Werkzeug hatte ich noch nie in der Hand gehabt. Das ließ ich mir aber nicht anmerken. Hoffentlich konnte ich damit umgehen!

Nach den ersten Versuchen wollte ich schon aufgeben, weil das Gerät jedes Mal wegrutschte.

„Du verschrammst ja die Bodenbretter, Florian. Lass mich mal ran!"

Ich war überrascht, dass Konradin sich einmischte.

Er nuschelte, schon öfter mit einer solchen Maschine gearbeitet zu haben und zu wissen, dass man sie nicht wie eine elektrische Bohrmaschine bedienen dürfte. Ich hätte mit zu hoher Drehzahl angefangen, sozusagen zu viel Gas gegeben. Nachdem drei Schrauben entfernt waren, gab er das Werkzeug zurück, und Imelda versuchte ihr Glück, dann wieder ich. Von Mal zu Mal ging es besser. Jetzt waren schon zehn Schrauben gelöst.

Die Gäste an den Nachbartischen reagierten unterschiedlich. Die einen sahen amüsiert zu. Sie schienen sich zu fragen, was das Ganze sollte. Andere hielten sich die Ohren zu, tuschelten miteinander und sahen mich dabei böse an. Jedenfalls bildete ich mir das ein. Das schrill pfeifende Schraubgeräusch war nämlich sehr laut und konnte einem auf die Nerven gehen. Einer kam herüber und wollte helfen. Vergeblich. Die letzten vier Schrauben der beiden Bretter ließen sich nicht herausdrehen, an jedem Brett zwei. Die Kreuzschlitze waren vermatscht. Der Schraubendreher rutschte ab.

Was nun?

Nachdem ich fast aufgegeben hatte, kam ich erst darauf, dass ich mich bei den Restaurantgästen entschuldigen müsste. Mir fiel aber nichts Besseres ein, als mit Händen und Armen eine Geste des Bedauerns auszudrücken, mir fehlten die Worte.

Nach einer Weile des Schweigens meldete sich Konradin wieder zu Wort. Was er von sich gab, war nicht aufbauend. „Wenn ich der Wirt wäre, würde ich diesen Schwachsinn nicht zulassen. In Deutschland könntest du das nicht machen. Du hättest auch keine Maschine bekommen."

Lange hatte ich einen solchen Unfug nicht mehr gehört. Ich ärgere mich heute noch über diesen Satz. Immerhin, dachte ich damals, er hatte wenigstens mal gesprochen.

In diesem Augenblick bekam ich eine neue Idee. Wie wäre es, wenn einer von uns das Ende eines Brettes anhebt und ein anderer mit der Hand durch die schmale Öffnung den Schlüssel herausholt?

„Das geht nicht. Das Brett bricht. Es hält die Spannung nicht aus. Das können wir nicht machen." Imelda war sich da ganz sicher und schüttelte den Kopf. Ihre Körperhaltung signalisierte: ohne mich.

Hatte die Chemikerin Recht? Wie war es mit Konradin und mir? Wir Physiker hatten auch unsere Bedenken, wollten aber trotzdem einen Versuch wagen.

„Auf deine Verantwortung!", warnte mich Konradin.

Langsam zog er ein Ende der Planke nach oben, etwa eine halbe Armlänge. Das Brett knarzte. Die Öffnung über dem Schlüssel war zu schmal. Ich traute mich nicht, unter die Bohle zu greifen. Wenn Konradin dann losließe. Zu gefährlich.

Wir versuchten es mit vertauschten Rollen. Ich hob das Brett, er versuchte, den Schlüssel zu angeln. Das Ergebnis war das Gleiche. Ich hatte Angst, dass die Planke brechen könnte, er befürchtet, dass sein Arm zerquetscht würde. Der Schlüssel blieb, wo er war.

Ich gab auf. Enttäuscht drehte ich die gelösten Schrauben wieder mit der Maschine ein. Dabei half mir sogar Imelda.

Ohne dass ich es bemerkt hatte, war die Kellnerin wieder erschienen und fragte, ob wir noch einen Wunsch hätten. Wir bestellten weitere Getränke. Dann nahm ich sie beiseite und fragte, ob der Chef des Lokals oder ein Mitarbeiter kommen könnte. Vielleicht hätte der ja eine Idee. Sie versprach, sich zu erkundigen. Ihr Gesichtsausdruck war immer noch freundlich, obwohl ich ihr schon so viele Unannehmlichkeiten bereitet hatte. Ob sie vielleicht Umsatzeinbußen haben könnte, wenn wegen der Unruhe Gäste wegblieben?

Konradin und Imelda hatten nicht verstanden, was ich mit der Kellnerin besprochen hatte. Sie glaubten, der Spuk wäre zu Ende, und setzten sich wieder entspannt auf ihre Stühle. Als ich sie aufklärte, verzogen sie wieder ihre Gesichter, sagten aber nichts. Konradin sah auf die Uhr und schüttelte den Kopf.

Die Zeit verging. Die Suche nach der Picassoskulptur konnten wir vergessen.

Inzwischen hatten wir unseren Kaffee und Tee längst wieder getrunken. Aber niemand ließ sich blicken. Nach mehr als einer halben Stunde tauchte die Bedienung auf, um das Geschirr abzuräumen. Auf meine Frage, warum denn niemand käme, antwortete sie stirnrunzelnd, der Koch habe im Moment zu viel zu tun, er bereite gerade ein Seelachsfilet zu und könne die Arbeit nicht unterbrechen. Sobald er Zeit hätte, würde er mir aber helfen.

Der Koch?

Ob das der Richtige wäre? Ich war enttäuscht. Dann sah ich auf die Uhr. Inzwischen war es halb sechs. Wann würde ich heute wohl ins Bett kommen? Am nächsten Tag wollten wir mit dem Auto zurück nach Hause fahren.

Es dauerte fast eine weitere Stunde, die mir wie eine Ewigkeit erschien, als er im Laufschritt kam. Ohne lange Diskussion zeigte er auf die Schrauben, fragte „Dom, dom?" und drehte die gleichen Kreuzschrauben wieder heraus, die I-melda und ich mühsam eingedreht hatten. Mehr erreichte er auch nicht. Die Bretter konnten nicht weg, ohne zerbrochen zu werden. Und das würde teuer für mich, bildete ich mir ein.

Im Eifer des Gefechtes hatte ich gar nicht bemerkt, dass wir in der Zwischenzeit eine stattliche Zahl an Zuschauern hatten. Die Restaurantgäste hat es nicht länger auf ihren Plätzen gehalten. Sie bildeten einen Halbkreis um das Geschehen. Die meisten standen mit feixenden Gesichtern da. Ihr Murmeln war trotz des Schraubgeräuschs deutlich zu vernehmen. Mir war das peinlich. Ich hatte das Gefühl, dass sie alle auf mich sahen und über mich sprachen.

Die Szene war filmreif. Dieser Massenauftritt erinnerte mich an einen Show-down in einem Kriminalfilm. An den Namen des Films kann ich mich heute nicht mehr erinnern. Ich weiß nur, dass sich zwei Kontrahenten auf einer Bootsanlegestelle gegenübergestanden und die Pistolen gegeneinander gerichtet hatten, umringt von einer Meute gaffender Menschen.

In meiner Situation jedoch war alles absurd. Wenn man bedenkt, dass es nur um einen kleinen Schlüssel ging. Welch ein Aufwand.

Bald sollte die Entscheidung fallen. Aufgeben oder ...

Der Koch hatte doch tatsächlich die gleiche Idee wie ich. Konradin und ich sollten die Planke am Ende mit aller Kraft so hoch ziehen, bis er mit der Hand den Schlüssel fassen könnte. Die Holzbohle wäre stabil und würde schon nicht brechen. Wir dürften nur nicht loslassen, sonst würde sein Arm zerquetscht. Dieses Risiko sei aber gering, er würde es eingehen.

Konradin und ich sahen uns an. Imelda stockte der Atem. Ob das wohl gut ging?

Plötzlich waren alle engagiert.

Wir zogen das Brett langsam nach oben, höher, immer höher. Viel höher als bei unseren ersten Versuchen. Wir waren ja auch zu zweit.

Die Planke ächzte. Sie würde jeden Augenblick brechen. Ein Zuschauer wollte eingreifen. Ich schubste ihn mit der Schulter beiseite und wäre beinahe gefallen. Konradin schrie: „Pass auf!" Wir wandten unsere ganze Kraft auf, um das Brett zu halten. Mir wurde beinahe schlecht. Der Schweiß lief mir in den Nacken. Konradin stöhnte. Als die Öffnung breit genug war, griff der Koch mit seiner Hand blitzschnell unter die Bohle und angelte den Schlüssel. Ebenso rasch zog er den Arm wieder nach oben. Im gleichen Moment ließen wir die Planke los. Peng! Mit einem Knall krachte sie auf die Querstreben.

Ein Aufatmen ging durch die Menge. „Bravo ... underbart ... det var bra!" Einige klatschten.

Es war geschafft. Der Schlüssel war wieder da, das Brett nicht gebrochen, der Arm nicht verletzt. Imelda, Konradin und ich holten tief Luft. Der Koch lächelte, hielt den Schlüssel triumphierend hoch und überreichte ihn mir wie eine Trophäe. Dann schraubte er die Planken wieder fest. Die Zuschauer waren so schnell, wie sie gekommen waren, wieder verschwunden.

Ehe der Koch mit dem Schraubenzieher ging, bedankte ich mich bei ihm für seine Hilfe. Ich wollte ihm ein ordentliches Trinkgeld geben. Doch er schüttelte hartnäckig den Kopf. Dabei lächelte er.

Zunächst stand ich hilflos mit dem Geld in der Hand da. Schließlich kam mir die Idee, es der Kellnerin zu schenken.

Als ich mich stolz mit meiner Tasche und dem Schlüssel in der Hand aufmachte, um zu meinem Fahrrad zu gehen, kam mir Konradin schon mit seinem Rad entgegen. Dabei schaute er mich mitleidig an.

Was war los?

War nicht alles gut gegangen?

„Florian, du brauchst keinen Schlüssel mehr, dein Fahrrad ist weg."

Ich hatte noch nicht richtig begriffen, was er meinte, da war er auch schon verschwunden. Er hatte mich einfach stehen lassen. Imelda und ich blickten entgeistert in die Richtung, in die er gelaufen war, konnten ihn aber nicht entdecken.

Wütend ließ ich meine Gepäcktasche fallen und rannte zu der Stelle, wo ich ein paar Stunden zuvor mein Rad abgestellt hatte. Es war tatsächlich weg.

Imelda und ich suchten und suchten. Im Graben, hinter dem Schuppen, auf dem Parkplatz. Schließlich fanden wir es. Wer hatte es bloß hinter einer Hecke im Nachbargarten versteckt? Albern so etwas! Das war mehr als ein Schuljungenstreich. So eine Unverschämtheit!

Konradin war inzwischen wieder aufgetaucht. In der Toilette sei er gewesen, gab er grinsend zu verstehen.

Ob einer der Restaurantgäste das Fahrrad versteckt hatte? Einer, der sich für das Affentheater an mir rächen wollte? Aber woher hätte er gewusst, welches Rad meins war?

Wir machten uns auf den Heimweg. Es war halb acht und es waren noch siebzig Kilometer. Ich wollte nicht im Dunkeln fahren.

Die Frage, wer mein Rad versteckt hatte, ließ mich nicht zur Ruhe kommen. Gemeinheit. Nervös rutschte ich auf dem Sattel hin und her.

Ob es Konradin war?

Aber warum sollte er das getan haben? Weil wir so viel Zeit mit dem Suchen des Schlüssels vertrödelt hatten?

Die beiden fuhren einige Zeit nebeneinander und unterhielten sich. Ich konnte nicht verstehen, was sie sagten, sah aber, dass er ständig grinste und sie ein wütendes Gesicht machte. Stritten sie sich wieder?

Während der ersten Rast, als mein Freund mal wieder in den Büschen verschwunden war, fragte ich Imelda: „Hatte

Konradin mein Fahrrad versteckt?" Dabei blickte ich ihr direkt in die Augen.

Nach längerem Schweigen gab sie kleinlaut zu: „Er hat es mir gerade erzählt ... er war es ... der Depp."

Sie sprach so leise, dass ich sie kaum verstehen konnte. Dabei sah sie mich nicht an, sondern ängstlich zu den Büschen. Sie wollte wohl nicht, dass ihr Mann mitbekam, dass sie ihn verraten hatte.

Den ganzen Tag über war ich trotz des Ärgers ruhig geblieben. Aber jetzt verlor ich die Beherrschung. Als Konradin immer noch unverschämt grinsend zu uns zurückkehrte, verlor ich endgültig die Fassung. Ich schob mein Rad drohend auf ihn zu und hätte ihn gerammt, wenn er nicht zurückgewichen wäre. Ich brüllte: „Du Idiot!"

Er sah mich erschrocken an. Sein Grinsen war verschwunden. Ich nahm mein Rad, fuhr zur Gaststätte zurück und tat das, was ich den ganzen Urlaub über aus Geiz nicht gemacht hatte. Ich trank so viel von dem teuren schwedischen Bier, dass ich nicht mehr weiterfahren und bis zu nächsten Morgen bleiben musste.

Für das Geld hätten mir meine Eltern in den fünfziger Jahren ein neues Fahrrad kaufen können, dachte ich hinterher.

Dank an **Dr. Phil. Wolf Allihn**, in dessen literarischem Seminar ich Grundkenntnisse im Roman-Schreiben erworben habe.

Joachim Kuhrig, geboren 1946 in Hilden. 1966 Abitur, Mathematik- und Physik-Studium Universität Köln. Ab 1970 Lehrer am Gymnasium im Raum Düsseldorf. Oberstudienrat 1979. Regionalkoordinator Mathematikolympiade. Langjähriges Studium in einem Autorenfortbildungsseminar. 2009 Pensionierung. 2013 Fertigstellung der Erzählungen „Schlüsselerlebnis" und des biografischen Romans „Das Mädchen mit der Träne in der Stimme" über die Sängerin und Komponistin Manuela.